VOZES DE BATALHA

MARINA COLASANTI
VOZES DE BATALHA

Copyright © Marina Colasanti, 2021
Copyright © Editora Planeta do Brasil, 2021
Todos os direitos reservados.

Preparação: Marina Castro
Revisão: Fernanda Guerriero Antunes e Laura Folgueira
Projeto gráfico: Jussara Fino
Diagramação: Abreu's System
Capa: Adaptada do projeto gráfico original de Compañía
Ilustração de capa: Santiago Régis
Imagens de capa: Parque Lage: Raphael/ Adobe Stock | Demais imagens: domínio público

Dados Internacionais de Catalogação na Publicação (CIP)
Angélica Ilacqua CRB-8/7057

Colasanti, Marina, 1937-	
Vozes de batalha / Marina Colasanti. – São Paulo: Planeta, 2021.	
304 p.	
ISBN: 978-65-5535-484-3	
1. Colasanti, Marina, 1937- Memórias I. Título	
21-3385	CDD 920.72

Índice para catálogo sistemático:

1. Colasanti, Marina, 1937- Memórias

Ao escolher este livro, você está apoiando o manejo responsável das florestas do mundo

2021
Todos os direitos desta edição reservados à
EDITORA PLANETA DO BRASIL LTDA.
Rua Bela Cintra, 986 – 4º andar
Consolação – 01415-002 – São Paulo-SP
www.planetadelivros.com.br
faleconosco@editoraplaneta.com.br

Para Gabriella,
"tia de todas as Rússias"

Meus agradecimentos a

Roberto Di Nobile Terré
Carlos Alberto Campello Ribeiro
Joaquim Xavier da Silveira
Henrique Colasanti
Eliane Lage
Galba de Boscoli

Como se fosse um prefácio

"Qual é a nossa tia?", disse Arduino para mim, baixinho. A pergunta do meu irmão fazia sentido. Havia duas delas à nossa frente, duas irmãs parecidas, duas tias vestidas com a mesma estampa, embora as cores fossem diferentes, e enfeitadas com ouros semelhantes.

Olhei, hesitante.

Deveríamos saber, porque no ano anterior havíamos ido a um almoço de família na casa de Adriana, em Roma. Mas naquela ocasião eram muitos parentes na casa grande, e preferimos brincar com os primos sem nos fixar nos adultos.

Havia, porém, algo especial em Gabriella. Uma imponência no peito farto de cantora que surgia como tulipa dos quadris estreitos, uma determinação na coluna a prumo, uma altivez na maneira de posicionar a cabeça. Pele branca de quem nunca tomara sol, batom vermelho-sangue, olhos maquilados intensamente negros, cabelo repartido ao meio com rigor. E as mãos resplandecentes de diamantes. Tudo nela era exato, superlativo, sem hesitação.

Deu um passo à frente, um sorriso. Era ela, a nossa Tia.

*

Não havia ido nos buscar no aeroporto. Nem deveria. Naquele março de 1948, a Ilha do Governador ainda não estava conectada ao continente, e o Galeão era mais pista de pouso do que exatamente um aeroporto. Quase como o de Recife, onde havíamos feito um pouso anterior, grande barracão de teto de zinco, cacho de bananas pendurado, balcão de bar que recordo alto devido à minha altura de criança. "Que estranho", dissera a minha mãe nesse nosso primeiro encontro com o Brasil, "fazem café na meia". A ideia de um coador de pano era inalcançável para ela, italiana que sempre havia visto fazer café em cafeteiras de alumínio.

Manfredo nos esperava ao pé da escada, de rosto muito vermelho – ou assim nos pareceu – e terno branco. Graças aos contatos da família, havia conseguido uma autorização especial. Mas ainda teríamos uma travessia de lancha porque, devido à precariedade do aeroporto e à dificuldade de acesso, a parte oficial da chegada só se realizava no continente.

E, na lancha, aquele pai que não víamos havia dois anos levantou o braço apontando os pilares de concreto que emergiam da água: "*Lì sarà il ponte*" (Ali vai ser a ponte), disse. E em pleno orgulho: "*Lo stiamo facendo noi!*" (Somos nós que a estamos fazendo). "Nós" significava nossa família, conceito ampliado que envolvia a Civilhidro, empresa onde Manfredo trabalhava e que era responsável pelas obras.[1]

A ponte absolutamente inovadora que apenas aflorava era a primeira do Brasil projetada em concreto protendido e seria inaugurada em janeiro do ano seguinte pelo prefeito Mendes de Morais. Hoje parece modesta, ganhou o nome de Ponte Velha e, desdenhada pelo trânsito, cochila bonachona acolhendo pescadores de caniço.

Só em 1952 o Galeão entraria em pleno funcionamento, com o novo local para embarque e desembarque de passageiros.

---

1. Civilhidro, Companhia Nacional de Construções Civis e Hydráulicas, fundada em 1918 com nove sócios. Em 1922, Henrique e Renaud Lage tornaram-se sócios majoritários.

*

Porque aeroporto não havia, a Panair mantinha um posto de chegada na Praça Quinze, que a nossos olhos europeus apresentou-se luxuriantemente tropical, cheia de verde, folhagens, palmeirinhas e até araras. Havia ruídos que me pareceram de selva, embora pudessem ser falas sobrepostas, farfalhar das ramagens, mover-se das pessoas, gritos das araras ou alguma música, tudo se fundindo na minha cabeça estonteada depois da longuíssima viagem.

Ali, ela nos esperava.

Foi logo decidido que Arduino e eu iríamos no carro com Gabriella e Adriana, deixando nossos pais livres para cuidar de papéis, bagagens, e do seu próprio reencontro.

Carro preto, como todos os carros daquela época. Mais comprido que a maioria. Chofer de dólmã. E nós dois sentados no banco de trás, uma tia de cada lado.

Toda atenção era pouca para absorver aquela cidade sobre a qual havíamos comentado tanto, fantasiado tanto, ao longo de tanto tempo. Dia sem sol, abafado. Devemos ter saído do Centro, passado pelo Monroe. Logo havia mar atraindo nosso olhar, e jardins bem tratados cujos arbustos cortados em feitio de bichos nos pareceram deliciosos. As tias já explicavam o Pão de Açúcar. Em algum momento entramos em ruas mais estreitas. E passamos por uma demolição.

"Aqui também houve bombardeios!", eu disse alto, de alguma forma confortada por aquela similitude.

Comoveram-se as tias, enxugando pequena lágrima por aquelas pobres crianças egressas de tão dura guerra.

E logo chegamos à rua Jardim Botânico, 414. O pesado portão de ferro batido foi aberto, o carro subiu a ladeira.

*

Há uma foto minha e de Arduino com as roupas da viagem, ar um tanto alienado, sorriso nenhum, junto à piscina. Atrás, passa um dos garçons da casa. Deve ter sido feita por Manfredo para registrar nossa chegada. Pena que não tenha incluído Lisetta, estaríamos juntos como na foto do passaporte dela, com que entramos os três no Brasil. Era bom fotógrafo meu pai, gostava de revelar seu próprio material, muitas vezes o acompanhei na câmara escura vendo o ectoplasma da imagem concretizar-se aos poucos sob a luz vermelha.

Entre apresentações, abraços, perguntas, não demorou para que fosse a hora do almoço.

Na sala de jantar imponente, a família toda reunida. Que nós ainda mal conhecíamos. Paredes forradas de madeira entalhada, mesa longa, cadeiras de espaldar alto forrado de couro. Sobre nossas cabeças, um lustre de madeira e bronze, do comprimento da mesa. Tudo grande para mim. E as sete janelas da sala atraindo meu olhar para a mata. Nós dois ainda sonados, sentados lado a lado onde acabavam os adultos. À cabeceira, Gabriella.

O garçom, luvas brancas, serve à francesa. Nenhum problema para nós, crianças bem adestradas, que assim éramos servidos na casa da nossa avó. Na travessa de prata, fatias grandes de uma fruta que acredito ser melão. Sirvo-me antegostando o frescor. Depois de tanto enjoo no avião ter-me obrigado ao jejum, estou faminta. Mas, à primeira garfada, decepção, aquela fruta não é melão. É alguma coisa mais mole, menos suculenta, cujo gosto não me agrada nada e que só mais tarde saberei tratar-se de mamão.

Gabriella, à cabeceira, está atenta, querendo atender nossos desejos. "Gostou?", me pergunta sorridente. "Gostei", respondo bem--educada. "Então, Beppe, sirva-lhe outra", ordena ao garçom. E eu me vejo obrigada a comer a contragosto uma segunda fatia daquela fruta sensaborona que demorarei anos para apreciar.

Era a primeira experiência da diversidade que me aguardava.

*

Naquela noite não dormi no quarto que ocuparia em seguida. Porque meu pai ainda não havia comprado as camas novas e, sobretudo, para garantir a privacidade dos meus pais, que não se viam fazia dois anos, dormi em outra ala da casa, no quarto de Anna Paola, filha da tia Adriana, que estava em viagem na Itália com o marido.

Comigo, na grande cama de casal, dormiu Giovanna, a prima que desde criança havia se tornado minha irmã.

Noite de março, temperatura gentil pouco acima da do corpo, garantida pela mata circundante. Sobre a pele, o contato do pijama novo de algodão ainda ligeiramente engomado. E, por cima, apenas o lençol com seu cheiro de sol.

Abrimos as dobraduras das venezianas metálicas como quem abre um leque, queríamos que a noite tropical entrasse no quarto com seus ruídos e estrelas. Veio um cheiro que não conhecíamos, úmido e verde. E, com ele, cantar de grilos, pequenos rangidos, farfalhar, sons da mata que nem no escuro dorme. Eu me senti como personagem dos tantos livros de Emilio Salgari que havia lido, em meio às florestas tropicais que impregnavam meu imaginário.

E pensei que era assim, então, aquele Brasil tão esperado. Feito desse clima e desse cheiro, habitado por esses sons. Me ajeitei embaixo do lençol sabendo que, enfim, havia chegado. Ouvi o ruído distante de um bonde. E, como quem desmaia, adormeci.

Uma voz de batalha

"Quantas vezes cantou a Carmen?", pergunta o locutor a Gabriella numa entrevista radiofônica gravada na Itália. "Mais de mil", responde ela com um sorriso na voz.

Na certa, havia deixado de contar a partir de certo ponto ou nunca havia contado. Sabia que os números não tinham importância, importante era a realidade. Carmen havia-se tornado progressivamente seu outro eu, e nunca mais as duas seriam dissociadas.

Em entrevista dada ao *La Nación* em 1928, em viagem a Buenos Aires, contou como via e como interpretava sua maior personagem:

> Não creio que Carmen fosse má. Ao contrário. Me parece que devemos reagir contra a opinião vulgar que a apresenta como uma vampira. Eu reagi e creio que a isso se deve, em grande parte, o êxito que teve minha interpretação na Espanha. [...] Carmen, a moça do povo que chega a rainha do luxo, a *habanera*, a maquiavélica, a que se dá e até se vende, não é, a meu ver, a "Carmen" de Mérimée. [...] É, simplesmente a moça de vida miserável a quem o destino de sua beleza radiante colocou na ladeira do fasto e do amor, demasiado grandes para a sua pobreza, pequenos para seu poder de sedução. Deslumbrou-se diante do mundo e do luxo,

como os homens se deslumbraram diante do brilho fosforescente dos seus olhos, sem ter mais culpa do que eles. Foi, como costumam ser as mulheres demasiado bonitas, um joguete inconsciente do destino. Mas não era má. [...] Era impulsiva, era sensível e, no fundo, era uma boa moça do povo, coberta por uma pele demasiado macia para dispensar roupas de seda. E, sobretudo, era apaixonada. E a paixão, como o fogo, purifica tudo o que toca.

Gabriella Besanzoni nasce em Roma no dia 20 de setembro em algum momento entre 1888 e 1892. Mentia a idade com determinação e absoluta falta de método, o que, bem de acordo com seu temperamento, embaralha as cartas da realidade. E porque desejo respeitar sua vontade, neste livro Gabriella nasce quando bem entende.

É filha do segundo casamento da mãe, Angelina Spadoni, com Francesco Besanzoni, e tem dois irmãos, Ernesto e Adriana. Do casamento anterior da mãe recebe vários irmãos Colasanti, dos quais os mais chegados a ela serão Arduino e Cesare.

Há de ter sido uma mulher obstinada, esta minha bisavó. Baixinha, gordinha, de pouca beleza. Já tendo filhos crescidos, deixou o primeiro marido, trocando-o pelo boníssimo Francesco Besanzoni, com quem fez mais três crianças. Sempre apoiou a carreira de Gabriella, que a considerava sua melhor conselheira e a adorava. Sua simpatia, entretanto, é questionável. Nas várias fotos que tenho dela, algumas feitas durante uma visita a Pompeia com Gabriella e Henrique, não dá um único sorriso, e pelo menos um de seus netos, meu tio Veniero, não gostava dela e dizia que os almoços de domingo na casa da avó eram uma tortura.

Na casa dos Besanzoni, dinheiro não falta, mas certamente não sobra. O pai é de profissão antiquário, mas fez maus negócios, e as bocas são muitas. A família mora no centro da Roma histórica, na Via del Tritone, depois se muda para as cercanias dos Jardins Vaticanos. Gabriella estuda em colégio de freiras, canta eventualmente na capela

Os estudos regulares de canto podem ter começado por volta dos seus quinze ou dezessete anos, dependendo da ocasião em que ela contava sua própria história. É levada pelo pai à casa de um barítono amigo, homem mais velho, aposentado, que faz a primeira avaliação da sua voz e aceita dar-lhe aulas. Paralelamente, a esposa deste ensina--lhe piano.

O arranjo seria excelente e duradouro, não fosse o velho barítono apaixonar-se pela aluna e entremear poemas de amor nas partituras. Dos poemas passa às palavras, ela conta tudo aos pais e as aulas são suspensas.

O pai pensa então no maestro Alessandro Maggi, e Gabriella chega a ter uma audição com ele. Mas a economia da família não permite pagar o preço de sessenta liras por hora de aula, e decidem recorrer ao Conservatório. Ali ela estuda com a professora Tangiorgi Curtica, que trabalha sua voz como soprano ligeiro. O resultado não se faz esperar, ao cabo de poucos meses a voz desaparece.

Desta vez, o pai não hesita. O maestro Maggi é o novo professor.

Com o estudo, a voz plenamente recuperada de Gabriella se expande, cresce, conquista novos patamares. Mais de uma vez, e sempre com a mesma expressão de alegria e conquista, ela me contou do seu percurso através dos timbres, de como, graças a dedicação e muito estudo, havia "engrossado" a voz, passando gradativamente de soprano ligeiro a soprano lírico, de lírico a dramático, chegando finalmente a contralto ou *mezzosoprano*.

Sempre foi ousada. Estudava canto havia poucos meses e passava férias na cidade de Pesaro quando o maestro Rodolfo Ferrari, organizando um concerto com cantores profissionais, a convidou a cantar alguma coisa.

Gabriella canta uma canção popular, o público aplaude sua voz e sua mocidade, ela se entusiasma e canta "Suicidio", da *Gioconda*.

O sucesso e o contato com o público são uma revelação. A partir dessa primeira experiência, nunca mais desejará outra coisa. O evento aparentemente insignificante, que nem é uma verdadeira estreia, grava-se na sua memória com a força de um batismo. Sua escolha está feita.

Dois anos mais tarde, já estudando com Hilda Brizzi e contra a vontade dela, Gabriella faz uma audição em Milão para um representante do Teatro Costanzi, de Roma, e é contratada.

Assim, com algo próximo dos vinte anos, com sua bela voz e uma determinação inquebrantável, Gabriella começa, de fato, sua carreira.

A estreia acontece em Viterbo, em 1911, na *Norma*, de Bellini, no papel de Adalgisa. E no mesmo ano ela se apresenta em Roma, como Erda, em *Sigfrido*.

O contrato é muito conveniente para ela. Além de lhe permitir morar com a família, Gabriella pode continuar seus estudos de *mezzosoprano* ao mesmo tempo que multiplica as apresentações. São papéis menores e outros nem tanto, que lhe permitem adquirir progressivamente a experiência indispensável para maiores voos.

Ao longo do ano de 1912, realiza cinquenta e uma apresentações no Teatro Costanzi, mas também em Spoleto e Trieste. Seu repertório se amplia, sua foz se fortalece. Não sem esforço, porém. "Mesmo nos trens, a caminho de uma apresentação", me disse certa vez, tirando uma nota do diapasão, "levava isso comigo, e o metrônomo. Ia estudando ao longo da viagem, preparando os papéis, decorando. E quantos trens e quantas viagens tive na minha vida!". Eu, criança ainda, imaginava o trem correndo, o barulho das rodas, o ritmo dos dormentes, e ela cantando por cima disso tudo, cobrindo todos os outros sons com a voz poderosa que enchia o vagão e ecoava em sua cabeça.

Estudar nos trens se enquadra bem em sua personalidade. Era extremamente disciplinada. Não em tudo – jamais ocupou sua frisa nº 1 no Teatro Municipal antes da metade do primeiro ato, quando não no segundo –, mas naquilo em que se empenhava. A postura, por exemplo. Em tantos anos de convivência, nunca a vi apoiar as costas em um espaldar de cadeira; sentava-se ereta, firme, mesmo em casa, na ampla poltrona em que, rodeada por seus cães favoritos, passava horas seguidas jogando cartas ou paciência. Do mesmo modo andava, com a coluna a prumo, o queixo erguido, firme sobre os saltos sempre altos e finos das sandálias de tirinhas que eram suas favoritas – mais de uma vez fui com ela à sapataria que as confeccionava sob medida em Roma. Disciplinada também nas dietas que fazia constantemente, ameaçada como os irmãos pelo excesso de peso. E com os vocalises, repetidos religiosamente toda manhã.

O encontro com Carmen

No ano de 1914, após numerosas apresentações de *La Gioconda*, *Francesca da Rimini* e a então moderníssima *Finlandia*, de Fracassi, Gabriella dá um salto para a frente. Em Gênova buscam uma *mezzosoprano* para *Um baile de máscaras*. Gabriella se apresenta, faz uma audição e obtém o papel de Ulrica. Papel do qual, em verdade, só conhece uma pequena parte e que terá de decorar, na sua totalidade, em apenas dois dias.

Fez isso mais de uma vez, como me contou com ar de criança levada que se gaba de uma travessura. Candidatava-se para um papel que não conhecia, fazia uma audição e, sendo aprovada, decorava rapidamente letras e partitura. Esse salto no vazio a estimulava, e vencer o desafio reafirmava seu talento musical.

A apresentação como Ulrica no Teatro Carlo Felice é um sucesso. E a lança para os papéis de primeira grandeza. Antes do fim deste mesmo ano, estará cantando *Aida*, no Estádio Nacional, em Roma.

Mas só no fim do ano seguinte, no Teatro Vittorio Emanuele, de Turim, dá-se o encontro com a personagem que mais intensamente marcará sua vida e sua carreira, Carmen, a cigana sensual criada por Mérimée.

Não é amor à primeira vista. Sabedora de que em Turim buscam uma *mezzo* para interpretar *Carmen*, apresenta-se para uma audição.

Mais uma vez joga com a audácia, apostando sobretudo na qualidade da sua voz, pois conhece a ópera apenas parcialmente. Aprovada, tem oito dias para se preparar. E, após a estreia, embora tendo lançado mão de todo o seu entusiasmo, depara com críticas negativas. Louva-se seu "inteligente desejo de originalidade e de audácia", mas sua interpretação vocal é considerada insuficiente.

A crítica tem efeito construtivo. Ferida em seu amor-próprio, Gabriella volta a estudar *Carmen* com afinco, apresentando-a novamente em Roma no ano seguinte. E obtendo, dessa vez, aquele sucesso que nunca mais a abandonaria.

A partir daí, e ao longo de toda a carreira, repassaria a *Carmen* meticulosamente antes de cada apresentação e determinadas partes todos os dias após os vocalises.

Em 1916 recebe um convite diferente que desperta seu interesse: ser a protagonista de um filme. A bela voz não seria utilizada no cinema ainda mudo, mas a intensidade dramática que demonstrava no palco havia chamado a atenção dos produtores. E como ela disse a seu biógrafo e aluno de canto Roberto Di Nóbile Terré:[2] "Era algo novo e eu tinha que experimentar, apesar de não ter nada a ver com a ópera. Foi minha primeira e última experiência nesse campo". O filme *Stefania* acabou ficando muito ruim e teve pouquíssimas exibições. Gabriella não quis repetir a dose.

Aos poucos, enriquece seu repertório. Acrescenta *Mignon*, *A força do destino* e *A favorita*. No dia 28 de dezembro de 1916, o jornal *Il Messaggero* publica o seguinte comentário:

> Gabriella Besanzoni é a predileta do público romano, que acompanha com crescente interesse os contínuos progressos da jovem artista em sua breve e rapidíssima carreira. [...] Ela tem uma das mais lindas e mais

---

2. TERRÉ, Roberto Di Nóbile. *Gabriella Besanzoni*. Madri: Climatización, Maquinaria y Servicios, S.A., 1993.

sólidas vozes de *mezzosoprano* que existem nos palcos. Voz exuberante e de coloratura natural, doce e insinuante, que sobe com grande facilidade no registro agudo e baixa com grande efeito em delicadas *sfumature*, chegando às notas baixas que são, sem exagero, de incomparável beleza.

Foram, naquele ano, 55 apresentações. Gabriella transforma-se em uma estrela de primeira grandeza. Seu nome começa a repercutir no mundo da ópera, além das fronteiras da Itália.

Seu primeiro compromisso internacional é na Espanha, ainda no fim de 1917. Três apresentações de *Aida*, em Barcelona, seguidas de três apresentações de *Sansão e Dalila*, no Teatro Real de Madri.

A Espanha será sempre para ela um país de boas recordações, inclusive amorosas. Contou-me como, certa noite, depois de uma apresentação especialmente bem-sucedida, o entusiasmo do público foi tal que, à saída, os jovens que a esperavam do lado de fora do teatro desatrelaram os cavalos da sua carruagem para puxá-la, a braços, até o hotel.

Do seu romance com o rei Alfonso XIII me falou algumas vezes por alto, e sempre com indisfarçado orgulho. Não era mulher de falsos pudores, teve muitos amantes, tudo às claras, como parte assumida do seu repertório. Dizia que, quando estava em Madri, passava os fins de semana com o rei Alfonso no pavilhão de caça que havia na casa real de campo, e contava detalhes alegres da relação, retratando um amante brincalhão e ciumento. "Estava eu um dia passeando de carruagem na Gran Vía, quando percebo que outra carruagem emparelha conosco e que o seu ocupante salta velozmente e entra na minha. Era ele, Alfonso, evidentemente vestido à paisana, que mais de uma vez soube me dar esse tipo de surpresa. E além do mais se divertia muito, pois pouco ligava para o que as pessoas dissessem."

Um dia em Roma, quando eu já era adulta, pediu que a acompanhasse a uma recepção de casamento que aconteceria num hotel elegante na Via del Corso. Saltamos do carro diante da porta, mas, antes de entrar, uma mendiga sentada no chão estendeu a mão e, em espanhol, pediu uma esmola. Gabriella abriu a bolsinha, deu-lhe algum dinheiro, e depois, voltando-se para mim, justificou-se em voz baixa e com ar matreiro: "Afinal, quase fui sua rainha".

Um parêntesis

Aqui abro um parêntesis na biografia. A bem dizer, um parêntesis que funciona como acréscimo.

Em 1959, quando Gabriella me convidou para acompanhá-la à já mencionada recepção de um casamento em um hotel da Via del Corso, eu passava uns meses em Roma com Manfredo, na casa da minha avó.

Em fuga de um noivado que não poderia resultar em bom casamento, havia deixado a faculdade e, estando meu pai às vésperas de uma viagem à Itália, pedi que me levasse com ele. Tinha cabine reservada num cargueiro do Lloyd Brasileiro, e embarcamos juntos. Seria uma permanência demorada, para dar ao ex-noivo tempo de apaixonar-se por outra, maneira segura de me poupar problemas na volta.

Pouco depois de chegar, fui visitar Gabriella. Morava em andar baixo de um condomínio elegante longe do centro histórico, poucos edifícios de três andares em meio a muito verde, jardins, floresta. No salão grande, com varanda cheia de plantas, revi os dois jarrões chineses que, com seus quase dois metros de altura, haviam guardado durante tantos anos o ingresso da Chácara. Ali estavam as delicadas vitrinas da outra casa guardando os mesmos objetos, os tapetes cobrindo todo o chão, a escultura em bronze da japonesinha reclinada de quimono, peça favorita de Gabriella. O velho piano de cauda tronejava, com um xale espanhol jogado em cima. Espelhos refletiam o conjunto. Revi as fotos autografadas de personalidades internacionais que eu tantas vezes havia admirado sobre uma mesa no salão da mansão. E, na parede, para minha alegria, a grande natureza morta que eu havia pintado e lhe dado de presente.

Era uma casa nova, onde tudo lembrava a antiga casa.

Poucos dias depois, Gabriella me telefona fazendo o convite para o casamento. Sou obrigada a responder que não tenho roupa para ocasião tão elegante, vim só com uma mala para passar alguns meses. "Problema nenhum", responde ela, "vamos escolher uma roupa linda para você". E marca dia e hora naquela semana.

O encontro é no alto da escadaria da Piazza di Spagna, diante do ateliê de alta-costura Gattinoni. Entramos, bem recebidíssimas, já que Gabriella é cliente constante. Sentamo-nos no salão, e pouco depois as manequins começam a desfilar para nós.

Eu também sou vagamente manequim naquele momento, profissão que não estava nos meus planos e na qual entrei quase por acaso. E olho as modelos com duplo olhar, de aprendiz do ofício e de cliente.

Entre tudo o que vimos, Gabriella e eu hesitamos entre três vestidos de crepe, que eu provo e ficam perfeitos no meu corpo. Um preto, um branco e um lilás. "Problema nenhum", diz Gabriella, levamos os três.

Será muita emoção depois, quando as grandes caixas chegarem à casa da minha avó. Eu e ela desfazendo os laços que as atam, tirando cada vestido de dentro de camadas e camadas de papel de seda, e erguendo-o em admiração. Eu, que faço minhas próprias roupas, nunca ganhei nada tão bonito, tão elegante.

As sandálias já tenho. Bolsa, usarei uma bonita da minha avó. E Gabriella me empresta um arranjo de cabeça, espécie de fino laço de veludo de onde sai uma mínima *voilette*. Assim, cúmplices e felizes, vamos as duas à recepção.

Não é a primeira vez que Gabriella me veste. Isso já aconteceu duas vezes antes.

A primeira, no Rio, logo depois da morte da minha mãe. Eu tinha um namoradinho e o namoradinho recebera da mãe dois convites para a Nuit de Longchamps, no Jockey. Mas quem disse que eu tinha roupa apropriada? Gabriella tomou as rédeas da situação, abrindo seus próprios armários. Escolheu um conjunto da mesma grife italiana Gattinoni que me vestiria anos mais tarde: blusa de tafetá verde-esmeralda e uma saia godê de seda quase palha que poderia me servir desde que eu fizesse disfarçadas pences na cintura. Mas era um agosto particularmente frio, e no Jockey venta. Gabriella foi ao armário das peles e escolheu uma jaqueta de *brainwavz* branco com botões de *strass* para me agasalhar. E assim, vestida como adulta, descombinada e sentindo-me elegantíssima, fui à Nuit de Longchamps com meu namoradinho. Do conjunto, só precisava devolver o casaco de pele, o resto era presente, e foi meu cavalo de batalha durante muito tempo. A saia cor de palha, da qual nunca tive coragem de me desfazer, dorme até hoje em minha casa.

A segunda vez que Gabriella me vestira havia sido anos antes, em Roma. Daquela vez também, um convite que eu não podia aceitar por falta de roupa. Gabriella havia me convidado para assistir ao tradicional Concurso Hípico, que todos os anos acontecia na Villa Borghese. Evento elegante, embora à tarde, para o qual eu, ainda adolescente, não tinha o que vestir. Estavam na moda naquele momento as saias de feltro rodadas, coloridíssimas, a usar com cinto alto de elástico preto. Gabriella me levou, então, a uma butique onde, além de uma divertida saia xadrez, comprou para mim o cinto, a blusa preta e a chamejante saia vermelha com que pude assistir, ao seu lado, às evoluções do famoso Carrossel dos Carabineiros Montados que sempre abria o Concurso Hípico. As sapatilhas eu tinha.

A ouvir de joelhos

O ano de 1918 marca mais uma volta na espiral ascensional da carreira de Gabriella e se inscreve como um momento decisório em sua vida privada.

Depois de novas apresentações em Madri e Bilbao, é contratada para uma turnê na América do Sul, para onde seguirá voltando ao longo de todo o seu percurso de artista.

Viaja com uma companhia italiana extremamente harmoniosa, que, sob a batuta do maestro George Marinuzzi, conta, entre outras vozes, com as de Rosa Raisa, Aureliano Pertile e Giacomo Rimini.

Em maio tem início uma série de apresentações no Teatro Colón de Buenos Aires, que se prolongará até agosto, intercalada com duas apresentações em Rosário. Ao Colón, Gabriella voltaria seguidas vezes, em 1922, em 1924, e mesmo depois de casada, em 1928, 1930 e em 1935, quando já limitava suas apresentações. Tornou-se estrela maior daquele teatro, onde encontrei sobre ela material fotográfico e documental infinitamente superior ao quase nada que se conserva no Teatro Municipal do Rio.

Depois de Buenos Aires vai para Montevidéu, e dali para o Rio, onde estreia no Teatro Municipal um dia antes do seu aniversário, cantando *Sansão e Dalila*. Cantará ainda *Norma, Mignon, Um baile de máscaras, Carmen* e *Aida*. Só no mês seguinte a companhia segue para São Paulo, onde, no Teatro Municipal, Gabriella realiza três apresentações.

O *Correio Paulistano*, após elogiar sua voz, faz o seguinte comentário:

> Pode-se dizer que a bela artista rejuvenesceu o papel de Amneris, quase sempre entregue a senhoras robustas e maduras. Nesta ocasião, a princesa faraônica apareceu com o semblante de uma verdadeira [...] princesa, que está disposta a conquistar o esquivo amor do capitão Radamés, cujo destino final se justifica, devido à falta de bom gosto, ao preferir sua rival etíope.

E dela diria mais tarde Mário de Andrade: "Gabriella Besanzoni, a que deveria ser ouvida 'de joelhos', foi a última contralto que a Itália teve".

É nesse ano que o nome de Henrique Lage surge pela primeira vez em sua vida. Materializa-se em um cartão que, acompanhando flores enviadas ao seu camarim do Municipal após uma apresentação de *Carmen*, a convida para jantar. O encontro não se dá, porque ela recusa esse e os outros convites que ele, perseverante, teima em lhe enviar.

Está apaixonada por Arthur Rubinstein, ao mesmo tempo que mantém uma relação com o empresário Faustino Della Rosa, responsável por sua temporada sul-americana. Muito tempo terá de passar antes que a perseverança de Henrique Lage dê frutos. Mas serão definitivos.

Com acompanhamento de piano, ou Arthur Rubinstein

Ela estava apaixonada, ele nem tanto. Ainda assim, o romance fragmentado por separações e reencontros, viagens e apresentações durou mais de três anos.

Eram dois egos poderosos, embora ele ainda não fosse tão famoso nem ganhasse tanto quanto ela. E o que ambos disseram da relação nem sempre coincide.

O primeiro encontro, ainda unilateral, acontece no início de 1918, em Madri. Arthur vai ouvi-la no Teatro Real, cantando *Carmen*. Muitos anos mais tarde escreverá em seu livro de memórias *My Many Years* [Meus muitos anos]:[3]

> Uma noite, no Teatro Real de Madri, vi e ouvi uma *Carmen* sensacional, Gabriella Besanzoni. Ela permanece na minha memória como a maior Carmen que jamais ouvi, uma contralto cujas notas graves soavam como as de um barítono, embora ela pudesse alcançar notas muito mais altas facilmente. Havia algo de sensual, de animal selvagem nela. Por uma vez, a tragédia de Don José foi convincente. Embora não exatamente bonita,

---

3. RUBINSTEIN, Arthur. *My Many Years*. Knopf: Nova York, 1980. [Tradução minha.]

ela foi a perfeita encarnação da cigana de Mérimée. O auditório, estupefato, lhe deu a maior ovação que jamais presenciei em Madri.

Ela conta que o viu pela primeira vez no hall do Hotel Palace, onde ambos se hospedavam, e que a força do seu olhar pousado nela lhe chamou a atenção. Rubinstein, nos diz a crônica, era um jovem magro e de porte elegante, embora não alto, louro, de nariz adunco e olhos cinzentos e intensos. Pode ser que a tenha olhado intensamente, porque em suas memórias relata que tentou aproximar-se dela em várias ocasiões, sempre driblado por Faustino Della Rosa. Ela diz que dois dias depois daquele primeiro olhar, novamente no hall, ele a convidou para jantar, convite que recusou. Ele não faz qualquer menção a esse convite.

Mas os dois concordam quanto ao local do encontro decisivo, o corredor do hotel.

Na versão dela, voltava uma noite ao quarto quando o encontrou à sua espera no corredor. Com modos corteses, ele diz que quer lhe falar. Ela responde que não, abre a porta do quarto para entrar, ele a empurra para dentro, entra e passa a chave. Tenta abraçá-la, ela resiste, ele consegue seu intento, os dois rolam sobre a cama.

Na versão dele:

Eu a vi chegando na minha direção no corredor vazio, enrubesci excitado... Ela parou de repente e, quando me aproximei para me apresentar, sem dizer palavra ela agarrou minha cabeça com as duas mãos e me beijou tão violentamente que tirou sangue do lábio... Por se tratar do primeiro dia de Carnaval, saímos na minha carruagem pela Castellana.[4] Quando voltamos ao hotel, Gabriella tomou a minha mão e me levou para o seu quarto, enquanto dizia: "Vamos, querido, deita e descansa". Três horas depois, deixei o seu quarto, cansado, mas exuberantemente feliz, orgulhoso dessa aventura amorosa e de ter tido Carmen em meus braços.

---

4. Uma das mais importantes avenidas de Madri.

Mais tarde escreveria: "Pensei que havia sido o capricho passageiro de uma mulher impulsiva. Estava errado. Rapidamente se tornou algo sério. Gabriella comportava-se como uma mulher apaixonada". E adiante: "Eu não tinha intenção de me casar com Gabriella e estava morrendo de medo de que essa fosse a sua meta".

Estava certo. E estava errado. Estava certo quanto à paixão. Estava errado em relação às intenções da sua amante. Faltava experiência ao então jovem pianista para entender a mulher que tinha nos braços. Ocupado em defender seu território de celibatário, não percebeu que casamento não estava nos planos de Gabriella, muito mais interessada em manter sua liberdade, seus amores e seu sucesso.

Depois de passarem uma semana ou pouco mais juntos, Rubinstein parte para dar um concerto em Valência. Gabriella deverá viajar em breve para a turnê sul-americana. Arthur conta nas memórias que ela atrasa a própria viagem e o surpreende, ou assusta, aparecendo em Valência para ouvi-lo tocar. Mais alguns dias de amor, ela lhe põe um apelido que ele detesta, Tutullo, mas que permanecerá durante todo o romance, e ele a convence a tomar em Barcelona um navio rumo a Buenos Aires para cumprir seus compromissos. Ele viajará para o mesmo destino, em navio diferente. Segundo outra fonte, porém, esse atraso na partida nunca aconteceu, Gabriella viajou com a trupe na data estabelecida.

Reencontram-se brevemente em Buenos Aires, onde Arthur tem concertos agendados. E logo ele parte de trem para São Paulo e Rio, enquanto Gabriella continua em Buenos Aires ao longo de quatro meses.

Finda a temporada brasileira, Arthur volta a Buenos Aires rapidamente antes de viajar para Valparaíso, seguindo depois para Lima.

O fim de 1918, este ano pontuado por encontros românticos e viagens, está chegando. Arthur toma, juntamente com seu criado, um navio rumo a Cuba, onde o esperam novos concertos. E, durante a parada regulamentar no Panamá, recebe um telegrama de Gabriella anunciando sua chegada.

Desta vez a separação foi longa. Os amantes estão finalmente no quarto do hotel, prontos ao amor, quando a polícia bate à porta. A lei panamenha proíbe casais não casados de se hospedarem no mesmo quarto. A exclamação de Gabriella ficou registrada nas memórias de Arthur: "Essa gente é doida? Desde quando se proíbe um homem e uma mulher de serem felizes?".

São tempos difíceis. A Primeira Guerra terminou faz pouco, barcos e navios estão lotados de militares que regressam a seus países. Com muito custo, graças à ajuda do governador e em troca de um duplo recital ao ar livre para as tropas, o casal consegue passagens para Cuba num barco da Grace Fruit Company.

A viagem será um inferno de calor, insetos e desconforto. Gabriella é a única mulher a bordo e sente pesarem sobre si os olhares desejosos de tantos homens. Além do mais, os amantes viajam em cabines separadas. Na parada do barco em Nova Orleans, desembarcam aliviados. Terão ainda alguns problemas com o passaporte de Arthur, mas logo viajam de trem até Miami, onde tomam um navio para, enfim, chegar a Havana. Exaustos, dormirão um dia inteiro.

*

Gabriella vai a Cuba para acompanhar Arthur naquela que seria apenas uma viagem de amor. Entretanto, é impossível a casal tão famoso passar despercebido, sobretudo numa ilha. Logo, o maestro Adolfo Bracale se acerca de Arthur, que o apresenta a Gabriella. E a apresentação resulta em um contrato para duas apresentações de *Carmen*.

Algum tempo passa. Arthur tem que partir, pois tem compromissos em Nova York. E, desejando dar suporte a Gabriella, que permanece em Cuba, onde as duas apresentações foram acrescidas de mais quatro, pede ao baixo Gaudio Mansueto para protegê-la e ajudá-la em tudo o que for preciso.

O pedido, apesar de ela ter cantado com ele inúmeras vezes, se revelará equivocado.

Já nos Estados Unidos, Arthur recebe uma carta de Gabriella, enviada de Cienfuegos. Nela, sua amante lhe conta, angustiada, que o peruano começou a fazer-lhe propostas sexuais e, ao ser rechaçado, tornou-se violento: "Irrompeu no meu quarto, utilizando uma linguagem obscena, e me ameaçou com uma faca". Gabriella tem medo de ser assassinada, diz que o homem está louco e pede ajuda.

Arthur, alarmado, vai ao consulado cubano, fala com o cônsul e lê para ele a carta. Pouco tempo depois, recebem informe da polícia de Cienfuegos dizendo que, de fato, o homem parecia enlouquecido, havia atacado um policial e já estava preso.

O fato é fartamente noticiado na imprensa cubana. Gabriella respira aliviada.

E logo parte para Nova York, ao encontro de Arthur.

Desta vez, nenhum compromisso profissional, só namoro, passeios e idas ao cinema.

Talvez devido a essa amorosa inoperância, e levado por sua admiração pela voz da amante, Arthur atua nessa estadia quase como empresário dela. O mundo musical sabe que eles são um casal. Ninguém se surpreende, portanto, com o fato de ele usar seus próprios conhecimentos com gravadoras e agentes em benefício dela. A nova atividade parece diverti-lo.

E Gabriella assina contratos para cantar no Metropolitan na próxima estação operística, para dar uma série de concertos extremamente bem pagos, e para gravar com a Victor Talking Machine Company.

Paralelamente, um empresário mexicano se aproxima dos dois e os contrata para apresentações a serem realizadas no fim da primavera e no princípio do verão na Cidade do México. Gabriella está eufórica, pois cantará com Enrico Caruso, coisa que havia tempos desejava.

Esfaqueada na chuva

A companhia do grande tenor foi arregimentada às pressas e, além dele, conta com algumas boas vozes, como Rosa Raisa e José Mojica – naquela época ainda pouco conhecido e relegado a papéis secundários –, mas o elenco de apoio não é dos melhores. Entretanto, a harmonia entre Gabriella e Caruso é absoluta desde o início. Ela aparece ao seu lado em quase todas as fotos da temporada. E, como disse mais tarde Howard Greenfield, biógrafo de Caruso: "Embora o elenco de apoio fosse fraco, o tenor teve a sorte de cantar a *Carmen* em parceria com Gabriella Besanzoni, a única cantora da companhia digna da ocasião. Sua voz era vibrante, e sua caracterização, excepcional". Com justeza, muitos anos mais tarde, em artigo publicado em *O Globo*, o maestro Salvatore Ruberti a definiria como "a Caruso dos contraltos".

No princípio de setembro, Gabriella estreia com Caruso no Teatro Iris, cantando *Aida*. O sucesso é estrondoso. Mais algumas apresentações no Teatro, e chega a tarde de 5 de outubro, em que a exibição de *Carmen* será ao ar livre, na *plaza de toros* El Toreo. A fama da dupla e o preço bem mais barato dos ingressos lotam a *plaza*: mais de vinte e duas mil pessoas esperam o início do espetáculo, que fora anunciado anteriormente e cancelado em função do mau tempo.

Nuvens começam a se adensar já no primeiro ato. Caruso e Gabriella estão chegando ao final do terceiro ato quando as nuvens se fendem e o temporal desaba. A imprensa diz que os dois cantores tiveram que interromper por instantes a cena dramática e vestir capas de chuva sobre seus trajes de cena. Gabriella, porém, sempre contou – e mais de uma vez me disse – que, ao ver a chuva cair sobre seu ídolo ameaçando a preciosa garganta, um popular pulou do seu lugar empunhando um guarda-chuva aberto, com o qual protegeu Caruso até a punhalada fatal desferida por Don José. Quanto a ela, não bastasse seu papel de vítima de feminicídio, teve que "morrer" encharcada.

A temporada mexicana, que durou de setembro ao princípio de novembro, seria sempre lembrada por Gabriella como um período especialmente feliz. Não só pelo êxito, mas pela amizade que ligava os elementos da companhia. No ambiente operístico, do qual me relatou tantos episódios de inveja, tanta rivalidade (como a que enfrentou no Metropolitan), tanta luta travada entre palco e camarins, semelhante afinidade era rara.

Hospedados todos no mesmo hotel, jantavam juntos depois dos espetáculos e dos ensaios, divertiam-se, riam. Ficou registrado um jantar à base de espaguete no apartamento de Caruso, que Mojica relata deslumbrado em suas memórias. Caruso, homem simples e brincalhão, punha todos à vontade e certamente contribuiu para estabelecer na companhia esse clima jovial.

Ao contrário, o clima lá fora é pesado. Tempo da revolução de Pancho Villa, o herói Emiliano Zapata acabou de morrer, as pessoas andam armadas pelas ruas, os trens são assaltados, tiroteios pontuam episódios sangrentos, atrocidades estão na ordem do dia.

Mas os cantores estão ganhando muito bem, com o dinheiro entregue ao fim de cada espetáculo. Pagos em ouro, segundo Gabriella me contou. Funcionários do teatro vestindo libré e meias brancas se apresentavam no camarim, levando uma bandeja cheia de saquinhos de couro. Nos saquinhos, as moedas do pagamento, que eles mesmos despejavam sobre a bandeja, para controle dos artistas.

Arthur, que fez junto com Gabriella um recital em San Luis Potosí e outro em Monterrey antes de voltar para Nova York, era pago do mesmo jeito, "depois de cada apresentação, com belas moedas de ouro de vinte pesos cada. Nos divertíamos fazendo pilhas de ouro na mesa e olhando, fascinados, para elas".

Ataque no Metropolitan

Em novembro desse mesmo ano, Gabriella se apresenta no Metropolitan de Nova York, estreando como Amneris em *Aida*. Arthur, retido por seus próprios compromissos, não está presente, só chegará depois.

Mas, apesar da expectativa e da sua própria emoção diante do novo público, a recepção é morna. As coisas só farão piorar nas récitas seguintes, quando ela canta em *Boris Godunov*, em *Sansão e Dalila*, e como Isabella na estreia de *A italiana em Argel* no Metropolitan.

A avaliação de imprensa não é boa. Gabriella sempre atribuirá esse fracasso ao clima de hostilidade criado contra ela no meio operístico e junto à mídia pela contralto alemã Margaret Matzenauer, contratada do Metropolitan que lutava para manter sua exclusividade sobre os papéis de *mezzosoprano* e deixar para Besanzoni os papéis secundários.

Quando Arthur chega, Gabriella lhe conta como Matzenauer pagou uma claque para vaiá-la e espalhou que seu sucesso na América do Sul e na Espanha, em *Carmen*, era menos devido à qualidade da sua voz do que à interpretação lasciva que excitava os homens.

Não bastasse Matzenauer, Gabriella tem uma outra inimiga: Geraldine Farrar, que no Metropolitan era uma espécie de Carmen titular e que operou para que ela não cantasse essa ópera.

De acordo com a autobiografia de Arthur, as acusações de Gabriella não eram infundadas. "Pobre Gabriella! Averiguei depois que tudo o que ela tinha me dito era certo. Entretanto, ela tinha muito caráter e continuou cantando valentemente seus dois ou três papéis, apesar dessa enorme injustiça."

O único suporte de Gabriella é Caruso, que antes da estreia vai vê-la várias vezes no camarim para dar-lhe ânimo e que está indignado. Ela ainda se esforça para vencer até o fim da temporada, em abril de 1920. Mas, apesar de o maestro Giulio Gatti-Casazza dizer que o público do Metropolitan a adora, o contrato não é renovado, e, mesmo Gabriella dando vários concertos em outras cidades, sua carreira nos Estados Unidos está praticamente encerrada.

Nesse mesmo ano, seu amor-próprio terá oportunidade de refazer-se plenamente em Cuba.

A explosão malcheirosa

Em Havana, um fato memorável acontece.

Gabriella já se encontra na ilha no verão de 1920 quando Caruso chega, e vai recebê-lo no porto junto com autoridades e fanfarras.

A cidade inteira comenta a quantia exorbitante pedida pelo tenor, a maior da sua carreira, dez mil dólares por apresentação – Rubinstein dizia ter recebido por um só concerto o equivalente ao salário de um ano de um trabalhador cubano. O preço dos ingressos é de vinte e cinco pesos, revendidos a sessenta pelos cambistas. Há um descontentamento generalizado, já que o salário de um trabalhador em Cuba é de vinte pesos. Mas as filas diante do teatro dão volta de quarteirão.

Caruso estreia no Teatro Nacional com grandíssimo sucesso. No dia seguinte – a imprensa cubana registra 5 de maio de 1920 –, a récita é *Aida*, em que ele contracena com Gabriella. Caruso havia cantado lindamente a ária "Celeste Aida", e está em seu camarim preparando-se para a próxima entrada em cena quando uma bomba, ou mais propriamente um petardo fétido, provavelmente em protesto pelo cachê do tenor, explode.

Instrumentos são destroçados, duas colunas desabam, destruindo o cenário, cento e dez extras vestidos de egípcios debandam para a calçada diante do ingresso do teatro. Há feridos, pânico, gente em fuga.

O primeiro a fugir é Caruso, que, paramentado como Radamés, se evade pela porta dos fundos do teatro e desanda a correr pela rua.

A partir desse ponto comum, existem várias versões.

Gabriella dizia que Caruso, ao ouvir a explosão e temendo que fosse um atentado contra ele, saiu sem despir o traje de cena e foi correndo pela rua até chegar ao hotel. Correndo em busca dele, os repórteres e Bracale o encontraram em seu quarto, fumando tranquilamente um charuto.

Em seu livro *Mis Memorias* [*Memórias de um empresário*], Adolfo Bracale dá um tom mais digno ao episódio. Caruso estaria com ele nas coxias do teatro e, ao explodir a bomba, foram ambos para o palco pedir calma ao público. Só depois caminharam juntos para o hotel, Caruso vestindo ainda o figurino de Radamés, que não havia ido trocar no camarim.

Arthur prefere um tom irônico: "Então ocorreu que em meio à Marcha Triunfal, quando Radamés é aclamado por sua vitória, alguém soltou no meio da plateia uma bomba fétida que explodiu com um ruído tremendo e um cheiro terrível. Caruso, aliás, Radamés, recolheu a cauda do seu maravilhoso manto branco, pulou do teatro para a rua e galopou cruzando a praça até o hotel".

O escritor Alejo Carpentier, áspero crítico da vaidade e do ridículo despertados em Havana pelas temporadas líricas, conta a história de outra maneira:

> Caruso, que era muito medroso, tomou um susto terrível, saiu pela porta dos fundos do Nacional e começou a correr às três da tarde pela rua San Rafael. Quando chegou duas quadras adiante, um guarda [...] o agarrou violentamente pela mão e disse: "O que é isso?! Aqui não estamos no carnaval para andar fantasiado pela rua!".

Então Caruso, que não falava espanhol, começou a dizer: "*Io non sono in carnevale, io sono um grande tenore... vestito da Radamés. Io sono il tenore Caruso!*"[5]

Mas o guarda não entendia. Ficou encarando Caruso e lhe disse: "Com certeza! E ainda por cima fantasiado de mulher. Vamos já para a delegacia!".

E o pobre Caruso teve que ser tirado da delegacia pelo embaixador da Itália em Cuba.

Pelo registro de Arthur, em oposição ao episódio de Caruso, na ocasião Gabriella "se portou como a filha de um faraó".

---

5. "Eu não estou fantasiado, sou um grande tenor... vestido de Radamés. Sou o tenor Caruso!"

Separação em Paris

De Cuba, Gabriella vai a Lima, onde, ao longo de aproximadamente quatro meses, apresenta-se numerosas vezes. É em algum momento impreciso entre sua presença em Lima e a ida a Chicago para finalizar o ano cantando *Aida* que viaja para a Europa, onde Arthur se encontra há mais tempo.

Desta vez a separação foi muito longa. E o encontro, que será o último, se dá em Paris.

Mas, como para o começo do romance, também para o fim há duas versões.

A dela nos diz que estava em clima de férias com sua irmã Adriana – aquela tia suplementar que foi nos receber na chegada ao Brasil – e que visitaram a cidade guiadas por Arthur. Há um jantar marcado no Maxim's para depois irem juntos assistir ao espetáculo das Folies Bergère. Jantar que mal acontece, porque Gabriella descobriu em poder do amante um monte de cartas de mulheres que ele "não soube explicar". Briga, ciúmes, a ruptura é inevitável.

Uma história aceitável, pois sabemos que Arthur era homem de muitos amores.

A dele confirma Paris, o encontro marcado para o Maxim's, as entradas já compradas para o Folies. Mas acrescenta um telefonema de Igor Stravinski dizendo que precisava falar com ele urgentemente, questão de vida ou morte – a questão urgente era que Stravinski começava a sofrer de impotência. Arthur parte em socorro de Igor e pede ao compositor polonês Karol Szymanowski, seu amigo, que leve as irmãs para jantar. Vai mais tarde com Igor encontrá-las no Folies e percebe que Gabriella está furiosa. No dia seguinte receberá uma carta de ruptura em que ela o acusa de homossexualidade, dizendo: "Teu amante demonstrou claramente seu aborrecimento por estar conosco, e não contigo".

Uma história também aceitável, já que na época nenhum homem heterossexual inventaria para si mesmo uma acusação, ainda que infundada, de homossexualidade. Em *My Many Years*, Rubinstein conta como, numa tentativa de livrar Stranvinski da impotência, levou-o a um bordel. Mas não há de ter sido esta noite, quando se sabia esperado por Gabriella.

Das duas versões, deixemos o motivo e fiquemos com a briga. É com ela, e não por cansaço ou desgaste, que Arthur Rubinstein e Gabriella Besanzoni se separam. Durante mais de três anos, formaram um casal relevante no panorama musical do século XX; a partir de agora, cada um seguirá seu caminho.

O encontro com Henrique

Gabriella começa 1921 cantando em Chicago. Livre de laços sentimentais, prepara-se para novos amores e novos sucessos.

Faz três apresentações em Roma, onde havia muito não cantava. E, em seguida, começa nova turnê pela América Latina. Desta vez, o giro inclui San José, na Costa Rica. Mas, apesar das múltiplas apresentações na Argentina e em Montevidéu, não vem ao Brasil.

Isso só acontecerá no ano seguinte, um ano particularmente importante para sua carreira e sua vida.

Os quatro primeiros meses são de espetáculos na Espanha e na Itália. Só em maio chega a Buenos Aires, onde, em *Carmen* e *Cavalleria Rusticana*, com Miguel Fleta, e *A favorita*, com Giacomo Lauri-Volpi, sob a batuta de Pietro Mascagni, obtém um sucesso estrondoso.

O mesmo sucesso e o mesmo elenco se repetem no Rio, aonde chega em setembro, e em São Paulo. O eco desses aplausos convencerá Arturo Toscanini a chamá-la para cantar no ano seguinte no Teatro La Scala, de Milão, sob sua batuta, nas duas execuções do *Réquiem* de Verdi, com Francesco Merli, Ezio Pinza e Isadora Rinolfi.

O ano não é positivo apenas para o canto. Gabriella está livre de qualquer paixão quando, pela primeira vez, aceita um convite de Henrique Lage.

O convite é para uma festa em sua casa na Ilha de Santa Cruz, na Baía de Guanabara. Parece provável que, mesmo ela sendo tão viajada, o fato de o evento acontecer numa ilha tenha despertado a sua curiosidade. Se assim foi, ela nunca o confessou. Ao falar do episódio, o contava de duas maneiras. A mim, disse que pensou ser um golpe de sedução dele, uma espécie de armadilha amorosa, e, um pouco por defesa, um pouco por deboche, decidiu levar consigo os companheiros de trupe. Em entrevistas, disse que quis surpreendê-lo, pregar-lhe uma peça, e levou consigo o elenco inteiro, umas cinquenta pessoas.

Pergunto-me como caberiam cinquenta pessoas nas lanchas rápidas que Henrique utilizava para transporte entre a ilha e o continente, mas podem ter sido feitas várias viagens. O fato é que todos foram recebidos com grande cordialidade, exatamente como se tivessem sido convidados. E Gabriella surpreendeu-se com a fidalguia do anfitrião e a elegância da festa.

Sempre desejei ir a essa ilha, que, a partir do momento em que o patrimônio de Henrique Lage foi encampado, pertence ao Estado. Embora ao passar pela ponte que liga o Rio a Niterói sempre procure a claridade da casa entre o verde crescente, eu nunca soube buscar a autorização necessária para uma visita, e um convite que tive acabou não se concretizando.

Para descrevê-la, recorro ao livro *Ilhas, veredas e buritis*,[6] da atriz Eliane Lage, sobrinha-neta de Henrique, que ali passou a infância:

> O mar manso cercado por montanhas até onde o olhar alcançava; [...] de longe, tantas eram as mangueiras colossais que mais parecia uma enorme peruca verde e encaracolada flutuando na baía. E lá no alto, no topo

---

6. LAGE, Eliane. *Ilhas, veredas e buritis*. São Paulo: Brasiliense, 2005.

mesmo, a casa de Tonico Lage. [...] Havia bancos nos quatro pontos cardeais da ilha. Lugares mágicos de onde se avistavam o mar, outras ilhas, o continente com os picos da Serra do Mar. [...] Tudo era envernizado nesse mundo ilhéu de maresia e sal. Todo o madeirame da casa, de pé-direito alto, vitoriana e rebuscada. As janelas tinham pequenos vidros vermelhos, verdes ou alaranjados incrustados nos cantos. [...] As portas duplas de caixilho, que se abriam para sacadas de madeira trabalhada, também eram impregnadas de verniz e de mar. [...] O mar impregnava tudo havia muitas gerações. Era um mar manso, de baía, aparentemente inocente, mas sorrateiro. [...] Tudo era grande e rebuscado. [...] Os artesãos haviam se esmerado no acabamento, torneando e esculpindo a madeira das sacadas, corrimãos e móveis. Os telhados eram altos e exibiam torrinhas aqui e ali, e havia largos terraços de colunas trabalhadas, sempre virados para o mar. [...] Só harmonia e beleza.

Finda a festa, Henrique acompanha Gabriella até o hotel, o que lhes dá tempo para conversar e permite que ela o veja sob outra luz. Henrique é um apaixonado por ópera, chegou até a estudar canto na Itália. Gabriella percebe que está diante de um homem preparado, influente, educadíssimo e – fato que ela não deixará de citar no futuro – fisicamente bonito.

Um novo encontro acontece naquele ano. Mas ainda não basta para que ela aceite quando ele a pede em casamento. Pensa que não está falando sério. Descobrirá, adiante, que estava.

Gabriella não tem àquela altura o menor desejo de se casar. Concorda com a mãe, que sempre a aconselhou a permanecer solteira, cuidando da voz que Deus lhe deu de presente e da sua carreira ascendente. Sua vida, de um palco a outro, de um país a outro, aplaudida e cortejada, é demasiado prazerosa para que deseje trocá-la por qualquer tipo de domesticidade.

*

O tempo passa, e, a não ser por uma apresentação em Buenos Aires – para onde Gabriella vai depois de São Paulo –, o ano de 1923 é todo dedicado à Itália.

Canta no Teatro La Scala a *Missa de Réquiem* para a qual havia sido convidada por Toscanini. E está em Brescia para quatro apresentações do *Orfeo* quando recebe um presente de Gabriele D'Annunzio. É um anel de prata com pedras encastoadas do qual o poeta mandou fazer três cópias. Um dos anéis vai para a rainha da Itália, outro para ele mesmo, e o último é este que traz uma dedicatória gravada: "Para a irmã Gabriella, *frei* Gabriele". A cantora conservará este anel durante toda a vida, como um talismã.

Canta em Veneza e, ainda debaixo da batuta do maestro, se apresenta em Milão nos últimos dois meses daquele ano e nos três primeiros do ano seguinte.

Depois de espetáculos em Montecarlo, embarca rumo a Buenos Aires. Neste ano, porém, não há nada marcado para ela no Brasil. Sabendo que Gabriella não irá profissionalmente ao Rio, Henrique a convida. E ela, querendo conhecê-lo melhor e levada por um começo de enamoramento, vai.

Isso terá sido mais ou menos em setembro, quando não há registro de qualquer compromisso operístico dela. Henrique se esmera para tornar a estadia agradável, programa passeios, jantares, encontros. Imagino que se comunicassem em italiano, língua que ele falava bem, assim como espanhol, francês e inglês.

E, na língua que ela melhor conhecia, Henrique renova o seu pedido. Desta vez, Gabriella sabe que ele fala sério. É possível que ainda não estivesse plenamente apaixonada. A palavra paixão não aparece em nenhuma das tantas entrevistas que deu. O que se destaca é a extrema admiração que Henrique lhe desperta. Dirá dele mais tarde: "Henrique, um marido que me atendia como a uma rainha, cuidando com rapidez de qualquer desejo meu. Educado, disposto a me demonstrar satisfação durante os anos de 'assédio'. Organizado até nos menores detalhes, trabalhador incansável e, ademais, dono de uma grande fortuna, razão pela qual não se podia dar-lhe o título de 'marido da diva'".

Apesar do interesse que aquele homem pouco falante, mas de voz doce, lhe despertou e mesmo muito inclinada a aceitar, é quase certo que Gabriella não deu a resposta imediatamente. Se para tudo se aconselhava com a mãe, não ia ser em decisão tão importante que deixaria Angelina de lado. E, de fato, Gabriella está na Itália em dezembro, quando canta em Messina.

No ano seguinte, ainda faria quatro apresentações no Colón, em *Carmen*, *Orfeu e Eurídice*, *Aida*, com a grande Claudia Muzio, e *Sansão e Dalila*. Repertório que repetiria em agosto e setembro no Municipal do Rio, acrescentado de um recital em benefício da Pro Matre.

Mas, de acordo com o que meu pai me contou, Angelina desta vez deu seu beneplácito. Há de ter considerado que dificilmente surgiria pretendente melhor e que, depois de quase quinze anos de carreira, sua filha bem merecia um descanso. Henrique sendo tão apaixonado pela voz dela, talvez nem fosse necessário – como não foi – abandonar totalmente o canto.

*

Em dezembro, Gabriella já participava da vida social carioca, e *A Gazeta de Notícias* noticiava o casamento iminente:

> Em nossa alta sociedade, o acontecimento do momento é constituído pelo próximo casamento de Gabriella Besanzoni, a artista eminente, com o Sr. Henrique Lage, o industrial abastado. Gabriella Besanzoni – todos a conhecemos à força de muito a admirarmos – é a cantora que tem encantado todas as plateias *lyricas*, maravilhando-as com sua possança e a doçura de sua voz de contralto em tantas criações inesquecíveis. [...] Residindo no Rio desde quando aqui chegou, [...] a ilustre artista agora, com

esse enlace que se anuncia, ficará radicada à sociedade, que a tinha como uma de suas admirações e agora a terá como uma figura ornamentadora.

De fato, Gabriella, decidida desde o ano anterior a radicar-se no Rio, havia comprado uma casa em Laranjeiras, onde já residia, e um Isotta Fraschini para se locomover na cidade.

E no dia 7 de fevereiro de 1925, na Ilha de Santa Cruz, às onze e meia, foi celebrado – em regime total de separação de bens, obedecendo a desejo dela – o casamento de Gabriella Besanzoni e Henrique Lage.

*

Havia na Chácara gavetões cheios de fotografias de família e de teatro, das recepções, da casa e do jardim, que olhei infinitas vezes. Foram levadas por Gabriella para a Itália e infelizmente desapareceram após sua morte. As do casamento mostram a noiva de branco, vestido de renda levemente decotado, turbante feito de véus sobrepostos que lhe cobrem a testa, emolduram o rosto e descem sobre ombros e colo. Rodeando o pescoço, um fio de pérolas grandes e idênticas, talvez o raro colar da mãe que Henrique lhe deu de presente. O buquê é de cravos. A pose, com o rosto apoiado no ombro do noivo, é ao mesmo tempo de diva e de jovem feliz.

Henrique está de branco, na certa linho, como sempre gostou de se vestir. Na lapela, um cravo provavelmente colocado por ela jocosamente, porque está atravessado e com cabo longo, e a corrente do relógio que o bolsinho esconde. Na gravata escura, a pérola cor-de-rosa, presente de bodas dado pela noiva. Um sorriso apenas esboçado, aquele tanto permitido aos homens, lhe ilumina o rosto.

Entre os padrinhos dos noivos estavam Renaud e Frederico Lage, irmãos de Henrique, Raul Rego, Antenor Mayrink Veiga e meu avô Arduino Colasanti, irmão de Gabriella.

Com Arduino, vieram da Itália para o casamento minha avó Amelia, meu pai e meu tio Veniero.

O poeta D'Annunzio, grande admirador de Gabriella, mandou um telegrama que dizia: "Invejo o Orfeu de além-mar que engrinalda uma Eurídice muito mais melodiosa e deliciosa que a antiga. Envio aos dois uma estrela da noite de Brescia e uma rosa do Vittoriale".[7]

Os trezentos e setenta convidados foram levados para a ilha na lancha *Biguá*, da frota do noivo, e almoçaram ao ar livre em longuíssima mesa protegida por uma tenda branca enfeitada com palmeirinhas e festões de flores. Uma orquestra executou a marcha nupcial de Mendelssohn e a "Ave Maria" de Schubert. Ninguém cantou.

A vida de Gabriella mudou.

---

7. Casa de Gabriele D'Annunzio junto ao Lago di Garda, comprada em 1921, quando o poeta decidiu abandonar a vida política. Tendo pensado inicialmente em fazer dela seu refúgio, D'Annunzio foi realizando obras e acréscimos e, ao longo de mais de vinte anos, preparou Il Vittoriale para torná-lo um monumento à memória do povo italiano. Com decoração transbordante, novas construções grandiosas e obras de arte nos jardins circundantes, foi doado ao Estado em 1924 e é hoje museu com grande visitação.

Efeito borboleta

Como na teoria da borboleta, essa mudança viria a alterar o meu destino e o do meu irmão, que ainda não havíamos sequer nascido.

Sem a vinda do meu avô, trazido pelo casamento da irmã, não teríamos sido transplantados para o Brasil.

Não o conheci, morreu de câncer cerebral antes do meu nascimento, mas sempre ouvi falar dele com admiração. Em sua homenagem meu irmão se chamou Arduino, e eu quase fui chamada Donatella, porque seu penúltimo livro havia sido um ensaio sobre o pintor Donatello. Quando Manfredo, em Trípoli, teve que abandonar nossa casa com todos os bens familiares, diante da chegada dos ingleses, a única coisa de que sempre se queixou foi a perda da *Enciclopedia Treccani* na qual o pai era verbete.

*

Formado em Letras, meu avô Arduino foi historiador da arte, professor, autor de vários livros. Mais que isso, viveu arte durante toda a sua vida adulta.

Jovem ainda, funcionário na administração de Antiguidades e Belas Artes ao tempo da Primeira Guerra, foi mandado para a região do Veneto com a missão de remover e proteger as obras de arte das regiões ameaçadas. Antecipou o papel que na guerra seguinte caberia aos *Monuments Men* e que George Clooney interpretaria na tela.

Tenho uma foto dele, em Veneza, supervisionando a descida de um dos cavalos de bronze da Catedral de São Marcos. A foto sem data – anotar datas não era exatamente um costume familiar – traz no verso um surpreendente carimbo do Ministério da Marinha com os símbolos da monarquia. E, pelas roupas da pequena multidão que acompanha a cena, pelas precárias estruturas de madeira, pelos sacos de areia e pelos acolchoados que protegem algumas paredes, sou levada a crer que a cena tenha acontecido por volta de 1917.

Esses cavalos de São Marcos estavam no seu destino. Finda a Primeira Guerra e antes que começasse a Segunda, baixou novamente os equinos, agora mais frágeis, para que fossem restaurados.

Já era, então, Diretor-Geral de Antiguidades e Belas Artes, cargo de destaque num país que detém grande parte do patrimônio artístico mundial. Minha avó contava que, quando começaram as escavações para o metrô de Roma, meu avô era convocado a toda hora, porque, avançando terra adentro, o traçado esbarrava em templos, teatros, vestígios da Roma imperial ou mesmo anteriores, e os trabalhos tinham que ser interrompidos até que se avaliasse a importância dos achados. De achado em achado, o metrô acabou tendo apenas três linhas e um percurso modesto – ainda em 2017, escavando para construir a linha mais recente, descobriu-se um edifício do século III e o esqueleto de um cão de mil e oitocentos anos.

Arduino esteve no Rio uma segunda vez, em outubro de 1929, convidado para dar duas palestras na Escola Nacional de Belas Artes, na avenida Rio Branco – a mesma Escola em que, tantos anos mais tarde, eu haveria de estudar. Vinha de Buenos Aires, onde também havia feito conferências. E do Rio seguiria para São Paulo.

Sua presença foi fartamente noticiada pela imprensa carioca. Nos dias subsequentes às conferências, *O Jornal* fez matérias amplas, uma espécie de resumo do que ele havia dito sobre o segredo de Herculano e o neoclassicismo de Antonio Canova. Da primeira escreveu:

> No salão de Honra da Escola de Bellas Artes deram-se "rendez-vous" ontem todos quantos têm pela arte um culto apaixonado, a sede inextinguível de prescrutar-lhe os seus segredos e admirá-la em todas as suas manifestações. [...] O ambiente, em que sobressaiu o gentil elemento feminino, acompanhou com o maior interesse a brilhante dissertação do eminente conferencista, que recebeu as melhores manifestações de admiração e de entusiasmo que soube despertar na assistência.[8]

A foto mostra a assistência, com os homens todos de terno preto e as senhoras todas de chapéu.

Herculano era um tema íntimo para Arduino, que como Diretor das Belas Artes havia implementado a retomada das escavações daquele sítio arqueológico, impulsionado as de Pompeia – não por nada Gabriella, Henrique e a infalível Angelina foram visitar a antiga cidade – e supervisionado as de Trípoli.

Em Buenos Aires fez também uma terceira conferência, "Problemi dell'arte oggi" [Problemas da arte hoje]. Embora fosse especialista em arte do século XV da região italiana de Marche e autor de vários livros sobre arte renascentista e um sobre a cidade medieval de Gubbio, tinha grande interesse por arte moderna e gostava de frequentar os ateliês dos pintores. Após sua morte, quando a coleção de quadros que havia amealhado foi dividida entre os dois filhos, coube a Manfredo, por testamento, a parte moderna. Perdeu quase tudo na invasão de Trípoli, vendeu o resto ao longo da vida. Eu ainda conse-

---

8. Nota em *O Jornal* sobre as palestras de Arduino no Rio de Janeiro, presente na edição de 27/10/1929.

gui herdar três quadros que haviam ficado semiesquecidos na casa da minha avó.

Nesta viagem de 1929, Arduino e Amelia não se hospedaram na Ilha de Santa Cruz. Nem se hospedaram na mansão do Parque Lage, que ainda não estava terminada. Ficaram em Laranjeiras, então bairro elegante que abrigava as embaixadas, na praça Del Prete, quase em frente à antiga Embaixada da Itália, hóspedes no belo palacete que Gabriella se orgulhava de ter comprado com seu próprio dinheiro e onde morou enquanto duraram as obras da mansão que Henrique estava construindo para ela.

Arduino não era apenas o irmão favorito de Gabriella, era também muito querido pelo cunhado. Em 1927, quando ambos deram início à construção de suas casas, uma na rua Jardim Botânico, no Rio, outra na Passeggiata Archeologica, perto das Termas de Caracalla, em Roma, Henrique deu de presente a Arduino o piso para a sua biblioteca, precioso trabalho em madeiras coloridas do Paraná, e cuidou para que chegasse até ele. Eu era adulta quando conheci essa biblioteca em rápida visita, pouco antes que a casa fosse vendida. O piso mantinha sua beleza. As estantes originais e os livros encadernados, com as iniciais douradas do meu avô na lombada, eu os guardava na memória. Transferidos após a morte de Arduino para o apartamento da minha avó e do meu tio, onde morei durante os dois anos anteriores à minha vinda para o Brasil, haviam marcado minha infância. Sem que eu percebesse, nas noites silenciosas que passávamos na biblioteca, cada um mergulhado em sua leitura, mas sentindo o afago da doce penumbra e o cheiro de couro e papel, os livros afundavam em mim suas raízes.

A *villa* da Passeggiata Archeologica mora agora na minha casa de montanha, em Mury, Nova Friburgo. Como presente de casamento, eu havia ganhado de Manfredo cinco tapetes persas, parte da herança do pai que ele nunca havia resgatado e que continuava enfeitando a casa da mãe. Só me foram enviados após a morte do meu tio. Dentro da grande caixa, protegida pelos tapetes, chegou também uma bela gravura da *villa*, provavelmente feita como apresentação do projeto.

Já antes dessa viagem de 1929, Arduino havia assumido o comando da operação no Lago di Nemi. Ao longo dos séculos, sempre se soube que no fundo desse pequeno lago situado na região dos Castelos Romanos jaziam os dois navios de Calígula. Testemunho de mais uma extravagância grandiosa do imperador romano, eram navios "templos" utilizados nos rituais noturnos e lunares do culto de Ísis. Haviam sido construídos no modelo das barcaças sagradas do Egito, acrescidos de torres e telhados, adornados com mármore e estátuas, até se tornarem verdadeiros palácios flutuantes. Tinham até água corrente. Afundados após o assassinato de Calígula para apagar sua memória, dormiam desde então debaixo da água.

Até que, em 1927, uma ordem de Mussolini, desejoso de recompor a grandeza romana, pôs em movimento uma gigantesca estrutura destinada a drenar o lago e recuperar os navios. O trabalho duraria anos. O primeiro navio surgiu em 1931. O segundo só apareceu completamente em 1932, porque o lago voltou a receber água, e a lama que se formou impediu o prosseguimento dos trabalhos. Eram enormes, mediam setenta metros de comprimento por vinte e um metros de largura. E haviam sido tão pesados que não se deslocavam sozinhos nem a poder de vela ou remo. Precisavam ser rebocados.

Meu avô nunca soube que os navios de que tanto se orgulhava não estavam destinados à permanência. Viveu apenas o suficiente para saber que o Museo delle Navi Romane havia sido construído para abrigá-los. Não foi proteção suficiente. Em maio de 1944, tropas alemãs em retirada defrontaram-se naquela área com os aliados, e se refugiaram no Museu. Houve tiros, um incêndio. Dos navios sobraram pouco mais que uma grande âncora de madeira e alguns resíduos, que o Museo ainda exibe.

Hoje, Nemi é mais conhecida pelos minúsculos morangos silvestres que crescem em seus bosques do que pelos navios de Calígula.

Herança e destino

Com a morte do pai, Henrique Lage herdou mais que parte das empresas familiares. Herdou uma fieira de quatro antepassados de idêntico nome Antonio Martins Lage, a paixão pelo mar, um destino ligado às ilhas, uma brasilidade transbordante e o passado que o remetia a uma antiga fazenda no Jardim Botânico. A audácia empresarial e a busca da organicidade não foram herança, eram dons pessoais. E, como um dom, Henrique aprimorou sua paixão pela música operística.

O primeiro Antonio Martins Lage é tataravô de Henrique. Português, comerciante e agricultor em Minas Gerais, distante do mar, tem também um Barbosa no nome.

O segundo Antonio Martins Lage, bisavô, define o rumo de negócios da família ao trocar a agricultura pelos setores carbonífero e naval. É ele que escolhe a primeira ilha da Baía de Guanabara, dentre as que acolherão os Lage. Arrenda do proprietário francês a Ilha das Enxadas, que antes havia sido até um lazareto, e ali instala em 1825 um trapiche, ou armazém, de mercadorias, um depósito de carvão e oficinas para pequenos reparos navais. Os negócios progridem, a justo título, de vento em popa. Progressão que, sete anos mais tarde, permitirá a Antonio comprar a ilha. Não tem muito tempo para aproveitar seu sucesso, pois falece cedíssimo, aos trinta e nove anos. E cabe à viúva, Felicité, capitanear os herdeiros na manutenção e expansão dos trabalhos.

O terceiro Antonio Martins Lage, avô de Henrique, substitui a mãe Felicité na tarefa de levar adiante os investimentos da família. Homem dinâmico, recupera as finanças abaladas, fecha uma empresa, funda outras, vende ao Império a Ilha das Enxadas, sobre a qual pesava uma hipoteca com o Banco do Brasil. Mas não arreda pé das ilhas, pois, antes de vender uma, havia comprado outra. Em 1882, adquirira do espólio do francês Conde de Gestas a Ilha do Vianna, também conhecida como Ilha do Moinho, devido a um moinho em feitio de castelo. Depois de realizados alguns aterros para alinhamento de cais e as obras necessárias para acolher os serviços da Ilha das Enxadas, Antonio transfere para a nova ilha os negócios da família. E ali constrói sua moradia, um chalé de dois andares, que anos depois se tornaria o escritório do estaleiro.

Este avô, que recebera o título de comendador, começa não apenas a desenhar o futuro do neto Henrique como a lhe transmitir a paixão pelos investimentos em terras.[9]

Estabelecido o negócio na Ilha do Vianna, o comendador Antonio empenhou-se na busca de um lugar adequado para morar com a família. Compra, então, de João Pereira de Almeida, por oito mil réis, uma quinta no bairro do Jardim Botânico, que batiza Chácara dos Lages. O ano era 1859.

---

9. Ao longo da vida, Henrique haveria de adquirir inúmeras extensões, seduzido não apenas por seu valor como pela beleza de uma paisagem ou de uma região. Viajando a trabalho ou por prazer, encantava-se com determinado espaço e, estando disponível, o comprava. Entre as suas aquisições estavam as Fazendas Reunidas Ariró, que atravessavam morros e planícies em Angra dos Reis, e das quais Manfredo recebeu um desmembramento, a Fazenda Pedra Branca. Com a morte de Henrique, o inventário teve dificuldade para localizar todos os retalhos da enorme colcha de suas terras.

No século seguinte, Henrique recompraria o terreno que havia sido vendido pelos herdeiros de Antonio, seu avô, para nele construir a Villa Gabriella, novamente chamada de Chácara pela família.

O quarto Antonio Martins Lage desta sequência recebe um acréscimo ao nome para distingui-lo dos antepassados: é Antonio Martins Lage Filho, que em 14 de maio de 1881 se tornará pai de Henrique. Mas, antes que isso aconteça, seu próprio pai funda com ele, e com um capital de quatrocentos contos de réis, a sociedade Antonio Martins Lage & Filho. Uma nova empresa para lidar com os mesmos negócios, agora expandidos: comércio de carvão de pedra e de café, reboques, armazéns.

Pouco depois, Antonio Martins Lage Filho, que será conhecido como "Tonico", casa-se com a bela Cecília Braconnot. Do casal nascerão cinco filhos, e Henrique só se livra do nome familiar por ser o terceiro na sequência. O primogênito não escapa à tradição e é batizado Antonio. Os outros são Renaud, Jorge e Frederico.

Nove anos depois de criada, a Antonio Martins Lage & Filho é dissolvida. O pai de Henrique, utilizando o capital proveniente da sociedade anterior e associado a seu irmão Alfredo, a substitui pela Lage Irmãos.

Era um homem especialmente interessante este Tonico.

Compra terras carboníferas em Santa Catarina, que serão exploradas por Henrique de forma mais intensa e moderna. Compra salinas no Norte. Aumenta o número de ilhas de sua propriedade. E em 1891 funda, com outros sócios, a Companhia de Navegação Costeira, que, com seus navios Ita, marcará tão fundamente a atuação empresarial de Henrique.

Cito novamente Eliane Lage e seu livro:

Ilhas e pássaros. Um poeta, o bisavô[10] Tonico. Numa das ilhas escolheu viver – ele e seus pássaros. Além de poeta, era solitário. A mulher lindís-

---

10. Bisavô de Eliane.

sima com quem casara vivia em Paris, e os cinco filhos homens, depois de uma infância solta na ilha, foram estudar no exterior.

A ilha era a de Santa Cruz, onde Henrique viria a se casar com Gabriella.

*

Como os irmãos, Henrique vai incialmente para a Europa, frequenta museus e teatros, aprimora suas maneiras e seus gostos. De menino solto na ilha, transforma-se em *gentleman*. Só depois se transfere para os Estados Unidos, onde estuda Engenharia Naval. E onde se casa com Lilliam Agnes Whitman. Um casamento juvenil encerrado com um divórcio três anos depois, mas que será invocado mais tarde em duas ocasiões: a primeira para contestar a validade do casamento de Henrique com Gabriella e a segunda após a viuvez de Gabriella, para negar a naturalização brasileira a que ela tinha direito. Invocação duplamente inútil, já que o casamento e o divórcio anteriores haviam obedecido à legislação americana.

Henrique assume o comando

Com a morte do pai, em 1913, Henrique e seus irmãos Renaud, Antonio e Jorge, que já mantinham presença importante nas empresas Lage, assumem o comando sob a liderança de Henrique.

Esse comando plural não durará muito tempo. No começo de 1919, Renaud sai do grupo – era de temperamento difícil e, embora sem conhecê-lo, sempre ouvi falar dele como homem complicado, que vivia isolado em sua bela casa na região serrana.

O triunvirato que resta será dissolvido por uma tragédia. Antes que o ano acabe, a gripe espanhola ceifa no mesmo dia Antonio e Jorge.

Henrique, então com trinta e sete anos, não esmorece. Compra as cotas das duas viúvas, chama de volta Renaud e convoca Frederico, e, ao mesmo tempo que dá ênfase à produção de carvão das minas herdadas e das novas que comprou, empenha-se em fazer da Ilha do Vianna um estaleiro voltado para a construção de navios de grande porte.

O primeiro desses navios produzido pelo estaleiro vai ao mar ainda em 1919. É o Itaquatiá. Mantêm o prefixo Ita, distintivo de todos os navios da Costeira e progressivamente transformado em sinônimo de transporte marítimo brasileiro[11] – décadas mais tarde, os nomes de dez navios Ita seriam retomados em navios do Lloyd Brasileiro como homenagem à Costeira.

Eliane Lage descreve em seu livro a sede da Costeira, onde esteve mais de uma vez quando criança:

> A sede da companhia de navegação era um edifício compacto de estilo europeu do final do século. Ocupava um quarteirão inteiro de frente para os armazéns do cais do porto. A entrada do prédio era numa esquina arredondada, de fachada ornamentada com volutas, tendo no alto o brasão da companhia: uma cruz-de-malta.

Eu jantava com ela num de nossos raros encontros na noite em que a neta, entusiasmada e comovida, mostrou as fotos que havia tirado de um prédio em ruínas no cais do porto. Descobrira por puro acaso que no piso, quase oculto debaixo de entulho, jazia o mosaico de uma cruz-de-malta. Havia estado no antigo prédio da Costeira.

O Itaquatiá é o primeiro navio a vapor de grande porte não só do estaleiro, mas do país. E Henrique declara publicamente seu orgulho por ele ser "todo brasileiro [...] menos as chapas de ferro". O final da frase é importante porque marca seu empenho crescente na produção de chapas de ferro.

É com esse intuito que funda a Companhia do Gandarella – nome que gravei na infância por ouvi-lo tantas vezes nas conversas familiares –, para extração de minério de ferro naquela região de Minas Gerais.

Em 1920, quando já havia conhecido Gabriella e tentado uma aproximação, recompra do Dr. César Rabelo a Chácara do Jardim Botânico,

---

11. Como comprova a música composta por Dorival Caymmi: "Peguei um Ita no Norte/ Pra vim pro Rio morar/ Adeus, meu pai, minha mãe/ Adeus, Belém do Pará". Refere-se à viagem que havia feito em 1938, no vapor Itapé, rumo ao Rio. A canção ainda era sucesso dez anos depois, quando cheguei ao Brasil.

que seu pai e seus tios haviam vendido. Basta um mínimo esforço romântico para crer que, bem instalado na casa da ilha onde havia crescido, esse homem determinado tenha comprado a Chácara pensando na possibilidade de casamento.

Naquela mesma década, atento às fontes de energia que substituiriam o carvão, manda sondar a área de Campos dos Goytacazes em busca de petróleo. Entretanto, ao receber ameaças de morte, abandona a ideia.

Adentrando na área de seguros, torna-se proprietário do Hospital de Acidentados, no Rio, perto dos arcos da Lapa, onde seriam atendidos os segurados de suas companhias.

Tive grande intimidade com esse hospital, porque era a ele que a família recorria em caso de necessidade; ali extraí as amígdalas e ali minha mãe foi internada em mais de uma ocasião durante sua doença. Na década de 1950, devido à longa permanência de Gabriella em Nova York, o cozinheiro principal da Chácara foi transferido para o hospital como chefe de cozinha, o que nos permitia, quando visitávamos algum parente hospitalizado, comer pizza ou *pasta al dente* em vez das comidinhas sensaboronas de todo hospital – as nutricionistas hospitalares ainda não haviam sido inventadas.

A visão empresarial de Henrique o levava a buscar autossuficiência para suas indústrias e, portanto, a diversificar o conjunto que havia herdado, a fim torná-lo mais orgânico.

Em 1922, dando continuidade às atividades salineiras iniciadas por seu pai no Rio Grande do Norte em 1891, instala a primeira refinaria de sal do país e mantém o nome Ita – embora tanto tempo tenha passado, é a única marca de sal que, em reverência familiar, entra na minha casa. O que tempera minha comida não é tanto o sal quanto o nome.

O nome Catão entra em cena

Ainda em 1922, Henrique funda a Companhia Docas de Imbituba e idealiza o Porto de Imbituba, em Santa Catarina, para escoar a produção de carvão das suas terras carboníferas.

A empreitada já havia sido tentada pelo pai de Henrique, conforme ele mesmo relataria em carta endereçada a Getúlio Vargas em maio de 1939:

> Em 1908 Américo Lage, irmão de meu pai, foi para Imbituba, por ordem dele, para organizar a linha de navegação para esse Porto e incrementar o movimento comercial naquela zona. Foi mandado iniciar a abertura das minas de carvão para fornecer combustível à frota da Cia. Costeira. Imediatamente o governo estadual criou um imposto de mil réis por tonelada de carvão exportado, por outro lado o governo federal, em um contrato com o Sr. Cortell, removia as oficinas da E.F.D. Thereza Christina de Imbituba para Tubarão e mandava arrancar os trilhos da E.F. desde Imbituba até o encontro do ramal de Laguna. Com tais providências Américo Lage retirou-se de Imbituba e tudo ficou paralisado.

Escaldado com essa experiência familiar, quando o percurso da estrada de ferro fora alterado, e sabedor da necessidade de transporte ferroviário para levar o carvão que saía de suas minas, Henrique havia incorporado em 1918 a Companhia Carbonífera de Araranguá, arrendatária de Estrada de Ferro Dona Thereza Christina.

Nessa nova tentativa, Henrique contava com a ajuda de um jovem engenheiro encarregado das obras do porto, Álvaro Catão, que havia se mudado para Imbituba juntamente com a esposa, Zita Catão. Em Imbituba nasceriam seus quatro filhos.[12] E, dramaticamente, Álvaro haveria de morrer um mês depois de Henrique, em acidente aéreo na serra da Cantareira.

*

Que orgulhoso ficou meu irmão Arduino, anos mais tarde, quando chefiou um time de mergulhadores contratado para derrocar uma pedra na entrada do porto de Imbituba para a Civilhidro! Era a primeira obra no Brasil a empregar mergulhadores de máscaras, nadadeiras e roupas de neoprene. Diversos habitantes foram cumprimentá-lo, alegres por ver mais um Colasanti na cidade.[13] Trabalhavam colocando cargas de dinamite que, ao explodir, enchiam a superfície de peixes mortos, para alegria dos pescadores, que se limitavam a recolhê-los. E Arduino comentou comigo a displicência com que os companheiros manuseavam os explosivos. Durante meses sentiu-se parte do projeto do tio-avô que tanto admirávamos. Porto e minas de carvão há muito haviam deixado de pertencer à família, mas Imbituba não arredava pé do nosso bem-querer, plantada que fora pelas conversas entusiasmadas de Arnaldo e Ernesto, descrevendo as praias catarinenses das suas férias de adolescência.

---

12. Álvaro Luis, Francisco João, Rosa Maria, Lilia Maria.
13. Referiam-se a Francisco Colasanti, que havia trabalhado ali. Francisco, Arnaldo e Ernesto eram primos do meu pai, filhos de Cesare Colasanti, o irmão de Gabriella que pouco depois do casamento dela se mudara para o Brasil.

Em Imbituba, Henrique montou também uma granja e uma cerâmica que forneceriam alimento e louças para seus navios. Veio de lá a louça do nosso apartamento no Leblon, de um delicado tom amarelo-claro, cujo toque propositadamente rugoso – navios balançam e a louça não deve fugir das mãos – conservo na ponta dos dedos.

Fundou além disso uma escola para os filhos dos estivadores, que hoje tem o seu nome e continua em funcionamento. Há alguns anos, estive em Laguna para um evento literário, e os anfitriões, sabendo do meu parentesco com Henrique Lage, quiseram me levar para conhecer Imbituba. Circulamos pela cidade e passamos diante do porto, mas era fim de semana, a escola estava fechada. Mesmo assim fiz questão de tirar uma foto diante dela, lamentando apenas não poder postá-la para Henrique.

*

Em algum ponto do percurso da família Lage, Cecília, a mãe de Henrique, cuja beleza só era comparável à das suas joias, havia deixado Paris e retornado à Ilha. É no palacete da Ilha de Santa Cruz que, em 1923, após passar um tempo afastada da sociedade carioca apesar do seu papel de destaque, ela vem a falecer. Seu sábio testamento recompõe, uma vez mais, o comando das empresas Lage.

Como última vontade, Cecília determina que o controle seja assumido por Henrique – de fato, o mais apto –, o que afasta Renaud dos negócios e faz com que Frederico volte a viver nos Estados Unidos.

Henrique assume e trata de reorganizar as empresas.

Naquele mesmo ano, graças ao desenvolvimento alavancado por ele, Imbituba deixa de ser um distrito de Laguna e se emancipa. Seu primeiro prefeito será justamente Álvaro Catão.

Henrique compra o Lloyd Nacional e, com ele, os Estaleiros Guanabara.

Em 1924, depois de dois anos de recessão na economia do país, e sem acreditar no decreto governamental de apoio às indústrias siderúrgicas e carboníferas, Henrique funda o Consortium Siderúrgico Nacional e a Gaz de Nictheroy, decidido a levar adiante seu próprio projeto siderúrgico.

*

Enquanto isso, outro projeto está em marcha. Este, modificador da sua vida pessoal. Em fevereiro de 1925, na mesma ilha em que vivera o duplo luto de Tonico e Cecília, Henrique casa-se com Gabriella.

A revista *Fon-Fon* publicaria uma página dupla com as fotos do casamento, em sua edição de 14 de fevereiro de 1925. Sob o título "Um acontecimento mundano, enlace Besanzoni-Lage", o texto dizia:

> Esta página focaliza diversos flagrantes apanhados na residência da família Lage, na Ilha de Santa Cruz, por ocasião do casamento da senhorinha Gabriella Besanzoni com o senhor Henrique Lage – cerimônia a que compareceram as figuras mais representativas do nosso *"grand monde"*. São aspectos em que se veem os noivos e os convidados em diferentes atitudes e que dão bem uma ideia da alta significação social desse acontecimento mundano.

Dificilmente haveria um casal mais diferente. Henrique lia muito, em qualquer das quatro línguas que conhecia; nunca vi Gabriella com um livro na mão; Henrique era culto e extremamente refinado; Gabriella tinha um viés popular herdado da mãe e cultura formal praticamente limitada à música; Henrique detinha o poder na palma da mão; Gabriella, além de empoderada pela voz, exercia seu poder através de pequenas manipulações e acolhendo mexericos; Henrique delegava pouco e controlava tudo; Gabriella controlava sua pequena corte familiar, mas em sua própria casa tudo era delegado; Henrique falava pouco quando em sociedade; Gabriella brilhava diante de qualquer público.

Mas eram ambos ousados e idealistas e, muito acima das diferenças, estavam unidos por sua paixão pela música, pela dedicação de cada um deles a seu trabalho e pela admiração plena que tinham um pelo outro.

Casados na ilha

Gabriella nunca me contou nada da sua vida em Santa Cruz, nem falou disso nas longas conversas com seu biógrafo. A única referência que encontrei é uma entrevista dada ao jornal *A Noite*, em que diz: "[...] dou-me admiravelmente bem com o clima do Brasil. Vejo bem que sou agora brasileira. Brasileira da Ilha de Santa Cruz". Após a morte de Henrique, entretanto, essa brasilidade seria duramente contestada.

No mais, parecia ter dado um pulo, direto do casamento para a Chácara do Jardim Botânico que ainda nem existia.

Tudo há de ter sido muito novo para ela, romana que havia conhecido o mundo por seu lado mais cintilante, as luzes dos palcos, as plateias cheias, os aplausos. Da sua experiência naquela casa cercada de vegetação tropical, naquela ilha de silêncio só cortado pelo canto dos pássaros, rodeada por um mar que ela nem sequer frequentava, não ficou nenhum registro além daquela frase.

Uma coisa é certa: não esteve isolada. A família Lage, como dito na revista *Fon-Fon*, ocupava lugar de destaque no *grand monde*, a vida social do Rio era intensa, e as lanchas de Henrique podiam levá-la ao centro em poucos minutos, quando o centro reunia a elegância da cidade.

Tenho uma única foto dela na Ilha do Vianna, depois de um almoço anterior ao casamento. De pé no primeiro degrau da escada de acesso à casa, ao lado da mãe que durante um tempo morou com ela – a sempre séria Angelina, de preto vestida –, está rodeada de cavalheiros sorridentes que não conheço, com Henrique em primeiro plano, belo homem no indefectível terno branco, mãos atrás das costas, cenho franzido. Tudo indica que fosse um almoço ou encontro de negócios. Mas Gabriella sorri levemente e transmite, com seu vestido claro e sua postura, plenitude e mansidão. Na única mão que aparece – a outra abraça a mãe – cintila um anel, talvez presente de Henrique.

*

Não é difícil imaginar que a sociedade carioca, grandemente conservadora, olhasse Gabriella com um misto de admiração e desconfiança, para não dizer preconceito. Henrique há de ter sido partido muito cobiçado, e o fato de ter se casado com uma estrangeira, ainda por cima artista, gerou muitos comentários. Lamentava-se o casamento de um Lage com uma mulher de palco.

Gabriella, provavelmente aconselhada por Angelina, sabia qual era o seu papel. E durante algum tempo o desempenhou, consciente de que ela e o agora marido amavam demais a ópera para que aquele jejum se prolongasse indefinidamente.

Durante o primeiro ano de casamento, esmerou-se em concertos beneficentes. Deu o primeiro em Poços de Caldas, no Theatro Polytheama, para a Santa Casa de Misericórdia. Outro no Municipal do Rio, com renda para a Policlínica de Botafogo – a revista *Fon-Fon* publicou foto dela com Henrique no baile do salão Assyrio após o concerto. Em agosto superou-se: não só doou os instrumentos para a formação da banda da Casa de Correção como cantou a "Ave Maria" de Gounot na capela da penitenciária após a missa com que se comemorava o primeiro aniversário da liberdade condicional. Em setembro, mês do seu aniversário, cantou no Municipal de São Paulo para os sócios da Sociedade de Cultura Artística de São Paulo. E ainda ofereceu o jardim da Chácara para um *garden party* cuja renda seria destinada à construção do Hospital de Jesus, para crianças; na foto da festa publicada pela revista *Para Todos*, vejo Henrique em primeiro plano, Angelina a um lado, e, para minha grande surpresa, meu pai atrás de Gabriella. Manfredo nunca me disse que havia se demorado tanto no Rio após o casamento da tia.

Não eram concertos gloriosos, como no passado. Mas suponho que tanta beneficência tivesse dupla função: por um lado ganhar as graças da sociedade carioca; pelo outro, manter viva e operante a rica voz.

Em outubro o casal, levando Angelina, foi a Buenos Aires "a passeio", como declararam em entrevistas. Mas nenhum dos dois era muito de passear. Henrique aproveitou para inaugurar naquela cidade os escritórios de suas empresas, a Costeira e a Lage & Irmãos. E Gabriella aproveitou para cantar e ser aplaudida no Teatro Colón, em concerto organizado pela Liga Patriótica.

*

No ano seguinte não cantou, ou cantou só em casa ou para Henrique, apaixonado em igual medida por ela e por sua voz.

E em princípio de 1927 viajam para a Europa. Seria uma viagem mais longa, visitando vários países, misto de prazer e trabalho. Na Inglaterra assistem ao lançamento ao mar do Itaimbi, encomendado anteriormente, e Henrique aproveita para encomendar mais três navios para a Costeira. Na Itália encomenda outros quatro destinados ao Lloyd Nacional. E, seja devido à admiração da família real italiana pela voz de Gabriella ou em função da encomenda vultosa, o casal é recebido pelo rei Vítor Emanuel.

Só retornaram em abril.

E já em agosto Gabriella participa da temporada no Municipal, como membro da Grande Companhia Lyrica Italiana. Mas o faz bem amparada, tendo tomado suas precauções. No programa, todos podiam ler: "Com o concurso da inexcedível contralto Senhora Gabriella Besanzoni Lage, em aquiescência a especial convite das altas autoridades do país e pessoas de relevo social". Depois da longa ausência profissional, sua primeira apresentação, em *Orfeu*, era esperada com grande curiosidade, como registrado no dia seguinte pelo jornal *A Pátria*:

> A casa estava à cunha. Plateia esplêndida. Ansiedade, expectativa... Iria reaparecer aquele astro brilhante do "bel-canto" que é Gabriella Besanzoni. "Estará a mesma?", diziam as damas de uma frisa de esquerda, "deve estar desacostumada", insinuava mme. Carlos Lessa. O Waldemar Bandeira à entrada de um corredor afirmava ao Dr. Mucio Leão que a voz maravilhosa continuava a ter a supremacia antiga. [...] E foi o que se viu: uma dessas explosões insopitáveis de admiração geral pela forma puríssima, insuperável com que Gabriella Besanzoni se houve nesse dificílimo trecho, somente permitido aos grandes artistas.

Ela havia sabido se proteger, e a seu casamento. Os leitores de *O Paiz* puderam ler:

> O reaparecimento, ontem, na cena *lyrica* do maior contralto da atualidade, a Sra. Gabriella Besanzoni Lage, motivado pelos instantes pedidos de nomes do mais realçado destaque da sociedade carioca, marcou um acontecimento memorável para a história do nosso Teatro Municipal. [...] Ninguém se conformava com a perda da cantora excelsa, cuja voz de ouro ainda ressoava nos ouvidos como doce recordação. [...] O que ontem triunfou não foi a velha partitura, mas só e exclusivamente a intérprete inigualável, cuja voz soberba ganhou em sonoridade, volume e extensão durante os anos de repouso em que se manteve.

E, certamente, tanto ela quanto Henrique se alegraram lendo no *O Imparcial*:

O que a exma. Sra. D. Gabriella, porém, deve ter notado com alegria é o carinho com que a recebeu a nossa alta sociedade. Todos os presentes aplaudiram-na com empenho em mostrar sua admiração.

Naquela mesma temporada cantou *Carmen*, e no intervalo entre o segundo e o terceiro atos foi inaugurada no Municipal uma placa de bronze: "A Gabriella Besanzoni Lage – Homenagem de seus amigos e admiradores".

Tanta aceitação aliada ao sucesso não significou o fim das apresentações beneficentes. Em outubro, indo a Porto Alegre com Henrique, enquanto ela cantava em dois concertos para distintas instituições de caridade e visitava a fábrica Victor, de discos e vitrolas, gravando trechos de ópera em quatro discos, ele se encontrava com o governador Borges de Medeiros para apresentar um plano de desenvolvimento de navegação e pleitear o aprofundamento dos canais interiores. Borges disse a ele que já havia contratado a dragagem desses canais e prometeu que seu substituto, Getúlio Vargas, prosseguiria o programa. Promessa que, como conta a história, não chegou a ser cumprida.

O casal aproveitava duplamente os convites.

Manfredo volta ao Rio

Naquele ano, entre apresentações e viagens, Henrique e Gabriella recebem Manfredo, que vinha passar uma temporada com os tios na casa da ilha. Mais de uma vez meu pai me contou como era transparente a água da baía quando a varava nas lanchas de Henrique, e a foto que tenho dele desse período é, justamente, a bordo de uma lancha, com mais duas pessoas que não estão identificadas.

Tenho outra foto, de imprensa,[14] relativa à estadia de Manfredo. É parte de um conjunto de fotos em medalhão sob o título "Alguns dos maiores patriotas". Diz o texto:

> Sr. Cav. Manfredo Colasanti, presidente do "Fascio" de Rio de Janeiro, que revelou o entusiasmo de uma brilhante e florescente mocidade, o vivo fulgor de uma rara inteligência. *L'Imparziale*, quotidiano italiano do Rio de Janeiro, tem na sua vanguarda o Cav. Colasanti, seu valente e combativo diretor.

Manfredo tinha vinte e cinco anos e já havia demonstrado seu espírito combativo nos enfrentamentos comandados por D'Annunzio

---

14. Recorte gentilmente enviado por Elizabeth Santos Cupello.

quando da tomada de Fiume.[15] No Brasil, apesar da vida *dolce* proporcionada pela posição social dos tios, logo se meteu em política. Creio que tenha escrito para o *Fanfulla*, de que me falou com entusiasmo inúmeras vezes. O *Fanfulla* era um semanário paulista de excelente tiragem, publicado em italiano até 1941 e abertamente fascista, razão pela qual na década de 1930 seria investigado pelo Dops.[16]

A tia pode até ter se entusiasmado com o "espírito combativo" do sobrinho, mas Henrique era um empresário, não podia se envolver em questões ideológicas. Quando as atividades políticas de Manfredo começaram a despertar mais comentários que seus sucessos amorosos, recambiou o sobrinho de volta para os pais.

Quanto tempo demorou a estadia, eu nunca soube. Mas há de ter sido muito, porque a namorada quase noiva e certamente amante que junto com Arduino e Amelia viajara para acompanhá-lo até a cidade do embarque pediu demissão dos três cargos.

Ninguém podia prever que, quase vinte anos mais tarde, ao ver esfumar-se a possibilidade de viver com sua família na África como havia desejado, e estando a Itália destroçada, Manfredo se lembraria do período feliz passado no Rio e embarcaria no primeiro navio a sair de Nápoles após o fim da guerra, rumo ao Brasil.

O que hoje me parece mais curioso é o fato de ele ter obtido o visto de permanência com um passaporte emitido pela Polícia Colonial da Eritreia em 1938, um ano depois do meu nascimento.

*

As obras de construção da mansão na Chácara Lage haviam começado. Mas também disso Gabriella nunca falou, nem em entrevistas,

---

15. Em 1919, aproveitando a disputa entre o Reino da Iugoslávia e o Reino da Itália pela cidade-Estado de Fiume, Gabriele d'Annunzio a ocupou com seus homens do movimento irredentista.
16. Departamento de Ordem Política e Social, criado em dezembro de 1924.

nem em conversas comigo. Como se não tivesse participado de coisa alguma, ido ao canteiro, feito escolhas. No entanto, a Villa Gabriella foi toda concebida para agradá-la.

O arquiteto Mario Vodret planejou uma residência eminentemente italiana dentro do estilo eclético.[17] Vi e fotografei, em viagem à Itália, um pátio praticamente idêntico ao da mansão, com as mesmas colunas e os mesmos arcos, só faltando o implúvio ao centro. Sempre ouvi dizer que o projeto original de Vodret havia sofrido modificações – aí, sim, por vontade dela –, mas apenas nos ornamentos, capitéis ou frisos, pequenas coisas que não alteravam nem a estrutura, nem os volumes.

Dos jardins que Rodrigo de Freitas Mello e Castro havia encomendado a John Tyndale em 1840 foram recuperados os elementos românticos, a Torre, a Gruta, os Lagos com a ilha e o Gazebo, e o Aquário – posso estar enganada, mas pelo aspecto diria que a estátua de bronze que o encimava, São Jorge cravando a lança no dragão, não foi escolha de Tyndale. Porém o estilo inglês da vegetação foi substituído por uma geometria de canteiros mais italiana, e o plantio de árvores obedeceu a um desejo pessoal de Henrique.

Quando criança, ele certamente se encantara com os pássaros da sua ilha, como conta Eliane também em seu livro.

> Não havia máquinas que fizessem barulho, nem carros, nem gente quase, só pássaros, de todas as cores, de todas as regiões, soltos, cantando. Mal amanhecia caíam do céu como uma enorme nuvem de papel picado, colorida, barulhenta, à espera da ração diária que lhes era servida no parapeito da varanda. Não tinham medo, estavam protegidos, nem gatos eram permitidos ali, nem gaiolas, nem alçapões. Voavam livres.

---

17. Estilo surgido no século XIX, em que se misturavam elementos oriundos de qualquer estilo arquitetônico anterior.

E com Tonico aprendera a atraí-los. Fez questão, portanto, que fossem plantadas árvores frutíferas de todo tipo nos jardins da Chácara.

Entre as palmeiras das aleias de acesso foram postos jambeiros – nunca mais comi jambos tão deliciosos como aqueles ainda mornos de sol e visitados por formigas, que catava chegando faminta de volta da escola. Havia um grande pé de tamarindo, com suas folhagens rendadas e seus frutos ácidos com que eu fantasiava fazer um suco que nunca fiz. Um único pé me apresentou o cacau em pessoa, fruto de dourada casca em gomos, que devia quebrar para chupar os grãos e cuspi-los. O arbusto de laranja kinkan. O pé de toranja. Muitas jaqueiras. As mangueiras tantas que, na casa, em tempos de maduras, as mangas descascadas eram cravadas em espetos espiralados como saca-rolha, com cabo de prata, e postas em tigela de cristal na sala de jantar para serem empunhadas a qualquer hora em atendimento à fome ou gula. Havia pé de abiu e de carambola. Limoeiros. O renque de laranjas-da-terra que o cozinheiro italiano não sabia ou não queria transformar em doce, e que apodreciam no chão, enchendo o ar de seu cheiro azedo e de enormes borboletas azuis. Uma grande árvore de cravo-da-índia, cujas mínimas agulhas eu buscava no chão para abrigar longamente na boca e perfumar o hálito.

Mas, entre as frutíferas, a mais majestosa e avarenta era a árvore de lichia, no gramado diante do quarto de Gabriella. Suponho que não tenha sido plantada por ordem de Henrique, e sim antes, muito antes, porque seu largo tronco, que ao emergir do chão se abria em ramos igualmente possantes, parecia centenário. Só uma vez, anos depois de ter chegado, a vi dando frutos. Nem sabia o que fossem. Os empregados avançaram no gramado carregando grandes cestas, olhei dentro de uma delas, vi morangos um pouco foscos, que morangos não eram. Só depois, na mão de um dos adultos, revelou-se a branca carne opalinada.

Soube recentemente que há outra árvore de lichia no alto da antiga horta, agora estacionamento. E que quando frutifica os saguis se fartam. Ver esse banquete teria sido para mim puro encantamento.

Para satisfazer o desejo de Henrique por pássaros, foi construído também um enorme viveiro na parte alta daquele gramado da lichia. Serviria para abrigar espécies mais raras. Porém, quando cheguei, viviam nele três macacos, enquanto os pássaros batiam asas do lado de fora.

*

No ano seguinte, 1928, o trânsito constante entre ilha e continente leva a um pequeno acidente quase cômico registrado pela imprensa. Gabriella, a mãe Angelina e a irmã Adriana vinham de lancha da Ilha do Vianna rumo à praça Mauá quando um jovem piloto da Escola de Aviação Naval, animado por ver uma lancha com três mulheres, fez um rasante com a aeronave, depois outro em cima delas. Podemos imaginar Gabriella em pânico instando o marinheiro a acelerar o barco. O resultado foi nulo. O avião continuava sua perseguição, e em dado momento voou tão baixo que as três, temendo a decapitação, se deitaram no fundo da embarcação. É provável que tenham molhado a roupa. Mas salvaram a cabeça.

*

É maio quando Gabriella e Henrique viajam para Buenos Aires, onde a aguardam onze apresentações no Colón. E às vésperas do embarque Gabriella diz em uma entrevista: "Um convite amável e insistente do presidente da República Argentina levou-me a aceitar um contrato que me foi oferecido pelo empresário Scotto. Preferia descansar este ano. Meu esposo Henrique Lage julgou, entretanto, que não seria gentil uma recusa". Duvido muito que ela preferisse descansar, já que nunca preferiu coisa alguma às luzes do palco. Mas a ressalva deve ter-lhe parecido necessária para a manutenção da sua nova imagem.

É desta viagem a entrevista publicada no *La Nación* de 2 de junho e reproduzida por *O Globo* em setembro:

Ao abrir a porta do ascensor do Plaza Hotel apareceu, radiante, a figura de Gabriella Besanzoni; em todo o *hall* produziu-se um murmúrio de curiosa e enorme expectativa, que poderia ser definido como o murmúrio da celebridade. De toda parte, das mesas que estão em primeiro plano, dos sofás encostados aos cantos, adiantam-se cabeças no afã de contemplá-la mais de perto e de observar melhor o traje com que está vestida hoje, as pedras que pôs hoje, a expressão com que amanheceu hoje a diva célebre. À sua passagem, todos os semblantes, os poucos que a conhecem pessoalmente, os muitos que só podem admirá-la através do reflexo incandescente da cena, todos lhe sorriem amigos, em uma homenagem espontânea e simples à glória e à fama. Segue-a o séquito de marajá, que a acompanha em sua excursão triunfal pelo mundo: seu marido, o prestigioso homem de fortuna e de empresas, Sr. Henrique Lage; sua mãe, seu mestre de música, seu secretário, seu representante em Buenos Aires e um distinto jornalista brasileiro, que incidentemente se encontra entre nós. Hoje é o dia das pérolas. No Colón, entre o grupo heterogêneo e cosmopolita dos que vivem bastidores adentro, há a moda de classificar os dias pelas pedras que traz sua artista mais festejada. Há os dias dos brilhantes. Neles a cantora insuperável vai materialmente coberta de colares, diademas, pulseiras, anéis, irradiando à luz de um refletor. Há o dia das esmeraldas, nos quais o verde sobre a garganta privilegiada e os braços envolventes reflete-se com transparência de lago. Há os dias dos rubis, nos quais o vermelho do vestido que a cinge com ondulação de chama incendeia suas últimas chispas nas pedras presas na carne morena. O de hoje é de pérolas, discreta e medidamente, como quadra ao sítio e a hora. Uma cadeia de pérolas, grandes e iguais. Longa o bastante para dar duas voltas ao pescoço e cair, flexível, até a cintura; uma enorme pérola cinza, como único anel, constitui a pequena fortuna com que se adornava hoje a artista. Pérolas, nada mais senão pérolas. A diva magnífica gasta dinheiro com o mesmo esplendor que sua garganta e cuida da pureza de suas pedras como do cristal da sua voz. Entramos na sala de refeições. [...] A conversa, a princípio algo lenta, vai-se, pouco a pouco, animando. A diva gloriosa conta alguns episódios de sua infância, que a mãe acompanha com um sorriso de contida satisfação. [...] Alguém cita uma "enquete" dirigida a artistas famosos, na qual se lhes fazia esta tríplice pergunta: "Que pensa da vida, da arte e do amor?". A diva ficou um instante reconcentrada. E diz: "Eu responderia: 'Meu ideal é viver para a arte em um lar formado pelo amor'". A resposta é engenhosa e eloquente. Talvez demasiado condensada. Pedimos-lhe que a desenvolvesse. Gabriella Besanzoni acede: "Até que realizei meu casamento não tinha outro amor, outro entusiasmo, outra ideia fixa senão minha arte. Só depois comprovarei que, contra o que é crença geral, pode fazer-se arte em meio da mais tranquila vida de família. E pode também cultuar-se, ao mesmo tempo e com igual intensidade, a arte e o amor, sem prejuízo para uma nem para outro. É bem certo que para o meu caso contribuía uma circunstância excepcionalmente feliz: encontrar um marido com alma de artista. Então o amor e o matrimônio, longe de estorvar a arte, alentam-na e a aperfeiçoam porque vivem para cultivá-la. Eu disse que meu marido tem alma de artista. E é certo. Teve em toda sua vida uma incontável *afición* à arte *lyrica* que o levou a ouvir todos os cantores célebres que passaram pelo mundo. E mais ainda. É também artista. Os senhores não o sabem? Ele não gosta muito que se diga, porém eu digo, porque o enaltece e o pinta tal como é em sua sinceridade e em seu romantismo. Quando jovem, muito jovem, adolescente, abandonou o Rio de Janeiro para ir estudar o *bel canto* na Itália. Começou os estudos e os seguiu durante anos. E até em público uma vez chegou a cantar uma ópera. A família, da mais alta aristocracia brasileira, não podia concordar que um de seus filhos se dedicasse ao teatro. Foi buscá-lo e o trouxe ao Rio. Talvez tenha se malogrado um artista. Porém o artista que há latente nele, por sua *afición*, por seu entusiasmo, pela cultura adquirida em estudos sérios, perdura sempre e torna mais indestrutível nosso laço, em uma dupla comunhão na arte e no amor". Alguém fala do prazer íntimo, transbordante prazer, que a artista exterioriza quando canta. Ela concorda, diz que é uma observação justa e a explica assim: "Para mim o canto é o desabrochar de toda a minha atividade, que não tendo nenhuma aplicação em outras coisas da vida diária ponho-a íntegra na arte *lyrica*. Toda mulher de temperamento forte e vibrante encerra uma sobra de energia que não encontra aplicação nas pequenas obrigações de todos os dias, nas funções da família e da sociabilidade. Para que essa energia, que é entusiasmo, lirismo, impulso incontido de fazer grandes coisas, não chegue a pesar como uma tortura, é necessário dar-lhe campo apropriado e amplo no qual possa desenvolver-se em toda a força impulsiva de sua vitalidade. Compreendem o que quero exprimir? Canto para dar saída, na voz, no gesto e no *ademan*, a toda essa caudal que é força, sentimento, ilusões, e que se não a derramasse em cena me torturaria como um excesso de vida. Um excesso de expansão, de sonho, de vibração, que infundo ao personagem, que vem assim a ser parte de mim mesma. A que me enche na vida e a derrama na arte". [...]

Esta viagem de 1928 é de grande sucesso também para Henrique, que entrega ao mar o petroleiro construído na Ilha do Vianna por encomenda do governo argentino, finaliza um acordo com o mesmo governo para estabelecimento de uma linha especial de navegação entre os portos dos dois países e aplaude a mulher amada, cuja voz transborda do Teatro Colón.

Gabriella ainda faz cinco apresentações no Municipal. E em algum momento viajam os dois para a Europa, onde Henrique fecha acordos para a compra de navios frigoríficos.

*

Em 1929, Gabriella praticamente não se apresenta. O clima político começa a fazer-se pesado, a crise se desenha ao longe.

Ainda assim, convidada a dar um concerto beneficente no Municipal de São Paulo, Gabriella impõe sua irmã Adriana para dividir a noite com ela. Apesar de a imprensa comentar com louvores a atuação da primeira, não encontrei nenhuma menção à voz da segunda.

Voltariam a cantar juntas em outra noite beneficente, no estádio do Fluminense. Desta vez, em lugar de um concerto, apresentam o *Orfeu*, Adriana fazendo o papel de Eurídice. Em entrevista anterior à apresentação Adriana disse não ter experiência de palco, pois só cantava em reuniões ou festividades familiares, apesar de ter estudado com a mesma professora de Gabriella, Hilda Brizzi. O resultado das aulas não foi o mesmo, conforme se percebe no único comentário de imprensa que encontrei: "Eurídice teve na Sra. Adriana Besanzoni uma intérprete discreta. [...] Houve-se de sorte a não comprometer a representação".

Também o outro irmão, Ernesto, teve veleidades canoras, que sua modesta voz de barítono não lhe permitiu levar muito longe.

E também a ele Gabriella deu mais de uma oportunidade, chegando a gravar um disco da *Carmen* em que ele cantava como Escamillo.

Imagino que ambos, vendo e talvez até invejando o sucesso da irmã, possam ter pensado que a voz era um dom de família, legado que vinha no DNA, do qual eles também se beneficiariam. Ignoraram o trabalho, a dedicação e o estudo com que Gabriella fez da sua voz um fenômeno raro.

Um ano no exílio

No Brasil, a situação política evoluía rumo às convulsões de 1930, e a crise econômica crescente trazia consigo desemprego e insatisfação.

Em outubro a revolta eclode. Exatamente um mês depois Getúlio Vargas é empossado.

Quando da campanha sucessória de Washington Luiz, Henrique havia recebido o pedido de empréstimo de um Ita para levar Brasil afora a caravana getulista. Não o atendeu. Era um empresário, não um político, e teria sido inconveniente comprometer-se com qualquer um dos lados. Haveria de pagar caro a recusa.

Antes mesmo da chegada de Getúlio ao Rio, várias prisões são efetuadas, e Henrique é preso.

Há démarches e consegue-se a libertação, mas a situação não é firme e Henrique se hospeda no Palace Hotel. Difícil, porém, para homem tão conhecido, manter-se incógnito no hotel mais elegante da cidade. Logo é descoberto. Juntamente com Gabriella e Angelina, busca asilo na Embaixada da Itália, o que lhe é negado. Só as mulheres, por serem italianas, são acolhidas. Henrique será recebido pela Embaixada do México, de onde partirá poucos dias depois para a Europa.[18]

Na Itália, já com Henrique, Gabriella solta a voz. Faz vinte e duas apresentações em um ano, quase todas como Carmen. A carreira, que havia temido abandonar em favor do casamento, vai de vento em popa.

Só no ano seguinte regressariam ao Brasil.

---

18. Segundo declaração posterior de Pedro Brando, teria sido ele quem se dirigiu a Afrânio de Melo Franco, que o aconselhou a procurar generais da junta. Após falar com o general Augusto Tasso Fragoso, obteve do coronel Guilherme Krieger o mandato de soltura. Teria sido ele também que solicitou asilo para Henrique e Gabriella à Embaixada da Itália – embora naquele momento o casal residisse no palacete de Gabriella, exatamente do outro lado da rua.

De volta à Villa

Agora já moram na Villa Gabriella – esse é o nome que passa a ser impresso nos cartões. Todas as noites se vestem a rigor para jantar, mesmo estando sozinhos. Manfredo me contou que Henrique, sempre elegante, usava *pumps*, aquelas sapatilhas masculinas de verniz com laço batido de gorgorão, próprias para traje a rigor. Mas sofria de frieiras e, muito discretamente, por baixo da mesa, descalçava os sapatos para coçar os pés um no outro.

Recebiam muito e em grande estilo. Eram os anfitriões oficiais do Itamaraty para recepções a chefes de Estado. E muitas vezes Getúlio Vargas esteve presente nos saraus e jantares.

Já li que na sala de jantar cabiam duzentos comensais sentados, mas, pelos meus cálculos, e apesar de a mesa ter dispositivo para ser alongada, ficariam tão apertados que seria impossível manter os bons modos. A mesma fonte cita cinquenta e sete empregados e trinta e quatro jardineiros. Eram bem menos do que isso quando cheguei.

Houve uma grandíssima festa veneziana, mas, apesar de ter visto as fotos, não sei a data, pode ter sido para inaugurar a mansão, pode ter sido depois. Sei que o parque foi todo iluminado e havia gôndolas nos lagos. Me disseram, mas pode não ser verdade, que as gôndolas, duas somente, eram autênticas e haviam vindo de Veneza transportadas por um navio de Henrique. Verdadeira, porque registrada, foi a beleza da festa, com a riqueza dos trajes e o toque misterioso das máscaras pretas distribuídas aos convidados.

O cintilar das joias

Gabriella sempre havia gostado de joias. Antes de comprar o palacete de Laranjeiras, era nelas que empenhava seu dinheiro, e algumas havia recebido de presente – me contou da vez que um admirador mandou uma cesta de flores ao seu camarim e ela, sem perceber que entre as pétalas havia um broche de brilhantes, jogou-o fora.

Encontrou em Henrique o par ideal.

Era seu prazer de apaixonado cobri-la de brilhantes. Para entregá-los, recorria com frequência ao mesmo artifício brincalhão. Pedia que fechasse os olhos e abrisse a boca, como para receber um bombom ou uma bala, e depositava a joia sobre a língua. Ela me disse que dessa forma a pedra parecia ainda maior. Mas certamente não era preciso, os brilhantes escolhidos por ele sendo os maiores que pudesse encontrar. Henrique os batizava com os nomes das óperas cantadas por ela, *Orfeo, Mignon, Gioconda, Sansão e Dalila* – estes eram dois solitários gêmeos que ela usava juntos, no cotidiano.

Henrique atendia os seus desejos, indo sempre além. Ela lhe disse certa vez que gostava de broches de bichinhos, e ele lhe deu tantos, todos de brilhantes, que ela os usava como botões de um vestido longo preto. Tinha saltos de brilhantes para prender em suas sandálias, e alças de brilhantes que podiam ser transformadas em colares ou em pulseiras – na foto que tenho de nosso jantar à mesa do comandante, em viagem que fizemos juntas no *Conte Grande*, Gabriella usa essas alças emendadas e um enorme pendente de esmeralda.

Suas *parures* eram famosas. Mais de uma vez a vi diante do cofre aberto, no seu quarto, escolhendo o conjunto de joias para a noite e decidindo, a partir dele, que roupa usar. Quando chegava à frisa nº 1 do Municipal, sempre no escuro, depois de o primeiro ato ter começado, todos os olhares da plateia se voltavam para ver o cintilar de seus brilhantes. Como escreveu em suas memórias o tenor Mario del Monaco:

> Tinha joias incríveis. Uma vez perdeu no palco um diamante de doze quilates e nem sequer pareceu preocupada. Por outro lado, era bastante lógico; possuía brilhantes entre os maiores do mundo e *parures* de esmeraldas e de rubis que trocava a cada noite de acordo com o espetáculo e o vestido.[19]

Gostava de usar joias verdadeiras para suas apresentações no palco. No último ato da *Carmen*, morria apunhalada, mas cintilante.

Entre tantas joias, Henrique havia lhe dado a preciosa riviera de brilhantes que pertencera a sua mãe. Brincavam os dois com tanto brilho, e o Rio se extasiava.

Henrique tinha uma paixão especial: diamantes *briolette*, de lapidação em gota, antigos. Gostava daquele cintilar pequeno – nunca os escolhia com mais de um centímetro – e da preciosidade do trabalho. Não eram encastoados, mas furados ao alto para permitir a passagem de uma minúscula argola de platina. Lembro-me dos brincos feitos com a coleção amealhada por ele, brincos que Gabriella usava raramente por sua delicadeza, chuveiro de múltiplas correntinhas de tamanhos distintos, em cuja ponta brilhavam sólidos pingos de orvalho.

---

19. MONACO, Mario del. *Minha vida, meus sucessos*. São Paulo: Nova Fronteira, 1984.

O engenheiro Galba de Boscoli,[20] em parte do relatório que me enviou em 1986, menciona um broche de Cartier, com uma única esmeralda cabochão "de uns quatro centímetros de diâmetro", que trazia esculpida a águia de duas cabeças da Rússia Imperial. E conta como a princesa Mafalda, filha do então rei da Itália, encontrando-se com Gabriella, quis saber onde ela havia comprado seu colar de pérolas de uso diário, pois se encantara com o tamanho e a uniformidade das pérolas. O endereço era o de um famoso joalheiro de Londres. Tempos depois, a princesa contou a Gabriella a resposta do joalheiro: para fazer um colar igual ao dela levaria de dois a três anos, pela dificuldade de conseguir pérolas igualmente valiosas e gêmeas. Gabriella tinha outro colar de pérolas, esplendoroso, presente do rei Alfonso XIII, longo o suficiente "para acariciar seus pés a cada passo".

---

20. Engenheiro civil, chefe do escritório técnico da Civilhidro e diretor técnico da Cia. Docas de Imbituba. Deixou a Organização Lage em 1948, juntamente com vinte diretores e consultores.

Um passo adiante, e as asas

Gabriella vai algumas vezes à Europa no período seguinte, cantando em Roma, Milão e Berlim.

Mas em 1934 Henrique acrescenta novo ponto de destaque à sua biografia. Com mais de trinta mil votos se elege deputado federal. Entra na política disposto a defender os interesses do setor naval e da marinha mercante.

E em 1935 dá mais um passo adiante: funda a primeira fábrica de aviões do Brasil, CNNA (Companhia Nacional de Navegação Aérea).

*

Tudo tivera início no final dos anos 1920, prosseguindo ao longo da década de 1930. Crescia o interesse do Brasil em aviação, impulsionado pelo empenho pessoal de Getúlio Vargas, com apoio ao setor privado e envio de técnicos ao exterior. Henrique, atento às novas possibilidades, havia começado uma produção de planadores que, apesar do sucesso, logo lhe pareceu insuficiente. Avançou, então, contratando um engenheiro belga e um desenhista francês[21] que trabalhariam sob a supervisão do oficial do Exército Antônio Guedes Muniz. Já envolvido anteriormente com a produção de aviões, Muniz havia-lhe sido apresentado pelo próprio Getúlio.

Em 1935, Henrique está pronto para fundar a CNNA. O escritório da nova empresa foi estabelecido na Ponta do Caju, e a Ilha do Vianna abrigou as oficinas.

Dos aviões produzidos pela CNNA, só alguns destinavam-se a fins militares. A meta estabelecida por Getúlio Vargas era a formação de três mil pilotos civis que serviriam como reservas para a Aeronáutica. Assis Chateaubriand havia entrado no projeto promovendo, através de seus veículos de imprensa, uma campanha de apoio. Grande parte dos novos aviões, portanto, foi absorvida pelos aeroclubes.

Henrique atendeu aos dois apelos, não só produzindo aviões, como produzindo um piloto. Seu sobrinho Jorge, filho do seu irmão de mesmo nome, foi um dos primeiros a tirar o brevê. No livro de memórias da sua filha Eliane Lage – que, contrariando as leis de parentesco, considero minha prima – há uma foto dele datada de 1941, de pé diante de um avião pequeno, segurando a hélice. Jorge foi o Lage mais presente nos meus primeiros tempos de Brasil. Sempre o vi alegre, disposto à brincadeira e à aventura, ainda sólido na velhice. Era o mais próximo do meu pai, de espírito igualmente aventureiro. Bebiam e riam juntos, falando do mar e de mulheres, lembrando façanhas da juventude. Depois de ter dilapidado uma herança para lá de polpuda, tirava seu dinheiro de uma vaga fábrica de tintas de parede. Ainda tinha barco, como sempre tivera desde a infância de Eliane, e velejava. Era uma figura solar. Não surpreende que tenha sido dos primeiros a voar. Em algum lugar, já não sei qual, vi outra foto dele na carlinga aberta, cabelos ao vento, dentes à mostra em gargalhada.

---

21. O belga René Vandaele e o francês Marcel Del Carli.

Em final de 1939, a produção bem-sucedida de aviões – cinco haviam sido exportados – começava a tomar demasiado espaço na Ilha do Vianna, já ocupada pelo estaleiro. Henrique decidiu então construir uma fábrica definitiva em outra ilha de sua propriedade, a Ilha do Engenho, e dotá-la também de um autódromo. Começaram os preparativos do terreno.

Vale dizer que Henrique mais perdia do que ganhava dinheiro com cada avião construído. Mas eram a sua paixão, e ele previa que no futuro não muito distante seriam o principal meio de transporte de passageiros.

Enquanto o terreno da Ilha do Engenho era preparado, um novo modelo de avião, mais leve, cópia do americano Piper Club, entrou em estudo na CNNA. Quando ficou pronto, recebeu o nome HL-1, as iniciais de Henrique Lage.

Oito desses aviões foram produzidos entre 1940 e 1941.

Mas, em julho de 1941, o homem cujas iniciais cruzavam o céu haveria de morrer. No seu enterro, a Aeronáutica prestou-lhe a última homenagem, enviando uma esquadrilha para sobrevoar a cerimônia.

O projeto Ilha do Engenho foi sustado, embora a produção de HL-1 continuasse. Cento e vinte e três aviões chegaram a ser fabricados na Ilha do Vianna, alguns deles exportados para Argentina, Chile e Uruguai.

Será só no fim da guerra que a CNNA levará um baque, atingida por ataque mercadológico aliado. Os Estados Unidos, que haviam produzido milhares de aviões para o conflito, resolvem desovar o excedente vendendo-o a preços irrisórios para os países amigos. Em 1948, sem poder de competição e sem contar com o apoio do novo governo, a CNNA fecha as portas.

*

Terá sido perto do final de 1948 ou no começo de 1949 que a família decidiu fazer um piquenique na Ilha do Engenho, comprada por

Henrique tantos anos antes, no lote do Lloyd Nacional. Digo "a família" porque a ideia pode ter partido de qualquer um. É possível também que Gabriella estivesse atendendo à sugestão de um dos seus advogados, proprietária reafirmando sua posse sobre uma das cinco ilhas do império Lage, na Baía de Guanabara, aquela que não havia sido confiscada pelo governo.

Com certeza os adultos cuidaram do planejamento durante dias, mas às crianças nada chegou além daquela imagem para nós evocadora de tantas leituras inesquecíveis: uma ilha.

No dia marcado, um rebocador da Civilhidro esperava no cais. A bordo já se movimentavam empregados e marinheiros. O mordomo, de paletó e luvas brancas, conferia a grande tina de madeira cheia de gelo e garrafas. Havia comidas e bebidas em quantidade suficiente para uma expedição ao Polo.

Nós, as três crianças da casa, embarcamos logo, explorando tudo com animação, enquanto esperava-se a progressiva chegada de familiares e convidados. Houve uma certa demora regulamentar. Gabriella, como sempre, se atrasaria. Enfim, todos a bordo, o rebocador fez-se ao largo.

Ao largo, nem tanto. Navegou com aquele ronronar de rebocador nas águas mansas da baía, rumo à ilha que não nos pareceu tão distante como esperávamos.

Arduino e eu sabíamos, pelas explicações dos adultos, que a Ilha do Engenho havia abrigado a fábrica de aviões de Henrique Lage. Mas, quando o rebocador atracou e desembarcamos, nada vimos que parecesse uma fábrica e pouco vimos que parecesse uma ilha.

A Ilha do Engenho que nos recebeu em nada lembrava o projeto grandioso de que, por pouco tempo, fora objeto. Tampouco se assemelhava a nossas fantasias de ilha tropical luxuriante. Era plana e árida, pedregosa. Lembro-me de um murinho bem baixo e longo, talvez uma fundação, encoberto pelo mato esturricado de sol. Andamos um pouco, quase explorando, atrás de Arnaldo. Mas algum adulto alardeou que a ilha era um viveiro de escorpiões e eu passei a temê-los como se estivessem escondidos debaixo de cada pedra.

Não demoramos muito. Não havia nada para nos reter.

A vocação daquela ilha parecia ser apagar o passado, pois da mesma forma apagara qualquer vestígio do engenho que, em tempos remotos, lhe dera o nome.

Nosso banquete foi feito a bordo, o mordomo servindo os adultos sentados no guarda-mancebo e as crianças no chão. Nenhuma toalha foi estendida entre as pedras, como eu esperava, nenhuma louça mais fina recebeu a comida. Eu me lembraria daquela cena familiar muitos anos mais tarde ao traduzir, no romance *O leopardo*, o momento do piquenique elegantíssimo que a família do príncipe de Lampedusa faz, parando com sua carruagem a caminho do palácio de verão, Donnafugata.

Fazia calor na atracação da ilha, o gelo começava a boiar liquefeito na tina. O pouco que havia para ver estava visto. Bandeira simbólica plantada, era hora de voltar.

O ronronar do rebocador embalou em mansidão nosso cansaço.

O Estado Novo

Antes que Henrique termine seu mandato de deputado federal, o Estado Novo fecha o Congresso.

Ao longo do Estado Novo, a relação de Henrique com Getúlio será cordial. O passado parece esquecido, e os dois homens – por necessidade e também por admiração recíproca – se fazem próximos. Uma troca de homenagens públicas atesta a aliança. Henrique é o primeiro civil a receber a Ordem do Mérito Militar no grau de oficial, e Getúlio tem dois retratos afixados em pontos nevrálgicos da Organização Lage. Na cerimônia de inauguração do segundo retrato, Henrique diz, finalizando seu discurso: "[...] Temos agora a honra de possuir na sala de nossos trabalhos a figura do Sr. Presidente da República Dr. Getúlio Vargas, eminente brasileiro, justo e bom".

Não testemunhará, no futuro nem tão distante, seu erro de avaliação.

A saúde de Henrique não está bem. Em viagem à Europa no final dos anos 1920, talvez aquela da compra dos navios frigoríficos, visitando um estaleiro, infectou-se com uma bactéria. Era a erisipela. Não existiam ainda os antibióticos que teriam resolvido o grave problema da infecção. Foi tratado na Itália, mas se recusou a ficar em repouso e regressou ao Brasil. A perna doente exigia curativos constantes, inchava e doía. Todos os dias, na leitura matinal do jornal, Henrique apoiava a perna numa banqueta para diminuir o inchaço.

Uma lírica nacional

Em 1936, quem acrescenta novo ponto à biografia é Gabriella, marcando para sempre a história da ópera no Brasil.

Naquele ano, ela começa a elaborar a estruturação de uma companhia lírica brasileira. Como disse a seu biógrafo: "[...] Vi a necessidade que havia de cantores locais. As grandes temporadas eram sempre feitas com cantores europeus". Encantava-a, além disso, a extrema musicalidade dos brasileiros. Funda, então, o S.A. Theatro Brasileiro, que formará mais tarde a Companhia Lírica Nacional. Dentro do espírito nacionalista do momento, o projeto é apresentado como tendo caráter educativo e cultural, visando proporcionar espetáculos musicais.

A essa empreitada Gabriella dedicaria o mesmo entusiasmo e energia que havia dedicado à sua própria carreira. E até o fim da vida se referiu a ela com paixão.

Já há tempos organizava constantes concertos na Chácara, cujos salões haviam sido concebidos para isso. E sempre gostou de dar aulas de canto. Em 1936 profissionaliza ambas as coisas. Organiza em sua própria casa uma escola de canto, "um conservatório", como ela dizia. Divide os salões e transforma outros cômodos em estúdios, até atingir nove deles, cada um com seu piano e maestro. No elegante hall da mansão tronejam os painéis com a ordem do dia. A casa está invadida. Toda a ala esquerda fica para os alunos. Cria um restaurante e uma cafeteria para que todos possam almoçar sem grandes perdas de tempo. E dá mesadas aos que não são do Rio. Chega a ter setenta e quatro alunos que se revezam nas aulas

Em entrevista a Roberto di Nobile Terré, o maestro Armando Belardi relembra: "Trabalhou incansavelmente para preparar vários quadros, ensinava partes de óperas, movimentos cênicos, discutia e controlava os maestros. Ocupava-se de tudo". Havia aulas de música e de dramaturgia. Chegou até a providenciar uma professora de italiano para corrigir a pronúncia dos alunos.

Alguns desses já tinham alguma experiência, mas a maioria era completamente crua. Descobrir novas vozes sempre foi sua paixão – creio que quase todos na família nos encostamos em algum momento ao piano, sob suas ordens, tentando em rudimentares vocalises um começo, nunca levado adiante, de aprendizado.

Em 1937 a Companhia está basicamente estruturada e inaugura a temporada lírica do Municipal. Entre outubro e dezembro, faz quarenta apresentações, abrindo com *Maria Petrowna* e encerrando com *Madame Butterfly*.

O repertório da Companhia abrange dezessete óperas completas, com diversos elencos. E, ao repetir uma ópera, os papéis principais são interpretados por cantores diferentes, de modo a fornecer mais oportunidades aos alunos e dar a conhecer mais de uma voz.

É também em 1937 que acontece um incidente grandemente comentado na imprensa. Bidu Sayão, já tendo feito sua estreia no Metropolitan, apresenta-se no Municipal e é vaiada. Os apupos são atribuídos à claque de Gabriella, que estaria enciumada pelo reconhecimento internacional de Bidu. A própria Bidu, apesar de declarar que não havia se importado, sempre reforçou essa versão, frisando que Gabriella já não cantava. E durante muitíssimos anos não voltou ao Brasil.

Não tendo testemunhos familiares a respeito disso, cito matéria do jornalista e crítico musical Lauro Machado Coelho:

> Ficara muito descontente, segundo se diz, com a vaia que recebera ao cantar *Pelléas et Mélisandre* no Municipal do Rio. Vaia que pode ter sido organizada pela claque da meio-soprano Gabriella Besanzoni Lage, cujo sucesso na *Carmen* eles não desejavam que fosse empanado pela carioca que vinha dos Estados Unidos coberta de louros. Mas que pode também ter sido a reação do público conservador ao fato de ela ter escolhido, para sua apresentação no Rio, a discreta heroína de Debussy – um de seus maiores papéis – em vez de uma mais previsível Gilda ou Lucia.[22]

*

No fim daquele ano, entretanto, Gabriella sofre um acidente de automóvel e fratura o pé. Completará sua recuperação na Itália, retornando no começo de 1938 para preparar a estreia da Companhia em São Paulo.

A temporada paulista começa com *Lo Schiavo* e terá oito óperas diferentes, o que, somado às quarenta e quatro apresentações no Rio naquele ano, dá bem uma ideia da ambição e do trabalho da Companhia. Some-se a isso um repertório extremamente diferenciado, apresentando, além das grandes óperas, outras menos conhecidas, como *Ginevra degli Almieri*, *Marouf*, *Il piccolo Marat* e *Thaïs*, tudo preparado em aproximadamente dois anos.

Ainda em 1938, ela própria canta *Carmen* no Municipal do Rio.

Coroando todo esse trabalho, Gabriella havia conseguido a direção artística do Municipal por dois anos. Quando me contou como, para uma encenação da *Madame Butterfly*, havia posto todas as empregadas da Chácara – e não eram poucas – a confeccionar as glicínias de papel crepom com que emoldurou a boca do palco e encheu o cená-

---

22. Gilda, do *Rigoletto* de Verdi, e *Lucia di Lammermoor*, de Donizetti.

rio, arrancando aplausos entusiasmados ao abrir-se a cortina, os olhos dela brilhavam com o antigo entusiasmo. Do mesmo modo me contou ter levado as suas pratarias, os seus cristais, as louças e as toalhas de renda para compor uma memorável cena de banquete para a *Traviata*. Fundia o privado com o público, a vida pessoal com o trabalho, a casa com a escola, e encharcava tudo com as próprias emoções.

O projeto envolvia profundamente Henrique, não apenas por sua paixão operística e pela invasão da Chácara que ele enfrentava de bom grado, mas porque o passo seguinte seria a organização de turnês pelas principais cidades costeiras do Brasil. A trupe viajaria num Ita adaptado e contaria com o apoio das representações locais da Costeira.

Entretanto, esse excesso de óperas, de cantores, de temperamentos por vezes conflitantes, de rivalidades e até mesmo de entusiasmo, mais do que de controle, acabaria pondo as coisas a perder. Excesso também de generosidade por parte de Gabriella, que, com tantos alunos e querendo dar a todos uma oportunidade, acabava incluindo vozes menos qualificadas e enfraquecendo o conjunto. A decisão de contratar cantores estrangeiros conhecidos para dar maior sustentação de público expôs ainda mais esses desníveis.

Problemas começaram a se suceder. A qualidade do conjunto caiu. E, quando o esforço deixou de lhe dar prazer e compensação emocional, Gabriella desistiu.

*

O fim da Companhia privaria o Brasil de uma escola preciosa, mas lhe deixaria um avanço qualitativo e um saldo de belas vozes. Alguns daqueles alunos que haviam se preparado nos estúdios da Chácara confirmaram, ao longo do tempo, a confiança de Gabriella no talento operístico brasileiro.

Entre as vozes educadas por Gabriella, uma se sobressai: a do barítono Paulo Fortes. Não saiu, porém, da Companhia. Foi seu aluno bem mais tarde, e em 1945 ela o apresentou em um concerto no Municipal do Rio e na Rádio Gazeta de São Paulo. Naquele mesmo ano Paulo Fortes faria no Rio sua estreia profissional, cantando *La Traviata*, no Teatro Municipal.

Encerrada a corajosa aventura do S.A. Theatro Brasileiro, Gabriella cantaria uma última vez, em 1939, em Roma, nas Termas de Caracalla – próximo à *villa* do irmão Arduino. Meu amigo Olívio Tavares de Araújo me enviou cópia do programa, que trazia no elenco o barítono Tito Gobbi, e, escrito à mão em inglês, no alto: "*Il Duce was present at this performance*" (o Duce estava presente nessa apresentação).

Com essa derradeira *Carmen*, Gabriella poria um fecho de ouro na sua carreira.

Morte anunciada

Em 1940, ano marcado pelo início da Segunda Guerra, a saúde de Henrique declina.

Caterina Barattelli, minha professora de pintura, me faria um retrato pungente de Henrique em seus últimos meses de vida. Ela havia vindo ao Brasil em busca desesperada do irmão, jovem aviador militar italiano desaparecido em voo perto da costa brasileira. Autoridades a aconselharam a tentar um contato com Henrique Lage, para que desse ordem de busca aos navios da Costeira. A dramaticidade da situação e a urgência que se impunha fizeram com que fosse recebida por Henrique no hospital onde se encontrava internado. Caterina me descreveu o encontro, com ele em tenda de oxigênio, e ainda assim solícito. A ordem foi dada. Mas do jovem piloto não se achou qualquer vestígio.

*

A saúde de Henrique piora progressivamente.

Em março de 1941 o primeiro navio brasileiro é afundado no Mediterrâneo. Essa perda deve ter atingido Henrique com violência, apesar do seu estado. Navios haviam feito parte de toda a sua vida, e é provável que ele previsse o que aconteceria no futuro nem tão distante.

Em junho daquele mesmo ano, sentindo a proximidade do fim, envia uma circular aos dirigentes das suas empresas pedindo que se reportem a Gabriella, que a informem sobre o andamento das coisas e a realização de reuniões e assembleias. Ao fim da circular agradece antecipadamente a prova de lealdade. Pedro Brando, seu braço direito, assina como testemunha.

Em 29 de junho Henrique dita seu testamento e escreve uma carta a Getúlio Vargas, colocando as empresas Lage sob sua proteção.

Cito Carlos Alberto Dunshee de Abranches[23] em artigo comemorativo do centenário de nascimento de Henrique, publicado na semana da ocasião no *Jornal do Brasil*:

> Lage deixou os seus bens particulares, inclusive a propriedade da rua Jardim Botânico e centenas de imóveis espalhados na maioria dos estados da Federação, à sua esposa, a quem atribuiu também 51% das ações e quotas das suas empresas, fazendo dela o centro aglutinador do futuro controle dessas empresas, de cujo capital distribuiu os 49% restantes a sete dos seus principais colaboradores, entre eles dois sobrinhos[24] e o engenheiro Álvaro Catão.

Pelo testamento, nenhum dos herdeiros poderia vender o seu lote a um estranho. Caso quisesse se desfazer dele, ficava obrigado a oferecê-lo aos demais herdeiros.

Henrique acreditou proteger, com esse mecanismo, a unidade do conjunto empresarial que havia criado. Não contava com a Guerra Mundial, as disputas entre herdeiros e, como escreveu Dunshee de

---

23. O principal advogado de Gabriella no espólio Lage.
24. Victor e Eugênio Lage.

Abranches, "a pequena estatura moral dos que na época detinham o poder ditatorial em nosso país".

No dia 2 de julho de 1941, ao meio-dia, Henrique falece.

Será velado no salão da Chácara, cercado por quatro cadetes da Escola Militar. Personalidades do mundo empresarial e político brasileiro comparecem ao velório. Entre elas, Getúlio Vargas.

*

Ainda em 1941 é criada uma comissão para aquilatar a situação dos bens do espólio. Mas a conclusão só fica pronta em janeiro do ano seguinte e traz problemas para Gabriella. Por ser italiana, o espólio questiona seu direito de herdeira e estabelece que terá que vender para compradores brasileiros os bens herdados.

Embora protegida pelo testamento em que Henrique se refere diretamente à legalidade do seu casamento – "[...] cuja união, efetivada civil e religiosamente, considera firme e boa não admitindo qualquer contestação" – e estabelece que, caso seja levantada qualquer dúvida quanto ao matrimônio, os bens deveriam ser "distribuídos com o nome de Gabriella Besanzoni", Gabriella teme pela sua segurança. Ordena então que um carro fique de prontidão na rua ao lado da Chácara, para o caso de a fuga se tornar necessária. E pede a Carolina, esposa do seu sobrinho Arnaldo, que leve para um apartamento de sua propriedade no edifício Imperator, no Posto 6 de Copacabana, uma caixa com as suas joias mais valiosas.

Não teve como prever outra ameaça, que se realizará. A partir da morte de Henrique, Gabriella será arrastada para um universo jurídico, político e administrativo em que vencer um obstáculo só garantia o aparecimento de outro, um mundo novo para ela, desde jovem interessada apenas na sua arte.

*

Estamos à beira da guerra, vinte navios brasileiros foram atacados, entre eles vários da Costeira e do Lloyd Nacional. Em 22 de agosto de 1942, o Brasil entra no conflito. Dois dias depois, Gabriella dirige a todos os colaboradores uma carta circular:

> No mesmo momento em que o nosso grande Brasil tomou posição decisiva na defesa do seu precioso patrimônio nacional, dirijo-me a todos, dos mais simples homens do mar, dos estaleiros, das minas e das fábricas, até aos diretores das várias Empresas da Organização Henrique Lage, conclamando-os a realizarem a mais sólida união e a mais fervorosa dedicação ao trabalho, a fim de que consigamos oferecer ao nosso grande presidente a maior soma de elementos úteis à disposição do sagrado Serviço de Defesa Nacional.[25]

Nem essa, nem uma carta que dirigiu aos funcionários, e creio que havia outra dirigida a Getúlio Vargas, foram escritas ou sequer pensadas por ela. No relatório que me enviou, Galba de Boscoli diz ter sido dele a sugestão do texto, mas é quase certo que mais pessoas estivessem envolvidas. De qualquer modo, foi uma atitude política visando proteger seus interesses de herdeira.

Naquele momento, entretanto, nada poderia protegê-la.

Em setembro – mês do seu aniversário –, um decreto-lei afirma que as entidades componentes da "Organização Lage constituem um conjunto valioso, aproveitável no interesse da defesa nacional, pelo que se impõe o exercício da sua administração pelo Estado e a sua incorporação ao patrimônio nacional". E cito novamente Dunshee de Abranches: "Manda entregar toda essa massa de bens e direitos de Lage, inclusive os seus bens particulares, a um superintendente nomeado pelo governo federal, sem o pagamento de qualquer indenização".

---

25. A carta de Gabriella aos colaboradores é de agosto, mas do ano de 1942, após a morte de Henrique. A cópia me foi dada como parte da Relação de Galba de Boscoli.

Gabriella chama o jurista Levi Carneiro[26] para defender o testamento de Henrique. Seu parecer dizia que esse confisco violava a Constituição. E a exclamação de Levi foi: "O medo que eu tenho é do calote".

*

O jurista sabia do que estava falando. Ainda em 1975 corria no Supremo Tribunal Federal o processo da indenização nunca paga. E recentemente, procurando outra coisa na internet, dei de cara com ações movidas por descendentes dos herdeiros de Henrique, que até hoje batalham por indenização pelos numerosos terrenos de Cabo Frio. Durante anos Manfredo e Arnaldo pagaram advogados, e vez ou outra um almoço a este ou aquele político, tentando agilizar o andamento do processo cujas pastas se acumulam. Um dia, faz vários anos, recebi um telefonema estranho de uma mulher que se dizia advogada e me comunicava que indenizações pelos navios de Henrique afundados por submarinos do Eixo estavam sendo pagas a pessoas indevidas. Comuniquei o fato a meu irmão e a meu primo Henrique, e, embora Arduino precisasse muito de dinheiro, éramos gatos escaldados no quesito "caça à herança", e nenhum de nós se interessou.

O último dado que tenho é de 2001, quando o processo da indenização tinha seis mil e quinhentas folhas reunidas em vinte e cinco volumes, sem que a indenização houvesse sido paga. Naquela data, o Procurador-Geral da Justiça solicitava informações à Promotoria na 4ª Vara de Órfãos e Sucessões "para apurar possíveis irregularidades com desvio de bens nos sessenta anos em que corre o inventário". Sessenta anos de irregularidades, de lutas vãs, de acusações, de duelos advocatícios dos quais, felizmente, não participei.

---

26. Posteriormente juiz da Corte Internacional de Haia.

*

Paralelamente ao esforço de juristas e advogados para melhorar a situação, Victor e Eugênio Lage, herdeiros e sobrinhos de Henrique, entram em colisão com Gabriella. E pouco depois ela rompe relações com Pedro Brando, que utilizara seus contatos junto ao poder para ser nomeado superintendente das empresas incorporadas.

Henrique havia-se equivocado duplamente: ao contar com Getúlio Vargas para proteger suas empresas e respeitar seu testamento, e ao confiar em Pedro Brando.

Em casa, sempre ouvi falar de Brando como se fala de um inimigo.

Não sem razão. No fim do mês da nossa chegada ao Brasil, Pedro Brando havia apresentado uma queixa-crime contra Gabriella, como resposta à petição feita por ela. Na petição, Gabriella declarava aquilo que o Rio de Janeiro inteiro sabia, que Henrique realizava vultosas operações em nome dos seus auxiliares imediatos e que

> assim agia movido por várias razões, não raro ligadas à peculiaridade do seu comércio, às flutuações do seu crédito e, especialmente, pela cega confiança que depositava nos homens que elevava aos postos de maior responsabilidade nas suas empresas.

Dizia também que, com sua morte, a maioria dos titulares aparentes havia regularizado a situação, "assim não agiu porém Pedro Brando, cujo nome era usado com particular frequência para as aquisições acima indicadas". Seguia-se a lista dos bens que Brando declarava seus.

Transcrevo o que dele diz Joaquim Xavier da Silveira que com ele teve numerosos contatos profissionais:

> Figura cujo perfil só pode ser desenhado em traços sombrios, tentou macular a memória de Álvaro Catão, como represália à família Catão, porque D. Zita não se deixou envolver em seus manejos, brigou de morte com D. Gabriella,

que fazia dele juízos engraçados, alguns pesados e impublicáveis. [...] Como superintendente do Grupo Lage enriqueceu, construiu um palácio na Vieira Souto, e se fez armador, como Henrique Lage. Não teve porém a necessária competência; ficou insolvente, arruinou-se. Teve fim melancólico.²⁷

Eu soube em juventude que algo ligado a navios e ao enriquecimento vertiginoso de Pedro Brando após a morte de Henrique havia motivado a ruptura – lembro-me do seu castelinho mourisco de gosto duvidoso, rodeado de jardins, na Vieira Souto, perto do Arpoador. Mas só agora encontrei uma carta do deputado federal Júlio Cesário de Mello, enviada ao *Correio da Manhã* e publicada no dia 8 de junho de 1945 sob o título "O espólio de Henrique Lage e o sr. Pedro Brando".

Nela está a confirmação do que ouvi na adolescência. Quatro navios haviam sido comprados por Henrique, tendo Pedro Brando como testa de ferro. E, tão logo seu patrão e benfeitor fechou os olhos, o fiel discípulo deles se apropriou.²⁸

---

27. O testemunho de Joaquim Xavier da Silveira, em "Meu depoimento", me foi entregue por ele. Ao pé está: "Rio de Janeiro, outubro 1983".
28. Sr. Redator,
Como dever moral me impus documentar todas as afirmativas feitas sobre o plutocrata e neopolítico Pedro Brando, tido apenas, presta-nome do saudoso amigo e ex-colega de Câmara dos Deputados, Henrique Lage, trago sobre olhos a escritura de cessão de direitos creditórios e de promessa a compra de navios celebrada entre o Banco Holandês da América do Sul e o já famoso Pedro Brando. Esses navios, que fazem parte da Companhia Serras de Navegação e Comércio, de cujas ações era o meu ex-colega de Câmara o principal, ou único acionista, foram objeto de escritura em meu poder, do livro número 2 (dois) folhas 67 (sessenta e sete) lavrada em notas do Cartório Marítimo, no dia 8 (oito) de novembro de 1933 e denominados "SERRA NEGRA" – "SERRA AZUL" – "SERRA GRANDE" e "SERRA BRANCA".
A transação importou em UM MILHÃO E DUZENTOS E VINTE E DOIS MIL SEISCENTOS E NOVENTA E NOVE CRUZEIROS E DEZ CENTAVOS [...]. E agora, o mais importante: todo esse saldo devedor tinha para seu pagamento: COMO FIADOR E PRINCIPAL PAGADOR A SOCIEDADE ANÔNIMA LLOYD NACIONAL, REPRESENTADA POR SEUS DIRETORES CAPITÃO NAPOLEÃO DE ALENCASTRO GUIMARÃES E O SR. HENRIQUE LAGE, SENDO QUE ESTE RESPONDERÁ

*

Depois de cinco anos de confronto, a Segunda Guerra chega ao fim. No Brasil, a ditadura é deposta e o presidente do Supremo assume a Presidência do país.

TAMBÉM INDIVIDUALMENTE [sic] O Sr. Henrique Lage era Presidente do Lloyd Nacional e possuidor da quase totalidade das ações desta Sociedade, verificado por pessoa de minha confiança em relação dos bens constantes do inventário, de o meu saudoso amigo, e o Exmo. Senhor Tte. Coronel ALENCASTRO GUIMARÃES, hoje Diretor da Central do Brasil, então Diretor Técnico daquela Sociedade, por isso mesmo conhecedor, como tantos outros na Organização Lage, desse prestanomismo.

Recorda-me, perfeitamente, que por essa época esse caso tivera consequências rumorosas nele agindo, mesmo a polícia e mais ter vindo a imprensa protestar e verberar contra as violências o Sr. PEDRO DE CARVALHO VILLELA, um dos Diretores de "SERRAS DE NAVEGAÇÃO E COMÉRCIO", homem de grande conceito social hoje Diretor de um Banco desta Capital. Ele vive felizmente, se bem que não tenho a honra de o conhecer pessoalmente, para vir confirmar ou contraditar a verdade do que tenho afirmado e continuarei a afirmar sobre o jovem plutocrata Pedro Brando, como um presta-nome do saudoso Henrique Lage.

Já disse e provarei que Henrique Lage era o possuidor da totalidade das ações da SERRAS DE NAVEGAÇÃO E COMÉRCIO e por aí se vê que a personalidade viril e patriótica de Henrique Lage e o fio luminoso que fez de suas empresas um só serzido, não restante a menor dúvida que tudo sob o controle de sua vontade férrea era só seu ainda que sob capa transparente de testas de ferro.

Mais para adiante quando oportuno, ao pontilhar todos os demais capítulos desse prestanomismo de consequências tão escandalosas, talvez provas mais contundentes e quase espetaculares venham aumentar o espanto e a sensação desse caso da draga "ESPIRITO SANTO" adquirida pelo jovem plutocrata Pedro Brando pela importância de NOVECENTOS E SETENTA E CINCO MIL CRUZEIROS e debitada ao Governo por ele Pedro Brando, Superintendente da Organização Henrique Lage, no mesmo dia em que tomou posse do seu cargo, por quatro milhões e oitocentos mil cruzeiros.

E esse cavalheiro, andante, pretende ofuscar com o esplendor e a pompa da sua riqueza "PRESTANÔMICA" os políticos dos subúrbios, os médicos da roça... gente pobre mas honrada.

E diga o íntegro General Gaspar Dutra, se poderão servir de exemplo e orientação política os princípios normativos adotados até então pelo novo político.

E passaremos a outro capítulo...

Buscando uma forma de resolver o ataque que havia sido desferido contra os herdeiros de Henrique Lage, um juízo arbitral é instituído em 1946 para avaliar os bens e as dívidas. A esperança era que as dívidas superassem o valor do patrimônio do espólio, o que livraria o Estado de pagar indenização.

De fato, devido à atuação irregular, para não dizer flutuante, de seguidos governos em relação à indústria naval, ora criando ora diminuindo taxas, ora estabelecendo subsídios ora retirando-os, e nem sempre cumprindo o que havia sido prometido, Henrique acabara contraindo grandíssima dívida com o Banco do Brasil – quando cheguei à Chácara, a parte do parque à esquerda da mansão não era cuidada como o resto do jardim e ali pastava, atada por uma corda, a vaca encarregada de fornecer leite para as crianças da família. Segundo me disseram quando perguntei, estava moralmente reservada como "a parte do Banco do Brasil". E mesmo Henrique a considerava como bem a ser penhorado em caso de necessidade.

Consciente da dívida, entretanto, Henrique havia estabelecido em seu testamento a maneira de pagá-la.

O laudo do juízo arbitral só ficou pronto em 1948 e proclamou a improcedência do ato ditatorial. Vinte e seis empresas e firmas já haviam sido devolvidas em 1946 e reunidas em um edifício recém-construído na avenida Marechal Câmara, nomeado Edifício Henrique Lage.

Mas o governo retinha a parte mais apetitosa do espólio: as empresas de navegação e os estaleiros.

Volto a citar Dunshee de Abranches:

> Descontadas todas as dívidas aos poderes públicos e pagos os credores particulares, a União Federal foi condenada a pagar ao espólio de Lage mais de Cr$ 288 milhões a título de compensação dos bens das empresas de navegação e outras, que foram assim definitiva e legalmente incorporadas, sendo as restantes devolvidas ao espólio.

A quantia era uma das duas parcelas devidas. A outra, relativa à indenização pelos navios torpedeados, foi estabelecida em Cr$ 45.808.000,00.

Foi provavelmente em comemoração a esse laudo que Arduino e eu, há pouco chegados, vimos parentes e advogados brindarem com champanhe, e acreditamos que tudo seria alegria em nossa nova família.

Sem conhecer a metodologia local, não podíamos imaginar que o brinde havia sido ilusório. O governo federal não cumpriu o laudo arbitral. Dali em diante, os herdeiros enfrentariam uma série de sucessos e fracassos legais, na dura batalha advocatícia para fazer valer seus direitos.

Como escreveu Dunshee de Abranches: "Se alguém tivesse tido a injusta intenção de punir Henrique Lage por tudo o que ele fez pelo Brasil, não teria conseguido mais do que conseguiram os poderes públicos contra os seus sucessores".

A casa que me habita

Ao chegar, e mesmo no dia seguinte, quando Manfredo percorreu conosco os salões numa espécie de tour inaugural, não me surpreendi com o tamanho da casa. Não me pareceu maior nem mais imponente que a *villa* renascentista do meu amigo Boni Vinci, mais tarde Conde Vinci, onde tantas vezes me hospedei nas férias de verão, tão grande que alas inteiras não eram usadas, ou que a Villa Marina, da minha amiga Dianella Matteucci, rodeada por um bosque de pinheiros na costa adriática. Meu olhar de menina estava acostumado com as grandes dimensões, e a casa de Gabriella era de arquitetura tão italiana que me pareceu, mais que tudo, acolhedora.

O que fascinou, sim, a mim e a Arduino foi o enorme parque ao redor, jardim cuidado e florido anunciando a mata que começava no limite das flores para subir até as raízes do Corcovado.

Em uma das tantas cartas escritas ao longo dos dois anos de ausência, Manfredo havia dito para a minha mãe que a casa ficava bem debaixo da mão do Cristo. E, embora tivéssemos visto paisagens do Rio no filme *Aquarela do Brasil*, não consegui entender como isso acontecia. Pensava naquela mão enorme estendida acima da casa como um teto suplementar e me perguntava se, sendo assim, estaria protegida da chuva. Minha intimidade com metáforas ainda estava por construir.

*

Nossa paixão pelo parque conduziu à imediata conquista. Éramos dois exploradores, dois aventureiros, dois desbravadores da selva, duas duplicatas das personagens dos livros de aventuras que havíamos lido durante a guerra, de Kipling, Stevenson e Salgari.

O único receio da minha mãe sendo as picadas de insetos, mandou as costureiras da casa fazerem para mim dois macacões de mangas compridas – não sei como Arduino foi protegido – e nos liberou.

Não íamos ao colégio porque ainda não falávamos português. Tínhamos, portanto, o dia inteiro para viver façanhas que imaginávamos semelhantes às dos nossos heróis literários.

Nunca vi nenhum membro da família no jardim, quanto mais no mato. Conceitos ecológicos de convivência com a natureza não faziam parte do abecedário familiar. Nem nossos pais vieram, algum dia, ver por onde andávamos e o que fazíamos. Deram sorte, porque é certo que, além das criaturas escamosas que tantas vezes deslizaram perto dos nossos pés, enfrentamos muitos riscos.

Seguíamos por trilhas que havia muito ninguém percorria ou nos metíamos no mato fechado, deparávamos com rochas nuas e escorregadias que tentávamos escalar, mergulhávamos no poço da cascatinha acima da represa, nos pendurávamos constantemente por cima de pirambeiras em cipós inseguros e tivemos várias oportunidades de verificar que os da natureza são bem menos firmes do que aqueles em que Johnny Weissmuller voava nas florestas cenográficas, tranquilo como um passageiro no metrô.

Nossa meta favorita era a represa, na parte alta do parque. Íamos costeando um lado do quarador, ainda com cara de bons meninos. Passávamos pela fileira de laranjeiras-da-terra, com seu cheiro forte de sumos podres e o revoar das borboletas. E já em plena transformação, de bons meninos a aventureiros destemidos, seguíamos pelo caminho em subida, fazíamos a curva junto à casa de pedra do vigia, andávamos mais um tanto e chegávamos à represa. Dava certo medo, porém, aquela casa sempre fechada, onde sabíamos que havia a matilha feroz oculta no porão, e logo descobrimos um atalho escarpado que poupava tempo e evitava passar por ela.

Aquele que era uma espécie de lago, grande e mais fundo que a nossa altura, era todo nosso, a água parecendo parada, mas sempre fria e em movimento, alimentada pela cascatinha do alto, sugada pelos encanamentos para alimentar a casa, e escura, em parte pela sombra das árvores, em parte por tantas folhas e ganhos acumulados no fundo. A floresta ao redor palpitava de presenças. E nós dois ali sozinhos, livres e pequenos, suspeitando o perigo que tornava mais preciosa a brincadeira.

Subia, de um lado da represa, alta escada de pedra até a cascata e o pequeno lago que a recebia, este ainda mais fundo e perigoso. No corrimão da escada, falsos troncos de cimento pintado haviam sido dispostos de modo a compor dois nomes que atribuímos – ou talvez fossem – aos antepassados de Henrique e primeiros proprietários da antiga fazenda.

Ninguém nos vigiava, ninguém nos via, ninguém se intrometia no nosso imaginário. Tirávamos os sapatos, a roupa, e só de calcinha e cueca nadávamos e mergulhávamos até cansar. Ali, na represa cercada de árvores, distante da casa e dos adultos, éramos seres da natureza.

Em casa ninguém nunca nos perguntou aonde íamos.

*

Do jardim, sabíamos a localização de cada árvore frutífera, e pensei não ter prestado atenção nos canteiros e nas flores. Mas, muitíssimos anos depois, em 1965, quando por recomendação de Carlos Lacerda

Leonam de Azeredo Pena foi nomeado superintendente do Jardim Botânico e encarregado de recuperar o Parque Lage, seu filho, o jornalista Carlos Leonam, meu amigo e colega de redação, sugeriu que me chamasse para ajudá-lo a recompor o jardim do passado.

E fomos andando juntos, durante uma longa manhã, para mim comovedora, eu apontando para aquilo que agora era pura desordem vegetal, e ele anotando onde um gramado havia sido coberto de capim pelo-de-urso, onde as íris enchiam os canteiros acompanhando uma inclinação, e como cachos de pequeníssimas orquídeas vermelhas[29] subiam pelas palmeiras da grande aleia de acesso – orquídeas que Arduino um dia ofereceu à namorada colhendo-as lá no alto com a ajuda de uma espingarda de chumbinhos. Disse ao botânico atento que o laguinho em frente à casa era rodeado de margaridas amarelas, que buganvílias coloridas transbordavam por cima dos muros diante da escadaria e nos dois terraços laterais da mansão, que o perfume das gardênias em flor ou da floração das azaleias chegava até a rua Jardim Botânico e que, debaixo das janelas de Gabriella, os canteiros eram só de roseiras, enquanto debaixo da minha eram zínias. Eu sabia de cor o antigo jardim.

Flores, porém, pareciam ser de menor interesse para nós dois. Havia tanto a explorar. O castelo com sua larga escadaria e a torre derrocada que, não sabendo que fora construída assim mesmo em obediência aos ditames românticos, pensávamos tivesse desabado. A gruta, cujas escuridão e umidade mantinham viva a ameaça de morcegos ou sapos ou serpentes. O aquário sempre sombrio, onde sombras inquietantes apenas entrevistas através dos vidros sujos e da água esverdeada moviam-se num ou noutro tanque, e onde a presença – anunciada e talvez fictícia – de um peixe-elétrico nos enchia de respeito. Ligando tudo, a sequência sinuosa dos lagos com a mancha clara dos nenúfares florescendo na superfície.

---

29. Orquídeas renantheras (*Renanthera coccinea*), originárias da China.

Para navegar no lago maior, aquele que, como convinha aos jardins românticos, abrigava uma ilha com um gazebo japonizante, resolvemos fazer uma jangada. Sem ferramentas, sem conhecimentos e sem experiência, conseguimos abater umas três bananeiras meio podres cujos troncos amarramos com cipós. Mas nossa jangada não resultou merecedora de tanto esforço, boiava e não boiava, molhávamos pés e pernas sem possibilidade de nos sentarmos, e ela parecia ter vida própria, recusando nossas manobras. Foi devidamente abandonada.

A casa, em mim

Descrevo agora a casa, não como a vi naquele primeiro dia, modulada pela voz e pelas observações de Manfredo, mas como ela mora em mim, indelével, casa para sempre minha.

Colunas, capitéis, frisos e até uma pequena esfinge alada eram ornamentos destinados a suavizar a planta absolutamente geométrica e regular. Desenho um retângulo. Ponho ao pé a sequência de salões avançando um pouco pela esquerda, ocupo o alto com a sala de jantar. Depois coloco na lateral da direita a suíte máster, que, composta por vários cômodos, se prolonga até o meio do retângulo. E preencho o resto com apartamentos iguais, constituídos por uma entrada ou quarto de vestir, um outro cômodo, o quarto propriamente dito e o banheiro. Amplos arcos ligam os três cômodos; o conjunto forma um quadrado perfeito.

Havia quatro desses apartamentos, dois de cada lado.

E ainda, à esquerda, junto à sala de jantar, uma grande copa, com monta-cargas ligado à cozinha. E, à direita da sala de jantar, um banheiro social.

*

Subindo a escadaria generosa chega-se ao enorme portão de cristal e ferro fundido. Um portão transparente e receptivo, que permite ao visitante sentir-se acolhido enquanto espera que um dos porteirinhos rode a chave e faça deslizar as duas bandas. Do ingresso já se podem ver, em perspectiva, os arcos e o implúvio. A pequena esfinge tudo controla lá do alto. Dois grandes jarrões de porcelana chinesa ladeiam o portão, outros dois ainda maiores guardam vigilantes o vão que dá acesso à galeria.

Mas ainda não é para lá que vamos.

Se tomarmos a direita, estaremos na sala que mais se usava no meu tempo, quer para receber visitas formais, quer para a utilização do piano de cauda – ali vi Gabriella ensaiar com Carolina, então jovem soprano às vésperas de uma apresentação, e ali ela tentou, por uma ou duas vezes, sem qualquer resultado positivo, testar minha voz com o intuito de me fazer cantora. Como mobiliário, uma antiga cômoda chinesa, a estátua de bronze da japonesinha reclinada, sofás e poltronas grandes e fundos forrados de chita escura. Havia, sobre os braços rechonchudos, cinzeiros de prata que me encantavam profundamente e que talvez fossem moda, mantidos em equilíbrio por duas tiras laterais de correntes alternadas com moedas.

Mas, se formos pela esquerda, entraremos na sala das fotografias. Era, na verdade, uma sala de passagem, uma espécie de antessala que precedia o salão de concerto. Mas a chamo assim porque uma mesa alta e grande tronejava ao centro, e sobre essa mesa alinhavam-se fotografias autografadas, em molduras de prata. Havia outras fotografias emolduradas sobre um console junto à parede, mas eram as da mesa que mais me atraíam. Nenhuma instantânea, todas fotos cuidadosamente posadas, o preto e branco suavizado por filtros, a iluminação cúmplice. Havia ali fotos da realeza italiana, e não só italiana, fotos de nobres e de maestros, fotos de personalidades das artes. E a foto de D'Annunzio. Esta, talvez por ter sido ele amigo do meu avô e líder militar do meu pai, tantas vezes comentado em nossa casa e de quem guardo algumas cartas, é a que lembro mais nitidamente. Não era foto de estúdio, mas tampouco era casual. O Poeta, em pé, vestindo farda de Alpino,[30] aparenta estar em meio a uma guerra gritando ordens. A dedicatória era: "*A Gabriella Besanzoni, una voce di battaglia*" (Para Gabriella Besanzoni, uma voz de batalha), o duplo sentido resultava encantador – revi essa foto na internet, mas, sem a dedicatória, perdeu a força.

A respeito de D'Annunzio, corria a crença de que os dois tivessem tido um caso. Encontrei essa ligação citada em várias matérias atuais sobre Gabriella. Mas ela sempre a negou, atribuindo os elogios públicos que ele lhe endereçou à admiração por sua voz e atuação cênica. Não sendo mulher de negar seus casos, e tendo conhecido D'Annunzio bem antes de se casar, devemos tomar sua palavra como verdadeira.

Da sala das fotos, passamos ao salão de concerto. Era grandioso e cintilante. Tudo luzia. As paredes revestidas de mármore vermelho e acinzentado; os enormes espelhos que iam do chão até o teto em moldura dourada com volutas e que tinham na base floreiras sempre cheias de vasos de avencas; as vitrinas antigas de fundo espelhado contendo condecorações e pequenos objetos preciosos; o piso de mármore; o teto todo trabalhado em ouro e branco; e ao fundo, majestoso no seu nicho, o piano de cauda.

Sempre tentei imaginar como havia sido esse salão em noites de concerto, se os convidados se sentavam nos duros sofás e poltronas antigos que faziam parte dos três conjuntos dourados forrados com bordados Aubusson, ou se em cadeiras temporariamente enfileiradas, como em um teatro. Mas, quando cheguei à Chácara, Henrique havia morrido fazia anos, e o tempo de saraus e concertos se fora com ele.

*

---

30. Batalhão das Forças Armadas italianas encarregado de defender as montanhas, especialmente os Alpes.

Do nicho concebido como um pequeno palco para abrigar o Steinway, uma porta dava diretamente para a galeria e uma porta-janela abria-se para um terraço – que viria a ser o do nosso quarto –, permitindo a entrada e saída discreta dos artistas, como uma coxia. Mas não é por elas que vamos sair. Voltamos sobre nossos passos e entramos na galeria através da porta principal, passando entre os dois jarrões vigilantes.

Na galeria, seguimos pela direita, rumo à suíte máster.

A suíte máster merece um espaço diferenciado dos outros apartamentos.

O acesso se dava por duas portas. Escolho entrar pela primeira – embora secundária –, a mais próxima à porta do primeiro salão.

Adentramos em escuridão. É uma grande rouparia longa e estreita, toda forrada de armários de madeira entalhada com flores e frutos, iguais aos da sala de jantar, arejada somente através de um estreito basculante ao alto, por onde coa a mínima luz. Os armários vão até o teto, e por eles corre uma alta escada, como a das bibliotecas. Ali se guardam lençóis e toalhas, os de uso e os estoques. Ali, também, Gabriella guarda algumas de suas peles, as que usa com mais frequência, vencendo o calor. As outras são conservadas nas geladeiras especiais da Casa Canadá.

Ao fundo da rouparia penumbrosa, outra porta.

É abrir essa porta e receber a plena luz. Estamos no quarto do casal. Digamos que tem a mesma extensão do primeiro salão, mas não a mesma largura. Mais objetivo é dizer que tem quatro janelas, três de frente, uma de lado, todas dando para o verde e o silêncio do parque.

Mas as paredes não absorvem o verde: refletem uma espécie de céu ou um claro fundo de mar. Parecem de porcelana, graças à textura brilhante da pintura azul-claro vincada de cima a baixo por sulcos ondeados e salpicada de estrelas. São estrelas folheadas a ouro, sextavadas, de uns quinze centímetros. Aquele ondeado, soube muito mais tarde, era pura elegância nos anos 1920, obtido com pente passado sobre o reboco ainda fresco. As estrelas e toda a pintura decorativa da casa eram obra do artista Salvador Pujals Sabaté.

Do quarto do casal, passava-se a um quarto de vestir, com idêntica decoração nas paredes. Havia uma grande pia com espelho e um cofre embutido. Não sei a qual dos membros do casal se destinava, ou se teria função comum aos dois.

Em seguida, um cômodo mais. Este comunicava-se, através de um arco com pesado reposteiro de veludo, com uma espécie de antessala, ligada à sala íntima.

Que agradável, esta sala! Havia sido batizada de 02, devido ao final do número de telefone que a atendia, e era o espaço preferido da família, o lugar da convivência diária.

Duas portas-janelas davam para um terraço rodeado de buganvílias brancas, que subiam do jardim até o alto da casa. Era o lado da sombra. Havia um sofá de balanço, poltroninhas de ferro batido. No verão, transportava-se para fora a mesa de jogo, levavam-se as cadeiras, e ali ficava-se o dia inteiro, entrando noite adentro.

Do lado da galeria, o acesso se fazia por uma sala de entrada com um grande espelho rosado e um console de vidro.

A sala 02 havia sido concebida para ser o ambiente íntimo do casal, na sequência dos quartos privativos. E, como tal, dava acesso ao banheiro. Digo banheiro, mas eram dois.

Esse acesso, em que os familiares e amigos nem reparavam mais, era o diferencial.

Se eu disser ferro batido, fica parecendo grade de janela. Se eu disser escultura de ferro, pode evocar estátua equestre. Então digo que era uma estrutura metálica cor de bronze, misto de moldura e portão, com aves, creio que garças, e ramagens e folhas e volutas, sobreposta a um espesso vidro irregular cor de âmbar escuro. Tudo isso teria no máximo uns três metros de altura, mais alto ao centro.

Além do portão, então, o banheiro principal.

Era um banheiro absolutamente teatral. Todo de mármore vermelho importado da Itália, paredes, chão e mobiliário, e desenvolvia-se em dois níveis. O nível mais alto, com bela escadaria em curva, abrigava a enorme banheira escavada numa única peça, ladeada por dois anjos de metal dourado, altos como uma criança de quatro anos, que empunhavam tocheiros de iluminação.

Arduino e eu tomamos naquela banheira cor de sangue nossos primeiros e únicos banhos sulfurosos, quando, recém-chegados e pouco afeitos a problemas tropicais, pegamos sarna. Muitos meses depois, já mais íntimos da banheira e da casa, inventamos uma brincadeira de fim de tarde: enchíamos a banheira de água quente, abríamos as portas dos dois banheiros, de modo a ter acesso à galeria, e ficávamos brincando na piscina até não aguentar mais o frio, então saíamos correndo e íamos mergulhar na água quente da banheira, para logo retornar à água fria. Fazíamos assim repetidas vezes, rindo e molhando tudo na passagem, até algum adulto nos mandar parar.

Ambas as vezes que fui entrevistada por Jô Soares, ele se referiu entusiasticamente a essa banheira, sem que eu entendesse por quê. Depois me disseram: havia tomado banho nela como ator, para a cena de um dos seus filmes.

No banheiro vermelho havia ainda uma generosa pia – hoje misteriosamente desaparecida – e, na parede junto à janela, um console encimado por um espelho.

O banheiro adjacente, de mármore amarelo, era mais normal, destinado a funções higiênicas. Mas tinha outra pia, outra banheira, e era o que mais se usava. Ali, sobretudo em noites de recepção, eu admirava a cerimônia de maquiagem oficiada por minha mãe.

Circundando tudo por dentro, a galeria. Muito italiana essa galeria, com suas duplas colunas, seus arcos e o piso de fragmentos de mármore colorido, idêntico ao que reencontrei com ternura na Villa Serbelloni, da Fundação Rockefeller, em Bellagio, à beira do Lago di Como, quando lá estivemos desfrutando uma bolsa de estudos concedida a meu marido.

Havia dois conjuntos de sofás e poltronas, um de cada lado da galeria. Guardo um retrato de Arduino, adolescente e tão bonito, levemente apoiado nos joelhos da nossa mãe, que está sentada em uma daquelas poltroninhas de ferro batido de motivo vegetal tão presentes nas casas brasileiras da época. Arduino brinca com um sagui sobre a mesa de vidro, e ao sagui voltarei mais tarde. Era o conjunto do lado direito, junto à porta do quarto 02, onde se atardavam os que queriam furtar-se ao ruído da sala quase sempre cheia ou trocar confidências ou, com frequência, falar com mais privacidade de política e negócios.

Ao centro, o pátio e, no pátio, a piscina. Hesito em chamá-la piscina, embora sempre assim fosse nomeada. Hesito porque obedecia mais ao conceito de implúvio das antigas *domus* ou casas romanas do que ao moderno conceito de piscina. E porque era de água natural, vinda de uma das três nascentes do parque, sem adição de cloro, o que, sendo as paredes de pedra, lhe dava aspecto de lago ou rio. E, sobretudo, porque só Arduino e eu a usávamos como piscina, e, embora Lisetta tivesse se aventurado um par de vezes, nunca vi nenhum familiar ou amigo nadando ali.

Meu primo Henrique me conta agora que nadava ali desde bebê, tendo um dia corrido o risco de se afogar, obrigando Carolina, mãe dele, e Gabriella a se jogarem vestidas na água para salvá-lo. Mas isso foi em um tempo anterior à nossa chegada, talvez o mesmo em que houve um trampolim baixo, depois retirado. Nem escada de piscina aquela piscina tinha, e sim uma dupla escada de pedra na parte mais baixa.

Quatro sapos de bronze que eventualmente vertiam água enfeitavam os quatro cantos do implúvio. Vasos de gerânios floresciam ao pé dos sapos, e vasos de samambaias transbordavam seu verde diante de cada par de colunas. Nos cantos do pátio, quatro enormes jarrões de barro abrigavam jasmineiros que subiam até o terraço. Havia mesas de vidro e cadeiras que só serviam para compor o cenário. O pátio dava-se ares de jardim.

Farra maravilhosa constituía para mim e Arduino a limpeza da piscina. Não era propriamente lama que se acumulava no fundo, era mais uma espécie de resíduo vegetal que vinha da nascente e se acrescia às folhas dos jasmineiros derrubadas pelo vento. Quando essa camada passava de um palmo e a água fazia-se turva, era hora da limpeza. Então esvaziava-se a piscina, empregados empunhando vassouras desciam pela escada e abriam-se os fluxos de água que jorravam da boca dos sapos. E toca a varrer! Arduino e eu, de maiô e igualmente armados de vassouras, nos agregávamos à operação, seriamente empenhados na tarefa. Os sons ecoavam no espaço fundo, ricocheteando de uma à outra parede de pedra. Isolados do resto da casa, só vozes e estrondo de água, quatro cascatas derramando-se a um só tempo, tínhamos o céu acima de nós e um dever a cumprir.

Só quando tudo havia sido varrido e as pedras brilhavam livres do verde que as havia encoberto os empregados subiam a escada, e fechavam-se os ralos da piscina.

Nós dois ficávamos, novamente crianças livres de deveres, girinos felizes chapinhando na água transparente e gelada que aos poucos subia.

*

Contígua ao apartamento de Paola, a copa dava acesso à sala de jantar e ao térreo através de uma escada. Havia uma geladeira, várias pias, armários, uma grande mesa central e, debaixo da janela, uma mesa menor, onde Arduino e eu tomávamos o café da manhã. Sempre me fascinou a pilha de travessas de prata que habitava um dos armários. Habituada a ver na casa da minha avó a prataria tratada como preciosidade a usar somente em ocasiões mais pomposas, surpreendia-me a disponibilidade daquelas travessas, tratadas como louças que ninguém vinha contar ou conferir.

Na passagem para a sala de jantar, um monta-cargas trazia a comida, da cozinha.

Sala austera, que apesar das muitas janelas tragava a luz, engolida pelos painéis de madeira escura, entalhada, que recobriam todas as paredes. Não eram apenas painéis, e sim armários de pouca profundidade para guardar copos e taças, completados por bancos que, como arcas, guardavam as longas toalhas de linho bordado. Essa decoração circundante, ajudada por mármores, vestia a sala, deixando a primazia para a longuíssima mesa, que em noites de grandes jantares podia ser aumentada, e as cadeiras de espaldar alto que prenunciavam comensais.

Havia uma mesa mais, sobre a qual alinhavam-se os talheres. Naquela profusão de prata portuguesa, os meus favoritos eram os talheres de peixe com cabos de marfim e entalhes de fauna marinha nas lâminas.

*

Os apartamentos, embora sendo todos iguais, acabavam parecendo diferentes de acordo, pelo menos em parte, com o gosto de seus ocupantes.

Embora localizado no térreo, por suas funções o salão de bilhar pertencia moralmente ao andar de cima.

Era preciso descer um lance da mesma escada que conduzia ao terraço. No hall abaixo, quatro portas e uma escultura. As portas: áreas de serviço, banheiro social, jardim, salão de bilhar. A escultura: reprodução marmórea de mais ou menos um metro de altura da famosa obra de Antonio Canova *Psiquê reanimada pelo beijo do Amor*, que na infância, quando o conceito de kitsch ainda não fazia parte do meu repertório, me parecia belíssima.

No enorme salão de bilhar, a mesa que lhe dava o nome tronejava ao centro. Havia um piano. Sofás, o equipamento de som da época, rádio, vitrola, vinis empilhados. E paredes como nunca vi, nem antes nem depois.

Eram forradas de madeira até a metade, mas a madeira emoldurava placas de cerâmica grés do tamanho aproximado de uma lajota, nas quais se viam assinaturas, declarações, frases escritas e provérbios. Uma espécie de pré-*street art*, em que visitas e amigos grafitavam seus nomes e deixavam sua marca.

O salão de bilhar era o espaço da alegria, aonde se descia por vezes depois das recepções e, sobretudo, na volta do Teatro Municipal depois das apresentações na temporada operística. Então à família juntava-se a trupe dos cantores, que prolongava entre as estranhas paredes a sua performance.

Foi ali que Mario del Monaco deu seu tris, depois de ter dado o bis no Municipal. E muitas vezes, ao sair de manhã cedo para ir ao colégio, ouvi música e canto vindos lá de baixo.

Uma parte anexa ao salão era dedicada ao bar. E utilizada, no correr da vida cotidiana, pelas duas costureiras fixas da casa, que, ao terminar o dia de trabalho, recolhiam tudo, mal deixando vestígios da sua presença.

Morava ainda, no salão de bilhar, um grande cavalo de balanço. Recoberto de pelo equino branco com manchas canela, devidamente ajaezado, deve ter sido presente dado a meu primo Henrique, que, passada a idade de brincar com ele, o descartou. Acabou sendo minha montaria nos dias em que me transformava em dama de tempos imaginários.

*

Subindo a mesma escada que descia para o bilhar, ia-se ao terraço. Havia sempre uma sensação de calor sufocante na chegada, porque as janelas banhadas de sol transformavam o pequeno patamar em uma estufa. Mas, ao sair, quanta amplidão!

Manfredo tirou algumas fotos minhas naquele terraço quando eu já era adolescente. O rosto está na mesma altura da copa das palmeiras. Atrás, vê-se a Lagoa cercada de casas esparsas. Nenhum edifício. Poucos anos mais tarde, quando sentada no pontal da sede náutica do Vasco desenhei a Lagoa, distinguiam-se claramente do outro lado as torres da Paróquia Nossa Senhora da Paz. E pareciam imponentes.

O terraço não era usado para nada, a não ser para abrigar os quatro cachorros machos a fim de que não emprenhassem as fêmeas. Se tanto, e muito eventualmente, para encontros amorosos.

Era um tempo de impermeabilização dificultosa. A cobertura havia sido feita com grandes placas de cimento deitadas sobre grossa camada de piche ou alcatrão – camada que o calor do sol amaciava, permitindo o deslizar imperceptível das placas. Rondava o terraço a ameaça de ter que arrancar as placas e refazer a impermeabilização.

De um lado a Lagoa, do outro a mata quase virgem, a gigantesca pedra e, ao topo, o Cristo que nos abrigava debaixo da mão. Mais que a estátua, entretanto, comovia-me a rocha lisa e mais escura depois de noite de chuva, quando a água escorria em tiras desde o alto, cintilante como rastro de caracol ao sol da manhã.

*

Falei do andar de cima e do terraço. Bem menos vistoso e menos visto era o térreo. Ali, excetuada a sala de bilhar, localizavam-se os serviços.

Quando eu queria sair, descia pela escada da copa, atravessava a grande sala de jantar dos empregados, passava pela cozinha ou pelos tanques das lavadeiras e, através da porta dos fundos, saía para o jardim.

Tudo era grande, de proporções industriais. Tudo havia sido concebido para a opulência. Quatro altas mesas de mármore na cozinha, as pias igualmente altas e fundas, o fogão ao centro parecendo uma locomotiva com seus registros brilhantes. Penduradas na parede, mais para enfeite que para uso, enormes panelas de cobre.

E, no mesmo ambiente dos tanques das lavadeiras, as geladeiras de portas espelhadas e perfis de madeira com capacidade para atender um hotel ou um quartel.

Para abastecer as geladeiras, uma despensa junto à porta de entrada. Os gêneros chegavam de caminhão, em sacas. A carne era trazida pelo caminhão frigorífico. E os refrigerantes vinham em engradados, nos caminhões dos fabricantes. Nunca vi a entrega do pão, mas lembro que ficava em um enorme latão no armário aberto da cozinha. Sempre foi assim, e anos mais tarde a cachorra de Manfredo – uma linda setter, presente de Violeta Coelho Netto de Freitas, aluna de Gabriella e uma das vozes mais bonitas reveladas pela Companhia – descobriu o lugar e ficava ali parada, com as patas dianteiras apoiadas na prateleira, abanando o rabo, até que fome ou gula fossem atendidas.

A partir da sala de jantar dos empregados, um longo corredor escuro, porque sem janelas, levava aos banheiros e aos quartos dos funcionários. Quartos muito grandes, todos iguais, cada um com sua pia, cada um com sua janela gradeada, e todos com duas camas.

Ao fundo, junto à porta que conduzia à sala de bilhar, abria-se a boca escura do quarto-forte. Concebido para guardar pratarias e objetos preciosos em caso de necessidade, nunca o vi utilizado. A enorme porta de cofre sempre esteve aberta e, nas raras vezes que se acendeu a luz, não se revelou nada lá dentro, só poeira e prateleiras vazias.

*

No mesmo piso térreo, mas externos e independentes, havia os quartos cegos.

Eu os chamo assim porque assim os lembro. Isolados, quase sempre fechados, dois deles sem janelas, só a porta de ferro fundido e vidro fosco dando para o jardim.

Eram três.

Um destinava-se ao material de iluminação, e era domínio do eletricista. Enroscavam-se lá dentro, como ninho de serpentes, metros e metros e metros de cabos entre os quais cochilavam holofotes, refletores, lâmpadas, o que fosse necessário para iluminar casa e jardim.

Tudo já havia sido usado na festa veneziana e foi novamente utilizado na festa de São João; depois, sem uso, continuou ali, guardado. Uma bancada de madeira, ferramentas presas na parede e, por vezes, o funcionário titular completavam o conjunto.

No outro reinavam as tintas. Latas e mais latas, algumas de tinta já seca, outras babadas de cor, muitas latas novas ainda lacradas esperando seu uso. E galões, solventes, escadas, brochas, tudo amontoado na ordem/desordem determinada pelo pintor. O serviço não era muito, mas constante, pois sempre aparecia um cômodo ou um corredor a ser pintado.

O terceiro, aonde quase ninguém ia e no qual Arduino e eu adentramos um dia como quem penetra na gruta de Ali Babá, era o reino da mais plena fantasia.

Numa arara, pendiam dos cabides trajes de cena há muito sem uso, alguns de Gabriella, outros de apresentações e cantores já esfumados no tempo. Um véu de poeira amansava o brilho de bordados e cetins. As gavetas de dois armários desemparelhados – sobras de antigas decorações – guardavam adereços, brincos enormes, broches, correntes com medalhão. Em cima de um deles despontava uma coroa. Por toda parte empilhavam-se caixas grandes e pequenas, que debaixo das tampas fechadas ocultavam maravilhas. Era abri-las e surpreender-se. As redondas – aprendemos logo – eram de chapéus ou de perucas. Nossas preferidas eram uma peruca curta, de franja, e outra longa, ruiva, de cachos, que usamos muito para brincar e até levamos para a casa de Petrópolis nas férias. Em caixas menores encontramos restos de tecidos bordados e vários colares de pérolas falsas. Havia um manto de cetim bordô retido na gola por duas asas de metal dourado cravejadas de pedrarias – guardei esse fecho durante anos sem ter para ele qualquer utilização possível, apenas para manter vivo meu encantamento infantil.

Havia vestidos dos anos 1920, cobertos de brilho como cauda de sereia. E franjas de canutilhos descendo de uma tiara, e colares, e pulseiras, e um traje de egípcio e um espartilho.

Lentejoulas, antes pertencentes a algum vestido de noite, faiscavam como olhos verdes espalhadas pelo chão.

Mais de uma vez fomos àquele quarto acompanhando adultos que buscavam alguma coisa. E cada vez conseguimos estender nossa permanência no depósito encantado. Até conseguirmos, um dia, roubar a chave para mergulhar, sem intermediários e sem empecilhos, no império do imaginário.

Cães e outros bichos

A casa não seria a casa sem os animais que a habitavam.

Gabriella sempre gostou de cães. Aparecem com ela em muitas fotos, e nas suas viagens como cantora com frequência fazia-se acompanhar por algum cãozinho.

Nos primeiros tempos da Chácara teve um macaquinho de pelo cor de mel e nariz vermelho chamado Whisky. Mas, ao brincar com um dos cachorros, levou uma mordida que infeccionou. Triste, pegava na mão de quem passasse na galeria e dava alguns passos choramingando. Não tardou a morrer.

Quando chegamos, a Chácara contava entre seus moradores catorze pequineses. Ou melhor, catorze pequinesas. Os machos, aqueles isolados no alto do terraço, por alguma razão que ignoro, eram quase todos vira-latas, e ninguém subia para falar com eles, afagá-los. Ganhavam comida e banho, não mais do que isso. O nome de um deles os descreve: Caquecô, corruptela de "qualquer cor".

Cães pequineses, pelos menos esses de quem fui íntima, apresentam um problema: envelhecem mal. Com a idade, algo deixa de funcionar no maxilar e eles têm dificuldade para manter a boca fechada. Arrastam-se com línguas pendentes e bocas desdentadas ou prognatas.

Além do mais, acho que sofrem de artrose, andam pouco, passam grande parte do dia deitados.

Alguns dos catorze estavam nesse estado. E, no lado direito da galeria, próximo à porta do quarto de Gabriella, alinhavam-se as suas almofadas.

A favorita dela era uma fêmea pequena, jovem e albina. Assim miúda e branquinha, tinha um ar mais desamparado que, certamente, tocava o coração da dona.

Gabriella passava horas com a cachorrinha no colo, acariciando-a ao mesmo tempo que, sem olhar, caçava insetos entre o pelo com suas longas unhas vermelhas. Quando se cansava de caça e carícias, afastava a criaturinha para um lado da poltrona ampla, e esta, sabendo-se protegida, deixava-se ficar.

Havia também os três papagaios dos vocalises. Nunca fui especialmente amiga de psitacídeos, não fazem parte de minhas lembranças ou intimidade de infância. Mas esses aprendi a odiar. Não os três, só um deles. Justamente aquele que habitava o poleiro mais próximo da copa.

Não sei por que a ave sinistra cismou comigo. Cismou e pronto. Bastava eu passar no seu raio de visão e começava a agitar-se no poleiro, abria asas e o bico de forma ameaçadora, grasnava – eu sei que quem grasna é pato, mas o som era o mesmo. Eu temia que um dia conseguisse seu intento tão claramente manifesto e me voasse em cima, atacando-me a bicadas. Tentava passar fazendo-me invisível pelo silêncio. Mas ele me farejava e logo se voltava na minha direção.

Com os outros, não parecia um papagaio mau. Havia tentado aprender algo da canção de Gabriella, e, quando a casa ficou semidespovoada, Beppe, o garçom, andava com ele dentro da camisa enquanto varria o pátio. A cisma era só comigo, que nunca lhe havia feito nada.

Morreu como achei que merecia: afogado na piscina na noite em que, finalmente, a ponta das asas tendo crescido, conseguiu voar.

Havia os três macacos no viveiro concebido para pássaros. Nunca vi ninguém brincando com eles. Eram grandes e solitários, suponho fossem macacos-prego. Algum jardineiro punha comida, o viveiro era grande, espaço não lhes faltava, nem um tronco pelado, nem um ou outro trapézio. Mas a selva estava diante dos seus olhos redondos, o cheiro úmido das folhas chegava a suas narinas abertas, talvez ouvissem chamados de seus semelhantes, e não havia nenhuma razão, nenhuma, para que estivessem aprisionados.

E houve Tippí.

Poucos meses depois de chegar, andando sozinha no jardim, encontrei um jardineiro. Acocorado, observava um bichinho que acabara de recolher. Pedi para ver. Era um filhote de mico caído do ninho ou das costas da mãe na tempestade da noite anterior.

Aquele macaquinho mínimo foi demasiadamente sedutor para a criança europeia que eu era. Pedi para o jardineiro me dar. Ele disse que não. Pedi para me vender. Certamente teve pena, porque as moedinhas que eu tinha no bolso não davam para coisa alguma. Mas fizemos a troca e o mico passou para a minha mão.

Era macio, quente e, decerto por medo, se deixava ficar enquanto com um dedo eu lhe acariciava a cabeça.

Em casa, foi um sucesso. Primeira providência, encontrar-lhe um nome, que foi escolhido pelo som baixinho que emitia: Tippí. Segunda, alimentá-lo. Depois disso, dar-lhe amor e protegê-lo.

Ninguém lhe pôs coleira ou o prendeu com cinto e corrente. Desde o início esteve solto. Escolheu como dormitório o alto do armário do quarto da minha mãe, de onde, assim que ela acordava e o chamava, saltava para a cama de patinhas abertas, como uma asa-delta.

Corria pela casa inteira, e o único cuidado indispensável era fechar as portas da sala de jantar na hora das refeições, sem o que havia o risco de ele pular dentro de um prato e agarrar com as mãos qualquer mínima comida. Quando queria sossego ou um esconderijo, homiziava-se na nuca da minha mãe, protegido debaixo dos cabelos.

Via o verde lá fora, mas nunca tentou fugir. Poderia tê-lo feito através da buganvília que, subindo do jardim, rodeava o terraço. Ou através dos jasmineiros do pátio. Mas a selva não lhe interessava. O que ele queria era a vida familiar.

Cresceu bonito, com os tufos brancos das orelhas e o lábio partido na queda inicial, cuja cicatriz repuxada lhe imprimia uma espécie de sorriso constante.

Então eu fui para o colégio interno. E, chegando em casa numa das minhas saídas, soube que um bebê, filho de Paola, havia nascido. Meu Tippí já não podia ficar solto.

Penso nele como o vi aquela vez, trancado num viveiro, e minha alma ainda estremece. O alto do armário havia sido trocado por aquela casa de grades, e não havia como refugiar-se atrás dos cabelos da minha mãe.

Tentei defendê-lo, argumentar. Foi inútil; o bebê vinha primeiro, e com um macaco solto temia-se pela sua segurança.

Voltei para o colégio. Tínhamos poucas folgas, dependendo do comportamento da sala inteira só saíamos uma vez por mês. Na minha próxima estadia em casa, Tippí já não estava. Disseram-me que havia ficado arisco no viveiro, agressivo, e teve que ser dado de presente. A floresta ao redor era cheia de predadores, mas os do meu Tippí estavam dentro de casa.

Conosco na Chácara

Não dormimos muitas noites no quarto da prima Paola. Logo Manfredo comprou as três camas necessárias, e nos mudamos para a ala da suíte máster, que Gabriella havia deixado logo após a morte de Henrique, transferindo-se para o apartamento ao lado, menor e mais cômodo.

Meus pais ficaram com o enorme quarto principal, Giovanna e eu nos ajeitamos no primeiro quarto de vestir, e Arduino ficou com o cômodo que dava para o o2, protegido pelo reposteiro de veludo e um breve corredor. Nunca entendi como conseguia dormir, porque o vozerio na sala familiar ia alto, madrugada adentro, mas é provável que o reposteiro absorvesse boa parte do ruído.

As camas eram americanas, feito que Manfredo alardeou com orgulho, valorizando sua compra num tempo em que tudo o que vinha dos Estados Unidos era considerado melhor. Talvez o fosse, pois até hoje a minha me acompanha de uma casa a outra, e só recentemente fui obrigada a trocar o colchão de molas por um de espuma que, com certeza, durará muito menos.

Mudamos para a outra ala e começamos nosso aprendizado da casa, da família, dos hábitos.

Adriana, irmã de Gabriella que com ela havia ido nos buscar, passava apenas uma temporada na Chácara, como fazia com frequência. Sua filha Paola, porém, era residente fixa, com o marido, Giorgio Rossi, e uma filhinha. A família ocupava o apartamento próximo à copa.

O apartamento junto ao de Gabriella era ocupado por Arnaldo Colasanti e sua mulher, Carolina. Arnaldo, o mais bonito dos primos, sempre bronzeado, dentes branquíssimos, havia sido o favorito de Henrique, que quisera adotá-lo para ter um descendente, e tinha papel de destaque na família. O encontro com Carolina, que conto a seguir, podia ser tributado ao canto.

Pouco antes do início da Segunda Guerra, Gabriella havia sido convidada como grande nome para uma apresentação na Arena de Verona. E, por ser o grande nome, foi lhe dada a prerrogativa de escolher entre os melhores cantores da academia de Santa Cecília, em Roma, algumas vozes do elenco. Uma das que ela escolheu foi Carolina, soprano quase estreante. Ensaios, conhecimento e eis que, no clima tenso que antecede a proximidade da guerra, a programação de Verona é cancelada. Gabriella decide voltar logo para o Brasil. Antes, porém, fala com a mãe de Carolina, advertindo-a do perigo e oferecendo-se para acolher sua filha na Chácara para que possa continuar os estudos e a carreira lírica.

Assim é feito, e assim os dois acabam se conhecendo. A carreira de Carolina de fato prosseguiu: ela cantou mais de uma vez no Municipal e chegou a cantar no Metropolitan. Lembro-me dela ensaiando com Gabriella no piano do salão, e revejo nas suas mãos o tecido branco adamascado que escolheram juntas para o traje de cena de uma apresentação.

O filho deles, batizado Henrique em homenagem ao tio que morrera pouco antes do seu nascimento, ocupava com a governanta francesa o apartamento junto ao de Paola. Era um menino quatro anos mais moço que eu, louro e pálido, controladíssimo pela governanta, que não lhe permitia tomar banho de piscina conosco e muito menos brincar no jardim, segura de que essas atividades "perigosas" poriam em risco a sua saúde. Hoje designer bem-sucedido, casado com a também designer Teresa Pontual, sobreviveu ao excesso de caroteno das cenouras que a governanta o obrigava a comer e a todos os germes que ela temia que o atacassem na convivência conosco ou nas frutas – lembro das maçãs que lhe eram destinadas boiando como fetos em água com permanganato de potássio –, e finalmente pudemos ser muito amigos e querer-nos bem. No passado, o máximo que Arduino e eu havíamos conseguido de aproximação, com a aquiescência do cérbero, além das férias em Petrópolis e uma ida a Cabo Frio, foram umas duas ou três apresentações de nosso teatrinho de marionetes, em dia de festa pelo seu aniversário.

Henrique fazia suas refeições no quarto. Arduino e eu almoçávamos e jantávamos sozinhos às onze e às seis, no salão de jantar. Ocasionalmente, nossa mãe vinha supervisionar a comida e nos fazer companhia.

Não me lembro de hora precisa para as refeições dos adultos. É possível que não a tivessem. Sei que volta e meia um ou outro homem da família chegava pelo ingresso da cozinha e ia logo fazendo seu pedido ao cozinheiro. Todos eles faziam regime, e a entrada pela cozinha destinava-se a evitar a refeição formal.

Também Gabriella controlava o peso. Muitas vezes a vi almoçar só verduras cozidas, e houve um período em que, evitando o azeite de oliva, talvez considerado mais calórico, as temperava com Nujol, um óleo mineral que me parecia nojentíssimo. Ou então sequer almoçava. Ficava no quarto 02 jogando paciência, alisando sua pequinesa favorita e tomando café com leite até que os outros voltassem.

Eu gostava de lhe fazer companhia nessas ocasiões, ouvindo as histórias do seu tempo de diva, que me contava com ar cúmplice. Podiam ser casos de rivalidade entre cantores, como aquela vez que, vestindo seu traje de cena antes do espetáculo, começou a se coçar incontrolavelmente; era pó de mico colocado ali a mando de um rival, pequena delicadeza que ela retribuiu em igual moeda. Ou aquela outra em que, desmaiada no chão em obediência à marcação, esperava que o tenor caísse de joelhos a seu lado, mas surpreendeu-se em dor quando ele escolheu ajoelhar-se diretamente sobre seus seios. Ou das eventuais disputas nos duetos, cada qual querendo posicionar-se voltado para a plateia e tentando empurrar o outro na direção contrária. E me contava dos aplausos e do entusiasmo, como naquela noite da carruagem em Madri. Me dizia dos admiradores, das cestas de flores que enchiam seu camarim, dos convites.

*

Logo aprendemos a rotina da nossa tia. Acordava tarde, bem tarde, enquanto nós esperávamos ansiosos, pois o seu levantar equivalia à permissão para pularmos na piscina.

Tomava café no quarto, cerimônia que nunca presenciei. Depois, banho de banheira, sempre muito quente, pelando. Então, reclamando do calor enquanto enxugava a si e ao suor provocado pela imersão estorricante, fazia seus vocalises. E a bela voz ecoava em escalas pelas galerias, anunciando que o dia estava aberto.

Só saía do quarto maquiada, penteada, arrumadíssima, como durante toda a vida havia saído do camarim. Quantas vezes, acocorada ao lado da sua penteadeira, acompanhei a atenção concentrada com que empoava a pele pálida – nunca a vi tomar sol – e espalhava o pouquíssimo ruge! Preferia deixar o domínio do rosto aos olhos escuros, que cercava com denso traço negro de lápis. A operação rímel era a mais trabalhosa, realizada através de seguidas camadas que, se espessavam os cílios, também os grudavam, percalço que ela remediava atenta, separando um a um com a ajuda de um palito.

Então se penteava. Os cabelos cor de nanquim não eram fartos, mas ela sabia fazê-los render. Partidos ao meio, sempre, como os da espanhola que havia adotado. Presos para trás até as orelhas, e afofados graças a um permanente nas pontas.

Para as roupas, preferia tecidos macios, fluidos, sedas pesadas, cetins foscos. Se penso nela em casa, a vejo de saia longa enviesada, dando destaque a suas cadeiras estreitas, ou de pantalonas de boca bem larga, vermelhas ou pretas. Acima, top preto decotado ou de alças. Gostava de decotes, pois tinha o que exibir. Mandava fazer sandálias pretas quase japonesas, mas de plataforma. E sempre, rigorosamente sempre, em suas mãos cintilavam solitários.

Saía do quarto e ia falar com os papagaios. Eram três as verdes aves, em três poleiros um tanto afastados uns dos outros no pátio, diante da sala de jantar. Gabriella estava determinada a ensinar-lhes pelo menos alguma frase musical, ensinamento que eles visivelmente rechaçavam. Aproximava-se e, com sua rica voz empostada, cantava para eles repetirem: "Eu vou fazer um casaquinho de tricô pro meu amor". Tanto eu quanto os papagaios ignorávamos que a canção fosse um sucesso de Carmen Miranda. Gabriella, ainda esperançosa, pulava uma estrofe e entoava: "Ai! Ioiô de qualqué cô", reforçando os tons mais baixos. Só depois de alguma mínima insistência encerrava o capítulo musical, para retomá-lo no dia seguinte.

Nunca tive muita certeza de que, de fato, cantasse com o intuito de educar os papagaios. Algo me dizia que as aves eram apenas coadjuvantes na pequena cena que lhe permitia ouvir sua própria voz indo ar afora.

À tarde quase nunca saía, só para idas ao cabelereiro ou incursões à Casa Canadá. E jamais a vi andando no jardim. Soube que em tempos anteriores ia averiguar o crescimento do pé de laranja kin-kan ou arrastava toda a família para pintar a base das árvores com cal branca em combate às formigas. Mas era um tempo passado, e quando chegamos era muito convidada à noite, presença constante nos eventos sociais e musicais.

*

Duas personagens importantes não moravam na Chácara, mas era como se morassem. Laura e José Maciel Filho marcavam presença diária.

Laura era filha de criação de Gabriella e Henrique, nunca adotada formalmente. Gabriella era infértil – me disse certa vez, orgulhando-se dos quadris estreitos e como se fosse uma decorrência disso, que tinha útero infantil. E a infertilidade, que havia sido providencial ao longo de seu percurso artístico pontuado de amantes, tornou-se um problema a partir do casamento. Henrique queria descendência, não havia tido filhos no primeiro casamento, certamente sentia necessidade de alguém a quem deixar seu patrimônio. Fosse como fosse, regressando de uma viagem ao Sul, muito provavelmente a Imbituba, trouxeram consigo uma menina loura. Vi uma única foto dos três juntos, talvez marcando a chegada, e calculo que Laura tivesse então entre seis e oito anos.

Ela nunca me pareceu exatamente feliz. Entregue pela família ou por alguma instituição, desenraizada do seu entorno, não deve ter encontrado no novo casal parental o afeto intenso de que precisava. Henrique era um homem ocupado demais para ser pai de presença constante. Gabriella era uma diva, com pouco talento para a maternidade. Amorosa, sim, e generosa sempre, mas não protetora, não aquela mãe que toda noite põe o filho para dormir e lê histórias na beira da cama, não aquela que veste e penteia. Laura teve certamente as melhores babás, deve ter estudado nas melhores escolas. Faltou-lhe o resto.

Quando a conheci já era casada com Jorge Alexis Marques Vasques, um gaúcho bonito e jovem apelidado Xuxinho, favorito de Henrique, que – ao que me foi dito – o havia mandado estudar Engenharia

Aeronáutica nos Estados Unidos. Nunca colhi olhar apaixonado de Laura pousado nele, mas é possível que fosse apenas uma forma de defesa. O que eles mais queriam era um filho, e durante anos Laura lutou para engravidar. Só o conseguiu depois de uma estada na estância termal de Montecatini, na Itália, especializada em fertilidade. Com o filho abandonou as defesas. Nunca mais estivemos juntas, mas soube que era uma mãe exemplar, talvez aquela mesma mãe que tanto havia desejado para si.

*

Para fazer o perfil de José Soares Maciel Filho, ou apenas Maciel, como era chamado na Chácara, recorro ao dossiê intitulado "Meu depoimento", do meu amigo Joaquim Xavier da Silveira, casado com Lilia Catão, que me foi entregue por ele na década de 1980:

> Mais conhecido como J.S. Maciel Filho, jornalista, é hoje reconhecido como o autor da famosa carta-testamento de Getúlio Vargas. Conheci bem, trabalhamos em salas contíguas por um certo período. Uma inteligência prodigiosa, uma imaginação fértil, foi educado na Itália, e às vezes, no teor que imprimia às conversas, na criação de certas situações, procedia como um cidadão florentino da Renascença. Isso talvez explique sua fascinação pelo Palácio Italiano que existia no Parque Lage e pela corte que às vezes ali funcionava. Foi homem que em determinada época do Governo Vargas (1951/54) teve considerável parcela de poder [...].

Segundo John Foster Dulles, Maciel, amigo de Getúlio e redator de muitos de seus discursos, redigiu para ele um documento político que levaria à carta-testamento. Lutero Vargas, entretanto, afirmou que Maciel somente datilografou a carta manuscrita por Getúlio. Seja qual for a verdade, a memória de Maciel fica para sempre ligada à carta, mais do que à sua atuação como superintendente da Sumoc (Superintendência da Moeda e do Crédito) e do BNDE (Banco Nacional de Desenvolvimento Econômico).

A fascinação de Maciel se devia mais aos encantos de Gabriella que ao "Palácio Italiano". Eram amantes. E ela tinha nele seu mais poderoso e articulado conselheiro. Não era homem bonito. Era inteligente. Cabelos grisalhos, andar e corpo algo pesados, um jeito de urso. Nunca o vi rindo. Mais do que conversar, parecia sempre confabular em voz baixa, tratando de coisas vitais, articulações políticas ou manobras legais.

Maciel morava com a família em um castelinho de arquitetura deliciosa, misto de Idade Média com *art nouveau*, na praia do Flamengo, onde agora se ergue o prédio que foi inicialmente da TV Manchete – era vizinho e fazia uma espécie de pendant com a casa construída pelo arquiteto italiano Antonio Virzi para o empresário Gervásio Renault da Silveira, do tônico Elixir Nogueira. Subindo à torre do castelinho, a vista do mar, então mais próximo porque em tempo anterior ao Aterro, era orgulho do anfitrião. A família era igualmente deliciosa, duas filhas bonitas que nunca mais vi, dois filhos. O mais velho, Zezinho, muito jovem quando chegamos, nos levou algumas vezes ao Cine Floresta,[31] na rua Jardim Botânico, um cinema bem poeira, com primeira e segunda classes separadas por uma gradezinha que as ratazanas ignoravam. Eu reencontraria Zezinho, em plena amizade, muitos anos mais tarde.

Nas vezes que estivemos como visitas na casa de Maciel, a esposa dele nos recebeu sempre, e a Gabriella, com discrição e fidalguia.

*

Frequentava também a Chácara com frequência um sobrinho de Henrique, Carlos Martins Lage, para todos Carlinhos, homem de teatro que havia sido casado com Bibi Ferreira. Dele, Arduino e eu ganhamos

---

31. Inaugurado em 1922, no número 674 da rua Jardim Botânico, o Cinema Floresta trocou de nome em 1960, rebatizado como Cinema Jussara. Foi extinto em 1976.

uma coleção de moedas que foi nossa paixão. E em 1972 me deu o primeiro livro de Lygia Bojunga – até então dedicada ao teatro –, *Os colegas*, quase pedindo uma apreciação. Pelo empenho dele sou levada a crer que naquela época namoravam ou viviam juntos.

*

A Chácara cochilava quieta nas primeiras horas da tarde. Começava a se espreguiçar lá pelas quatro, e dali em diante era pura animação.

Os homens da família chegavam do trabalho por volta das cinco da tarde, com seus ternos brancos de panamá, as gravatas de cor pastel afrouxadas nos colarinhos e um ar de cansaço acalorado que logo desapareceria. Os amigos também iam chegando. E as visitas. Os porteirinhos corriam a cada toque de campainha, o garçom começava a circular com a bandeja cheia de xicrinhas ou de copos.

No 02, quando não na varanda, a mesa de jogo estava sempre armada. Ludo ou canastra, tudo podia ser, pelo puro prazer da disputa, já que não se jogava a dinheiro. E os jogadores se revezavam enquanto Gabriella, incansável, presidia rodada após rodada.

Por sua personalidade dominante em qualquer circunstância, Lisetta cunhou para ela um apelido que fez grande sucesso entre os adultos, "a Tia de todas as Rússias". Desconhecendo a existência de um "Tsar de todas as Rússias", eu me perguntava qual era a graça que os fazia sorrir.

Durante algum tempo, houve um violão. Alguém até tentou me ensinar a tocar, mas sem entusiasmo. Cantava-se. Gabriella gostava das canções de Caymmi, que cantava sem impostar a voz, desconsiderando as advertências dos demais, que temiam um prejuízo nas cordas vocais. Era para ela um divertido desafio superar os tons baixos do cantor.

Tomava-se uísque com soda, gim-tônica, refrigerante e muito café. Em algum ponto haveria o jantar. E a noite iria adiante até a madrugada.

Havia ainda uma última cerimônia familiar. Ao se recolher, Gabriella gostava de levar uma das sobrinhas consigo para comentar o dia enquanto tirava a maquiagem e passava seus cremes. Ser escolhida representava, de algum modo, um privilégio.

Os vivos e os mortos

Não só os vivos moravam na Chácara.

Um antigo empregado afirmava ter visto, mais de uma vez, Henrique sentado no 02 em sua poltrona favorita, lendo jornal, com a perna ferida apoiada em um tamborete, exatamente como fazia quando vivo.

Depois houve aquela madrugada em que se ouviu um baque acompanhado do firme toque da campainha do ingresso. A hora de recolher dos porteirinhos tinha passado havia muito. Acordado, só o grupo de parentes que jogava cartas. As cartas foram abandonadas sobre o feltro verde, o grupo foi em bando atender ao chamado inusitado. Mas atrás do alto cristal não havia ninguém. Só na manhã seguinte, ao fazer a limpeza no salão, viu-se que o grande retrato de Henrique havia despencado da parede.

Não eram intrusas as almas do outro mundo. Haviam sido convidadas. Em tempos anteriores à nossa chegada, Gabriella havia mandado fazer uma roda de rijo compensado, com cerca de dois metros de diâmetro. Traços pretos precisos dividiam a roda em fatias, como uma torta, cada fatia abrigando uma letra do alfabeto. A torta destinava-se a sessões espíritas.

Lembro-me dela brilhante de verniz, tronejando sobre o apoio de uma mesa menor, rodeada por algumas pessoas, quase todas mulheres. Gabriella comandava a operação. Eu, pela justa inocência das crianças, havia sido eleita para anotar, letra após letra, as mensagens que as almas transmitiriam através do pires.

A penumbra favorável à presença do além foi providenciada. Fez-se silêncio, abaixaram-se as cabeças em concentração quase religiosa, apoiaram-se os dedos na beira do pires. O espírito foi convocado por Gabriella em voz alta – e que voz! Houve uma espera em que acreditei ouvir meu coração. Um pedido de identificação. E logo o pires deslizou lento em direção à primeira letra.

Naquele clima familiar de processos seguidos, recursos, apelações, vitórias e fracassos, um oráculo fazia-se necessário. As perguntas destinavam-se a varar o tempo. E o pires bem-comportado soletrava as respostas que eu anotava, não sem angústia, no caderno apoiado sobre os joelhos.

Mais tarde, tranquilizou-me a conversa dos meus pais no quarto. Manfredo, descrente vocacional, dizendo que tudo aquilo era uma farsa, que fulano ou fulana empurrava o pires na direção mais conveniente ou que até mesmo o desejo inconsciente levava uns e outros a mover o pires. Lisetta, que sempre havia interrogado o invisível, contemporizava, embora sem outro argumento que não sua confiança.

*

A mesa não era o único recurso. Além dela, buscava-se a voz das cartas.

A camareira de Gabriella agia eventualmente como cartomante, mas da mesma forma como agia como manicure ou aplicava injeções, algo mais parecido com um serviço prestado do que com uma visão do futuro. Por vezes, profissionais recomendadíssimos por amigos eram consultadas fora de casa, e o resultado, ou a parte mais conveniente dele, comentado depois vivamente na roda feminina das sobrinhas e primas.

Sempre vi minha mãe procurando o futuro no mapa colorido das cartas. Nos longos anos de incerteza da guerra, na repetida distância do meu pai, tornava-se indispensável interrogar o amanhã. E o amanhã estava no tarô ou no baralho tradicional italiano, ou até naquele mesmo baralho com que se jogava canastra entre amigos. As cartas ocultavam a possibilidade de uma outra leitura, feita mais no interior do leitor do que através das figuras extraídas. E sobre elas se debruçava minha mãe.

Mas havia valores. Antes de interrogar as cartas era mister aquecê--las no peito junto ao coração, torná-las parte de si, fazê-las carne. E melhor falavam aquelas cartas que, tendo atravessado a linha do Equador, haviam se apropriado dos dois hemisférios.

Assim aprendi com minha mãe enquanto a via botar cartas para si mesma, sobre mesa ou cama. Mas, quando o câncer que trazia no seio abriu a carne, ela deixou de aquecer as cartas no peito, e, quando seu destino tornou-se inevitável, deixou de interrogá-lo.

Nova vida, nova língua

Na Chácara quase todos falavam italiano. A família, é claro. E o médico da família, doutor Enzo Battendieri, que nos curou da sarna contraída ao chegar, nos apresentou a antiflogestina,[32] nos aplicou as devidas vacinas e, após a morte de minha mãe, me curou da primeira pneumonia. Alguns amigos italianos. E parte dos empregados.

A presença desses empregados estava ligada a um ato de generosidade. Em princípio de 1941 ou em fins de 1940, quando a Itália já havia entrado em guerra, um navio de Trieste foi apreendido no porto, e a tripulação, mandada para a Ilha das Flores. Provavelmente alertado pela Embaixada, Henrique negociou com as autoridades, oferecendo contrato de trabalho para alguns deles, como maneira de tirá-los do confinamento. Deles, cheguei a conhecer o cozinheiro, seu assistente e os dois mordomos, um dos quais mais tarde havia trazido a esposa para atuar como camareira. Quando falavam entre si em dialeto triestino, era impossível compreendê-los.

---

32. Anti-inflamatório da época, indicado sobretudo para a tosse. Espécie de lama acinzentada a ser aquecida em banho-maria, espalmada num pano e aplicada sobre o peito do paciente. Melhor ainda se coberta com camada de algodão e enfaixada.

A camareira pessoal de Gabriella também era italiana, mas de outra região e de leva mais recente.

Apesar da facilidade de comunicação interna, logo Manfredo contratou um professor para nos ensinar português.

Era mais uma novidade entre tantas, e esperamos curiosos data e hora. Chegou um senhor de muita idade, ou assim nos pareceu. Alto, a cabeça bem pequena acima do corpo barrigudo, como se todo o volume tivesse deslizado pelos ombros. De cima a baixo, cinzento. O cabelo, o terno e a camisa meio encardida contagiavam a pele. Nosso mestre, porém, se revelaria delicado e paciente.

Nenhum espaço apropriado havia sido determinado para as aulas. Manfredo encaminhou o professor através do salão até um conjunto de sofá e poltronas com uma mesa ao centro. Ali estudaríamos.

Mas as poltronas e o sofá eram peças de antiquariado, madeira dourada e estofados duros bordados em *petit point*. Tudo precioso e sem conforto algum. E a mesa tinha o tampo composto por uma série de medalhões de porcelana pintada com cenas mitológicas, contidos por molduras trabalhadas em metal igualmente dourado. Não havia nenhuma superfície plana ou lisa para apoiar os cadernos e permitir o correr do lápis. E as poltronas eram muito fundas para nós dois.

Hoje imagino a estranheza do professor diante da situação. Estranheza certamente agravada pelos gritos frenéticos que com frequência ecoavam durante as aulas, pois, enquanto Arduino e eu lutávamos para aprender a nova língua, os familiares jogando ludo no o2 lutavam aos berros, com suas respectivas torcidas, pela vitória.

Adiante, quando já tínhamos mais intimidade, conversando para testar nossos avanços, o professor nos contou que, quando criança, ia para a escola nos ombros de um negro liberto. Foi, para nós, uma revelação espantosa, que o tornou de súbito mais interessante. Só sabíamos de escravos através da história da Roma Imperial ou dos livros de aventuras de Salgari e de Edgar Rice Burroughs. Ignorando o que fosse racismo, passamos a ver o velho mestre como uma personagem, invejando aquela experiência para nós quase literária.

*

Paralelamente, aprendíamos português de maneira bem menos formal.

À espera de viajar para os Estados Unidos, onde seria operado, Arnaldo, que sofria de um problema na coluna com reflexo doloroso na perna, passava os dias deitado. Sem ter o que fazer, viu em nosso desconhecimento da língua uma possibilidade de aliviar o tédio.

Mandava o chofer da casa comprar todas as revistas em quadrinhos da banca, que naquela época não eram tantas. E, deitado no centro da grande cama de casal, Arduino e eu de cada lado, ia lendo os balões em português e traduzindo em italiano.

Assim, o português nos chegou prazerosamente através da Família Marvel, de Pafúncio e Marocas, de Flash Gordon, Batman, Super-Homem e do nosso já conhecido Tarzan.

Carolina comentou mais de uma vez sua surpresa ao entrar no quarto do filho e flagrar a conversa impossível entre Henrique fazendo perguntas em italiano, língua que este não falava, e Arduino respondendo em português, língua que igualmente ignorava.

Infelizmente, com a partida de Arnaldo rumo à cura, encerrou-se esta parte prazerosa do nosso aprendizado.

*

Mas havia outra. O presente com que Manfredo nos recebeu ao chegar repetia a mesma fórmula já empregada na Itália durante a guerra: livros. Ganhamos o *Tesouro da juventude*, ainda na edição da década de 1920, e a *História do Brasil*, cinco grossos volumes, de Rocha Pombo. Para Arduino, um presente especial – preferência que até hoje me magoa –: a coleção completa de Júlio Verne, livros finos de capa dura vermelha que, apesar de destinados só a ele, lemos juntos. Rocha Pombo, confesso, nem abrimos. Havia sido um erro de Manfredo, não era leitura para a nossa idade.

O *Tesouro da juventude* foi realmente nosso tesouro durante vários anos. Com ele aprendemos bem mais do que português – embora tivesse grafia antiga, com "ph" em lugar do "f". Aprendemos história e geografia, retomamos a saga arthuriana que já conhecíamos, relemos mitologia e folclore, descobrimos jogos e trabalhos manuais. Arduino fez para mim móveis de boneca com arames forrados que tiramos de velhos chapéus. Eu fiz cordões tecidos, graças a carreteis de madeira espetados com quatro pregos. Fizemos pulseiras de contas e de linha. Tecemos minúsculos tapetes em minúsculos teares.

Lamentei e continuo lamentando que, após a morte da minha mãe, Manfredo me fizesse doar os volumes azuis para a filha de uma antiga secretária.

Buscando amigos

Pouco depois de termos aprendido português, Gabriella considerou que Arduino e eu devíamos ser apresentados a outras crianças, para criarmos um círculo de amizades.

O primeiro foi um menino Guinle, menor que nós dois. Gostaria de lembrar o nome dele, nem que fosse por gratidão. Lembro-me da casa para a qual fomos convidados uma ou talvez duas vezes, grande, normanda, rodeada de jardim, ocupando quase um quarteirão de Copacabana, perto da praia. Lembro-me da governanta dele se esforçando para criar um clima, contando ao pupilo nossa curta biografia sem conseguir despertar seu interesse. Para nós tudo era novidade: o lugar, os sanduichinhos de pão de forma e a limonada com muito açúcar. Mas não tínhamos nada em comum, nenhum amigo, nenhuma lembrança semelhante, nem sequer conhecíamos as mesmas brincadeiras. Tanto ele quanto nós deixamos a tarde passar em puro constrangimento. E a tentativa de amizade arranjada pelos adultos falhou completamente.

A segunda tentativa foi com Osvaldinho Aranha, filho do ministro Osvaldo Aranha. Fomos convidados para o seu aniversário, no apartamento da mãe, amiga de Gabriella. Uma festa grande, cheia de gente e ruído, com casa enfeitada, balões e serpentinas, mesa coberta de doces, o bolo enorme, todos entoando o parabéns. Tão diferente dos discretos aniversários infantis italianos, com xícaras de chocolate quente e crianças sentadas ao redor da mesa. Mas éramos estranhos no ninho, e também com Osvaldinho ou com as outras crianças convidadas não houve aderência, a amizade não aconteceu.

Mais tarde, na adolescência, iríamos novamente à casa de Osvaldinho para duas ou três festas. Já eram festas de adultos e jovens, festas de dança, muito animadas, ótimas. Numa delas até minha tia Mariquita dançou, tocando suas castanholas. Osvaldinho me convidou para o seu baile de formatura, o que significava muito, porque os bons convites eram disputadíssimos. Mas, ao crescer, seguimos caminhos diferentes e a amizade se esvaiu.

É possível que nossos amigos potenciais não tenham sido convidados para nos visitarem na Chácara. Não consigo lembrar qualquer visita deles. Mas, se o foram, tampouco deu certo.

Não foi erro dos adultos. Bem-intencionados, não podiam saber que os deslocamentos impostos pela guerra haviam nos acostumado a brincar sozinhos, contando só um com o outro. Conhecíamos todas as manhas recíprocas, nos entendíamos sem precisar de explicações. O jardim, a mata, a piscina nos bastavam. E, quando em casa, tínhamos o Tesouro da Juventude. Em hora nenhuma sentimos falta de companhia. Prova é que nunca ou quase nunca convocamos Nino e Pia, o casal de amigos imaginários que no último ano da guerra havíamos criado para brincar conosco.

Carros, só pretos

A primeira vez que Manfredo nos levou ao centro, paramos na volta num sinal na praia de Botafogo. Anoitecia, lembro-me das lanternas dos automóveis acesas e enfileiradas. Ele então largou o volante e, abrindo os braços em gesto quase bíblico que abarcava aqueles carros todos, exclamou com orgulho: "A essa hora é assim, um carro atrás do outro, sem parar. Como um rio!". Ter deixado a Itália imediatamente após o fim da guerra gravara na memória do meu pai as ruas romanas daqueles dias, a cidade humilhada, despida de carros. E agora, sem saber que nossa realidade era bem diferente, tentava nos deslumbrar exibindo a pujança automobilística do Rio.

Muito mais que o trânsito, porém, nos surpreenderam os bondes. Aquela gente toda viajando no estribo, cachos de gente pendurada, e o cobrador passando destramente por cima daquele povaréu; era muito diferente dos bondes fechados a que estávamos acostumados. E mais fantástica ainda nos pareceu a prática dos mais valentes de saltar do bonde andando. Mais tarde eu haveria de tentar imitá-los timidamente uma ou duas vezes, logo reconhecendo minha falta de talento acrobático.

*

Passadas as primeiras semanas de ambientação, Manfredo decidiu levar-nos à praia, de manhã cedo, antes de ir para o trabalho.

Dia de sol, temperatura ainda fresca, fomos acordados às seis horas. Ansiosos, nós, que havíamos passado tantos verões junto ao mar, mal tomamos café. O Ford preto estava estacionado nos fundos da casa, diante da saída de serviço. Um maiô havia sido comprado para mim. Era inteiro, listado, e de pesada malha de lã, como se usava então. Eu sentia o pinicar por baixo da roupa, mas era uma sensação familiar, a mesma de tantos maiôs anteriores.

Manfredo dirigiu até o Arpoador, e tudo era alegria dentro daquela carapaça funérea, ele feliz por nos proporcionar um prazer e uma surpresa, nós de sorriso irrefreável, sorvendo o percurso com sofreguidão.

Estacionou junto à calçada – estacionar era fácil, espaço sobrando –, e saltamos.

Que diferente esse mar daquele que conhecíamos! Que outra a areia! Nosso mar até então havia sido o Adriático. Quando manso, só minúsculas espumas vinham quebrar na praia, e a água lisa e transparente como vidro permitia ver as estrelas do mar sobre o fundo. Mas inverno e tempestades operavam a metamorfose, ondas desordenadas se erguiam então turvas e marrons. Um mar de pouca profundidade, tão pequeno perto do oceano que agora estava à nossa frente lambendo a pedra e quebrando na praia.

Eu me lembraria dessa diferença anos mais tarde, ao ouvir Arnaldo contar como, de volta de uma viagem à Europa com Henrique, ao aproximar-se o navio da costa brasileira e estando os dois no convés, Henrique havia lhe dito com emoção e intenso brilho no olhar: "Repare como a cor mudou, agora é verde! Estamos chegando, este é o nosso mar!".

A praia a que estávamos acostumados mal tinha areia, e a que havia era grossa, o resto era uma profusão de seixos brancos e gastos como os de rio – uma vez cheguei a ganhar as sapatilhas de borracha que muito havia desejado e que eram moda para proteger os pés. Agora nos surpreendíamos com a areia do Arpoador, branca e fina, parecendo talco que deixávamos escorrer entre os dedos como em uma ampulheta.

O sol era quente, a água era fria, as ondas engrossavam ao longe e quebravam constantes, embora sem tempestade, mantendo a transparência cor de turquesa até se transformarem em espuma. A pedra imponente que adentrava no mar escondia promessas de exploração. Foi amor intenso, à primeira vista, que nunca mais se esgotaria.

Manfredo continuou nos levando à praia de manhã cedo por algum tempo. Ao chegar de volta em casa, tomava banho, metia-se no terno branco e ia para o trabalho na avenida Marechal Câmara, onde ficavam os escritórios das empresas Lage.

Ganhei outro maiô, um duas peças de algodão e babadinhos feito por uma amiga de Manfredo do qual só usava a parte de baixo, já que não tinha peito algum, como era costume na Itália. Depois Manfredo cansou, ou ficou mais frio, ou começou a chover, e o Arpoador só voltaria a ser nosso pleno paraíso anos adiante.

Porque falei de chuva, encaixo outra lembrança. Nos primeiros tempos, quando Arduino e eu estávamos ansiosos por aprender tudo a respeito do Brasil, cada vez que chovia perguntávamos a Manfredo se era o começo da "estação das chuvas". Havíamos lido muitos livros de aventura em países tropicais onde a chegada das grandes chuvas desafiava os protagonistas e, acreditando que as monções fossem característica de todo clima tropical, desejávamos viver o fenômeno que habitava nosso imaginário. Manfredo desconversava, fosse para não nos decepcionar, fosse por não saber se tal coisa estava incluída, e em que ponto, nas estações brasileiras. Depois de muitas chuvaradas sem efeitos devastadores e sem resposta, acabamos desistindo da pergunta.

Outro programa dos primeiros tempos era ir ao cinema com Lisetta. O motorista de Gabriella nos deixava em um cinema da avenida

Rio Branco, bem em frente ao Hotel Avenida.[33] Findo o filme, fazia parte do programa atravessar a Galeria Cruzeiro, dar uma breve parada para ver, através da portinhola de vidro, o medidor de temperatura em funcionamento e seguir para a Casa Cavé,[34] onde, tomando sorvete, esperávamos que Manfredo viesse nos buscar.

Manfredo também gostava de ir ao cinema. Mas só no Metro do Passeio Público, na primeira sessão. E não por interesse cinematográfico. Sobretudo no verão, ia em busca do ar refrigerado. Botava o monóculo para fingir que estava olhando e durante uma hora dormia, beatífico.

Tivemos outra ida ao cinema.

Para mim, impossível de esquecer.

Talvez Lisetta estivesse ocupada, ou o filme não fosse do seu interesse. O fato é que fomos ao Metro com o motorista de Gabriella, Paulinho.

Cinema semivazio, nos sentamos no meio de numa fileira do centro, ele, Arduino a seu lado, eu ao lado de Arduino. Gostávamos de estar juntos e ele deixou. Mas foi um erro. Ele deveria ter se sentado entre nós dois, de modo a proteger ambos. Cinemas no centro da cidade são espaço propício para lobos.

O filme ia pelo meio quando um homem veio se sentar ao meu lado. Me cutucou mais de uma vez para me mostrar alguma coisa e, fosse pelo escuro, fosse pelo meu desconhecimento dessas coisas, eu olhava obediente, mas não entedia o que era. Estava me mostrando o pênis. E, porque eu não reagia a tão régia exibição, começou a rastejar sua mão caranguejeira para a minha perna.

---

33. O hotel mais importante da cidade, inaugurado em 1910. No térreo ficava a Galeria Cruzeiro, que, com dupla entrada, lojas e bares, era muito movimentada. O medidor de temperatura, que talvez fosse um medidor de umidade, ficava no centro da Galeria, protegido por uma estrutura metálica fechada, e o encanto era ver a agulha traçando sua linha sobre o rolo de papel.
34. Na esquina da Uruguaiana com a Sete de Setembro, a mais antiga confeitaria da cidade, com lustres, vitrais e vidros franceses.

Não podia imaginar que, sendo muito baixinha, eu me sentava no cinema de pernas cruzadas embaixo do corpo para poder enxergar. Durante dias há de ter-se perguntado como foi que aquela menininha quase esmagou a mão dele com o pé.

Um Packard em Cabo Frio

Os carros estacionados nos fundos da Chácara eram todos pretos, menos o de Arnaldo, que, ainda assim, decidiu importar um novo dos Estados Unidos.

Quando o Buick chegou, cintilava sua cor verde. Não um verde qualquer, mas um verde mesclado de mel ou de dourado, discreto e descarado ao mesmo tempo. Não bastasse a cor, o carrão exibia linhas aerodinâmicas, uma espécie de foguete interplanetário se comparado aos Fordecos que atulhavam as ruas do Rio.

Manfredo nem tentou resistir à provocação. Imediatamente comprou o antigo carro do primo.

Era um enorme Packard azul-celeste que os para-lamas emendados tornavam mansamente arredondado, como uma nuvem em movimento. E, ainda por cima, conversível. Uma mania de Manfredo, essa dos automóveis conversíveis: era conversível o carro que tivemos em Trípoli, aberto o Candango que na década de 1950 comprou no Rio, e conversível a Ferrari que se deu de presente quando a *villa* do pai foi vendida, e que acabou abandonando numa garagem romana.

Não foi exatamente por causa do Packard que fomos a Cabo Frio. Mas o Packard teve o seu papel.

Gabriella, certamente aconselhada por seus advogados, havia decidido visitar as propriedades da Organização Lage naquela região. Não eram poucas. Henrique Lage era dono da Praia Brava, da Praia das Conchas, da Praia do Peró, ou seja, as praias mais lindas de Cabo Frio, perfazendo mais de quatro milhões de metros quadrados. Pertenciam a ele também a área atualmente da Álcalis e a área onde se encontra o aeroporto. Quase todas as salinas eram dele.

A logística da viagem há de ter sido complexa, pois, naquele ano de 1949, Cabo Frio era uma cidade muito modesta, com belos resquícios coloniais, mas sem qualquer suporte turístico. Não sei se por gentil deferência ou se por falta de hotéis confortáveis, o administrador ou diretor das salinas nos cedeu sua casa e seus empregados.

Posso atribuir o entusiasmo de Manfredo mais à oportunidade de testar o carro novo em maiores distâncias do que ao fato de visitar as terras da família.

Só conseguimos sair ao fim da tarde, saídas familiares demoravam sempre mais que o desejado. Ainda esperamos longamente a barca para fazer a travessia – a espera era ritual naquele tempo anterior à ponte. Já era noite quando pegamos a estrada.

Estrada de terra, e quanta poeira e quanto vento naquele carro de capota arreada, todo aberto. Quanto sacolejo. E quantas estrelas acima. No banco de trás, Arduino, Giovanna e eu íamos semiprotegidos por um enorme capote da nossa mãe, de fina lã branca, que esvoaçava como asa e servia para cobrir nossas cabeças emboladas, quando não era puxado por cada um para tornar-se casulo individual. Tudo parecia engraçado, e ríamos, deixando as gargalhadas para trás.

A brincadeira foi cortada de chofre quando o carro gingou para um lado e um tranco intenso nos jogou todos para a frente. O susto, a interrogação. E eis que estávamos parados, faróis acesos, o focinho pendente de um lado, afundado na estrada. Sem mais vento nos ouvidos, só o ronco do motor cortava o silêncio.

Manfredo havia tentado evitar a catástrofe com um inútil golpe de direção. Saltou para inspecionar, ordenando que ficássemos onde estávamos. Lá da frente, sob a luz dos faróis, gritou que havíamos caído em um buraco. Voltou, ligou o carro, acelerou. E nada. Nova tentativa. E nada. Saltou novamente, agora acompanhado por todos nós, que, com ele, nos debruçamos sobre o buraco.

Não era um buraco, era uma cratera em que a roda dianteira rodava livre, sem encostar nem no fundo, nem em qualquer um dos lados. Manfredo ainda tentou empurrar o carro, mas nossa nuvem azul pesava demais e a roda não tinha nenhum apoio.

Nenhuma luz por perto, nenhuma casa. Noite, e estrada deserta. Não tínhamos alternativa senão esperar.

Já nos preparávamos para dormir sem jantar quando faróis apareceram ao longe. Manfredo ligou os do carro, uma esperança se acendeu em nós. Não demorou, o caminhão acostou atrás, iluminando a cena, para nos acudir.

Um entrecruzar de vozes encheu o silêncio, silhuetas de homens cortaram luz e escuridão. A cratera foi avaliada, houve um conciliábulo viril diante do capô. Os do caminhão, mais experientes, puseram em andamento a solução.

Um a um, sacos da carga foram descarregados e jogados cratera adentro, até cobrir o fundo e criar apoio para a roda. Desta vez, ao acelerar, o carro saiu do buraco sob festivas exclamações dos homens.

Agradecimentos, apertos de mão, recompensa, e lá estavam poeira e estrada à nossa frente. Podíamos retomar a brincadeira. Mas era outro momento, estávamos cansados, com fome, e, debaixo da branca proteção, adormecemos.

*

Gabriella e o resto da família só chegariam no dia seguinte. Talvez por isso tenhamos dormido aquela noite na belíssima casa colonial de Castro Maia, em Arraial do Cabo. E só na manhã avançada fomos à casa do administrador, um chalé antigo, rodeado de varandas com coluninhas e pingadeiras, com areia à frente – ou assim lembro para torná-lo ainda mais bonito.

Cabo Frio ainda tinha muitas construções coloniais, e grande harmonia.

Foram dias de mar e praia, deliciosos para nós dois e nosso primo Henrique. As dunas, as famosas dunas de Cabo Frio, eram muito mais brancas que as de qualquer deserto – e como me doeu, na atualidade, ver parte delas imundas, negras como montes de minério.

Almoçamos naquele mesmo restaurante, com um pátio que revi com uma emoção de reconhecimento quando adulta. Ou creio que fosse o mesmo.

Fomos à Praia do Peró e Gabriella me disse que era de Henrique. Fomos à Praia das Conchas e novamente Gabriella me disse que era de Henrique. Não me lembro de termos ido à Praia Brava. Eu era criança e não entendi a importância do que ela me dizia, depois cheguei a pensar que havia sido exagero dela. Naquela estadia catei muitas conchas bonitas para guardar quando voltasse para casa. As conchas acabei jogando fora ao longo do tempo, só guardei a voz de Gabriella me dizendo a quem pertenciam aquelas praias tão lindas.

Voltamos para o Rio dois ou três dias depois, ao entardecer. A sequência das salinas espelhando a rubra luz do sol poente se gravou em mim como momento supremo de beleza.

Mas se gravou de outra maneira na vida do meu irmão. Meses depois, estando Arduino cansado demais até para subir as escadas do colégio, foi examinado pelo nosso querido Battendieri, e os exames revelaram que estava com malária, muito provavelmente contraída em Cabo Frio. Porque os ataques de febre só aconteciam durante a noite, a terçã havia podido manter-se oculta durante um bom tempo.

Verão na Serra

No carro preto de Gabriella, subimos para Petrópolis logo depois do Natal, quando o calor do verão já rosnava.

Um carro de luxo, o de Gabriella, nem assim poupado da clássica parada na bica do meio da Serra. Os carros, todos eles, esquentavam na subida, o vapor emanava por baixo do capô e o radiador tinha que ser esfriado a poder de água.

Gabriella havia feito questão de que fôssemos com ela nessa viagem para nós inaugural. Nós, seus dois pequineses favoritos, com suas almofadas, e Lisetta.

O que primeiro nos alcançou de Petrópolis, ainda na serra, foi o cheiro. Um cheiro novo, verde e molhado, espesso. Depois foi o encantamento com a vista, a travessia da cidade toda florida de hortênsias, e a chegada à avenida Ipiranga.

O chofer buzina, o portão de ferro batido é aberto, o carro sobe uma aleia, vejo com o canto do olho um enorme cedro do Líbano; sombreando o gramado, o carro para. Estamos em casa.[35]

---

[35]. Desta casa, e de como me senti bem nela, falei no livro infantil *Minha tia me contou*, que funde biografia e ficção, embora as histórias da tia sejam todas verdadeiras.

É uma construção grande, em estilo normando, clara em meio à neblina circundante, bem afastada da rua e rodeada de jardins. Descobriremos depois que há uma outra casa ao lado, dos empregados, e que o terreno continua nos fundos, subindo e subindo, com canteiros plantados de flores para alimentar os jarros da casa.

O caseiro vem cumprimentar a patroa e carregar as malas, entramos.

Um hall de pé direito altíssimo, um alto relógio de pêndulo, a escadaria larga e sinuosa por cujo corrimão aprenderemos logo a descer deslizando, uma balaústra ao alto, como um jirau, tudo de madeira. Os quartos são no segundo andar, o apartamento de Gabriella ocupando toda a ala da frente. No térreo, os serviços, a sala de jantar, uma sala de estar que pouco se usava e uma outra, aberta para uma espécie de varanda lateral mais baixa e toda envidraçada, o jardim de inverno, moda da época. Logo descobriremos que essa varanda é o 02 daqui, espaço onde se vive, se joga e se ouve música.

O que tem essa casa que a torna logo familiar?

Um ar antigo e, apesar das dimensões, doméstico. Aqui, vozes e presenças ficam mais próximas, as salas são mais íntimas, a varanda aquecida pelo sol nos acolhe. E aqui, durante a semana, só há mulheres. Suas conversas mais doces, seu perfume, suas peles macias, sua atenção disponível acolhem melhor nossa presença. Os homens, obedecendo à praxe, só sobem no fim de semana.

E, quando eles sobem, uma nova agitação se estabelece, com o som mais alto, mais luzes acesas, mais ruído de copos, mais agitação na cozinha, e menos aceitação para nós.

Nesta casa viveremos os próximos meses, até o calor do Rio amainar.

*

Rapidamente aprendemos a nova ordem. Gabriella continua acordando tarde e anunciando seu despertar com os vocalises. Mas o horário das refeições é mais regular, e a mesa, compartilhada. De tarde e até tarde da noite, os adultos jogam, leem jornal ou simplesmente conversam na grande sala envidraçada.

Nossa rotina é esperar a chuva passar – em Petrópolis há sempre uma chuva que passa – para sermos levados junto com nosso primo ao rinque de patinação, uma novidade muito divertida. E, porque Arduino e eu havíamos patinado muito pouco, teremos que aprender com a ajuda de muitos tombos. Sem queixa, porém. Ralar joelhos e cotovelos em meio ao ruído da música e ao bruaá de vozes e chamados é pura diversão.

De manhã, e quando não vamos ao rinque, exploramos o caminho que sobe atrás da casa, a horta com seus pés de erva-doce, o jardim sempre úmido, azulado de hortênsias.

Vizinho à nossa casa, embora separado por uma cerca de arbustos e muito jardim de um lado e do outro, há um castelo, ou imitação de castelo, sempre fechado, em que só uma janelinha no alto se abre, e onde não vemos ninguém além de um velho jardineiro que varre as folhas e cuida do laguinho. Depois de alguma observação, espiando do alto do nosso terreno e através da cerca, decidimos que o castelo é mal-assombrado, habitado por criaturas obscuras que só o jardineiro controla.

Muitos anos terão que passar antes que eu conheça a verdade. Já adulta, conversando com meu amigo Luiz Aquila,[36] que naquele momento dirigia – ó, circularidade da vida! – a Escola de Artes Visuais do Parque Lage, soube que o castelo, hoje mais conhecido como a Casa Dos Sete Erros, pertencia à sua família, os Rocha Miranda, e que estava sempre fechado por causa da sua avó adoentada. Quem abria a janelinha do alto era ele mesmo, Luiz, quando ia passar temporadas com

---

36. Luiz Aquila da Rocha Miranda, pintor, gravador, professor.

a avó. Como nós, ele também espiava entre vegetação a casa vizinha e havia determinado que era mal-assombrada.

"Mal-assombrada por quê?", perguntei, surpresa.

"Por causa daqueles uivos!"

Menino, ele havia confundido os vocalises em u, favoráveis à voz de contralto de Gabriella, com lamentos de almas penadas.

*

E em Petrópolis fomos a nosso primeiro baile infantil de Carnaval. Os três fantasiados de gigolôs e gigolete, cetim preto, boina, lenço vermelho no pescoço, sainha com fenda para mim. Que diferença do Carnaval que eu conhecia, discretas fantasias encasacadas cruzando as ruas invernais de Roma em direção a alguma festa. No salão fartamente decorado do cassino Quitandinha apinhava-se uma multidão de pais e crianças fantasiadas, a música era ensurdecedora, e, enquanto os outros sacudiam o corpo sem efetivamente dançar, Arduino, Henrique e eu olhávamos em torno, sem saber o que fazer além de lanchar.

Repetiríamos a dose no ano seguinte, com outras fantasias e a mesma falta de talento para a desinibição.

*

Anos depois de Gabriella ter-se transferido definitivamente para a Itália, a casa da avenida Ipiranga foi vendida. Ainda consegui herdar um armário e uma cômoda antigos pintados de azul-celeste, vindos da casa dos empregados. O armário já se foi, deixando-me o espelho de cristal bisotado. A cômoda, que eu mesma descasquei e tratei com *vieux chêne*, me acompanha desde então. Atualmente ao lado da minha cabeceira, estala por vezes à noite, falando de tempos passados.

Lamentei a venda e que o comprador só quisesse o terreno. Mandou derrubar a antiga mansão normanda para construir em seu lugar duas vivendas modernas.

Fechando o círculo, encomendou o projeto a Alcides Rocha Miranda,[37] pai de Luiz Aquila.

---

37. Arquiteto de renome, professor da Faculdade de Arquitetura da USP, conservador do patrimônio.

Três festas e um colégio

A primeira grande festa após a nossa chegada foi em outubro do mesmo ano. Uma *garden party*.

Em benefício do Asilo dos Cancerosos da Penha, Gabriella ofereceu o parque. Esperava-se a presença do presidente Dutra, do prefeito Mendes de Morais, de ministros e personalidades do corpo diplomático. Dutra acabou não indo.

Uma notícia do *Jornal do Comércio* diz que entre os presentes seriam sorteadas joias doadas por uma joalheria, que haveria duas orquestras, uma para concerto e outra para dançar. Estavam previstos um espetáculo realizado pelo corpo de baile e um desfile de moda. O tenor Giuseppe Di Stefano havia concordado em atrasar sua partida para poder participar. Gabriella cantaria ao final.

A parte que eu retive é a da azáfama na casa e no parque, o trânsito dos operários da Prefeitura instalando a iluminação, os caminhões de refrigerantes chegando, as mesas sendo postas no lugar, as travessas do buffet desembarcando das caminhonetas, e a agitação da família se aprontando.

A *garden party* começou à tarde, dia claro, os convidados chegando em multidão e enchendo o espaço.

Que bonito o chapéu da minha mãe! Trazido por ela da Itália, ou enviado para a ocasião, era de tafetá cor-de-rosa, aba larga e rígida, de inúmeras camadas sobrepostas, cada qual terminando em franja desfiada.

As recepcionistas seriam moças da sociedade carioca, entre as quais minha prima Giovanna havia sido incluída. Sua saia rodada com estampa de flores, igual às que todas usariam, com idêntico corpete um pouco no estilo camponesa romântica, foi depois da festa minha saia de princesa ou dama, fantasia com que tantas vezes cavalguei o cavalo de balanço na sala de bilhar.

Arduino e eu, vindos de tempos bem mais árduos, nunca tínhamos visto tamanha festa. Nos infiltrávamos avidamente entre as pessoas, querendo absorver tudo daquela novidade. Comemos muitos doces, tomamos muito refrigerante e, nos dias seguintes à festa, bebemos muito sorvete derretido, sobras que a Kibon não se interessou em recolher e que a geladeira da casa não conseguia conservar.

Não posso garantir que Gabriella tenha encerrado a festa cantando. É provável que Arduino e eu, exaustos, já estivéssemos dormindo em nossos quartos.

*

A memória da família registra festa semelhante, também beneficente, também realizada nos jardins, com a presença de outra estrela cintilante, o ator Tyrone Power, de passagem no Rio. Não encontrei nenhuma confirmação na imprensa, e posso apenas imaginar que tenha sido em 1938, quando Tyrone veio promover o filme *Suez* com sua então namorada Annabella.

Mas, quando o ano seguinte à nossa chegada começou, escolhi ir para o colégio interno.

Foi o resultado de uma série de equívocos e me custou caro.

Aconteceu que Gabriella e Lisetta foram visitar uma sobrinha interna no Santa Marcelina e voltaram encantadas, falando maravilhas do lugar, das freiras, dos trabalhos manuais das internas e até da comida.

Arduino havia sido interno na Itália durante dois anos, e também me contava maravilhas, aventuras, confrarias secretas, pistolas de água, julgamentos noturnos realizados nos banheiros para os que quebrassem as regras da confraria. Chegara a me pedir para fazer-lhe um chapéu de juiz. Tudo parecia muito emocionante.

Embalada por essas duplas narrativas e tendo que ir ao colégio no ano seguinte, optei pelo internato.

Descobriria tarde demais, quando já enfurnada entre as marcelinas no Alto da Tijuca, cercada de neblina e de floresta, que a narrativa do meu irmão era imaginária, criada para me impressionar e diminuir sua sensação de isolamento, e que as maravilhas vistas por minha tia e minha mãe correspondiam às férias, e não ao cotidiano da instituição.

Havia imaginado camaradagem, alianças, conluios com as companheiras de sala para driblar a disciplina, mas nada disso aconteceu. Eu era estranha no ninho, falava com sotaque, não estava acostumada com a comida nem fazia fila para tomar Calcigenol na hora do almoço, não tinha experiência de fazenda ou sítio; o que havia vivido até então não tinha nada em comum com a vida das outras meninas. E elas não gostaram de mim.

Com frequência nossa turma ficava de castigo, privada de saída, e nos dias de visita minha mãe, certamente retida pela hora tardia do almoço na Chácara, era sempre a última a chegar, quando o tempo disponível já se esgotava.

Sentindo-me abandonada, sofri intensamente naquele colégio. Aliviava o estranhamento fazendo renda Richelieu nas aulas de trabalhos manuais, enquanto uma de nós lia em voz alta histórias das vidas de santos. E minha única alegria era quando, metidas em nossos uniformes marrons como um bando de órfãs, saíamos em excursão, caminhando em meio ao bosque pelas estradas do Alto ou indo até o Açude da Solidão.

No Santa Marcelina fiz crisma e primeira comunhão. Gabriella foi minha madrinha. Dela ganhei uma pulseira de balangandãs, um dos quais, minúsculo gato de olhos de esmeralda e patas que se moviam, fez grande sucesso entre as colegas de internato. Mas as freiras não me deixaram usar a pulseira, sequestrada por elas até a minha próxima saída.

Ao longo daquele ano, muitas e muitas noites sonhei que fugia do colégio, sem nunca conseguir encontrar o caminho de casa.

*

Estando eu trancafiada, mais uma festa grandiosa animou a vida da Chácara. Uma festa de São João ao ar livre, da qual não pude participar.

Para o *arraiá* construiu-se a fachada de uma igreja; Manfredo, com grandes peitos postiços por baixo do vestido branco e ostentando sob o véu a peruca vermelha que tanto nos seduzia, foi a noiva. O noivo, baixinho, era personagem social conhecido, de quem não retive o nome. Guardo foto do casal diante da igreja, "ela" pronta a jogar o buquê depois do sim.

Lajotas do piso foram arrancadas para armar a fogueira. E o momento culminante aconteceu quando o famoso bailarino francês Jean Babilée – no Rio para apresentações do Ballet des Champs-Elysées – saltou diversas vezes em *grand jeté* por cima das chamas. Não à toa seu apelido era "*le fou dansant*", o louco dançarino.

Mais para o fim do ano, já em pleno calor, aconteceu a terceira festa. Desta, ou porque fosse fim de semana, ou por licença especial obtida por meus pais, participei – como era dado a crianças participar.

Cheguei do colégio ao fim da tarde, quando tudo já estava pronto. E me surpreendi vendo que boa parte da piscina havia sido coberta por um tablado, formando uma pista de dança. Removidos os poleiros dos papagaios, o espaço estava agora sobrelevado para acolher a orquestra. Havia toldos sobre o pátio, luzes e muitas plantas.

Sendo uma festa à fantasia, a família havia optado por personagens dos contos de fadas. Gabriella e Arnaldo estavam estupendos, como se saídos das *Mil e uma noites*. Os dois de branco, cobertos de bordados e pérolas – as dela, verdadeiras –, ele muito queimado de sol, com turbante de penacho; ela, altiva, com seus diamantes.

Só Manfredo havia se furtado aos contos. Para fugir do calor, vestiu-se de anjo, batina solta de cetim e asinhas.

Tudo começou bem, orquestra tocando e convidados dançando. Logo, vencendo nossas reclamações, fomos recolhidos aos quartos. Pedimos a Giovanna que nos trouxesse guloseimas, ouvíamos a música e, a partir do que tínhamos visto, imaginávamos a festa. Mais adiante, quando já estávamos quase dormindo, ouvimos um barulho diferente, como se de correria. Giovanna apareceu dizendo que precisava trancar a porta, a chave rodou. O barulho diverso continuava.

Só no dia seguinte soubemos o que havia acontecido.

Não eram tempos de lista na porta para conferir os nomes. Nem de pulseirinhas ou seguranças – esperava-se que só pessoas convidadas comparecessem. Mas eram tempos de Clube dos Cafajestes. E o Clube foi à festa.

Fundado por Mariozinho de Oliveira e formado pelos *bad boys* da época – entre eles, Heleno de Freitas, Jorginho Guinle, Carlos Niemeyer, Ibrahim Sued e Sergio Porto –, o Clube divertiu-se ao longo das décadas de 1940 e 1950 com farras, belas mulheres e confusões criadas em festas alheias. Não foram à Chácara para dançar nem para filar uísque, que nenhum deles precisava disso. Foram para brigar.

Parece ter havido também a infiltração de um grupo de marinheiros estrangeiros, cujo uniforme serviu de fantasia.

Seja como for, a partir de um certo ponto, começou a pancadaria. Um embaixador, talvez austríaco, ataviado com traje histórico autêntico, foi atirado na piscina. Algumas senhoras também. Os homens da família reuniram-se ao redor de Gabriella como guardas e a levaram em segurança para seu apartamento. Manfredo, entre um soco e outro, mergulhava na piscina para refrescar-se e pescar gente. A confusão durou quanto durou. Depois foi o silêncio.

No dia seguinte, esvaziada a piscina, viu-se que estava cheia de cacos de copos e de vasos de samambaias. Entre vidro e folhas foi achado um anel de topázio. Durante meses esperou-se que alguém o reclamasse. Nunca apareceu ninguém. Está até hoje comigo e, mesmo sem nunca o ter usado, já não penso em devolvê-lo.

Talvez devido ao desfecho violento, essa foi a última grande festa da Chácara. A partir dali só haveria jantares, recepções.

Em noites de recepção

Em noites de recepção, a casa fazia-se encantada.

Acendiam-se as grandes lanternas da galeria. O reflexo brilhava no mármore encerado do piso, refletia-se nas folhas das samambaias diante de cada coluna. A água que corria em canos de cobre ao redor da piscina era liberada, e esguichos ligeiros encrespavam a superfície, desenhando escamas de luz. As portas envernizadas dos apartamentos, as folhas dos jasmineiros, os portões de cristal da sala de jantar cintilavam.

Havia uma excitação no ar, pelo menos para nós, crianças. Uma expectativa.

Eu acompanhava o aprontar-se da minha mãe. De pé no banheiro, junto dela, via ao mesmo tempo seu perfil à minha frente e seu pleno rosto refletido no espelho. Observava cada gesto, em aprendizado. O deslizar do creme sobre a pele, a delicadeza do pó de arroz que se passava com um pompom de plumas de cisne, o traço do lápis desenhando os olhos. Ela cuspia, cuidadosa, na caixinha da máscara, que se chamava rímel e vinha num estojinho com espelho, e passava a escovinha sobre os cílios, atenta para não borrar o que já estava pronto – cuspir para molhar a tinta sólida como pedra de nanquim era hábito feminino comum, talvez buscando obter maior aderência.

Por vezes me pedia um cigarro aceso, que eu ia buscar na sua bolsa, aquela bolsa de tantos mistérios, lencinho, pastilhas de menta, isqueiro de laca, cheiro misturado de perfume, tabaco e menta. Com gestos para mim inaugurais, extraía o cigarro do maço e o acendia com o isqueiro vermelho e preto, para levá-lo aceso entre os dedos, como um troféu.

Em algum momento, soava a campainha. Os convidados começavam a chegar.

Parte da família já se encontrava no salão, os outros iam se deslocando para lá ao mesmo tempo que Arduino e eu nos deslocávamos para a galeria. Íamos para o lado esquerdo, porque mais afastado da rota de passagem. Havia ali uma rede, não pendente em ganchos, mas presa a uma estrutura metálica. Era nosso escudo e nosso esconderijo.

Os garçons iam e vinham levando bandejas, as vozes da festa repercutiam nas arcadas, as luzes do salão transbordavam porta afora. Os homens bebiam uísque, às senhoras era oferecido em pequenos cálices um drinque da moda, o Alexander, também conhecido como Meias de Seda ou Leite de Onça, mistura açucarada de licor de cacau, conhaque e creme de leite. Arduino e eu espionávamos o movimento, avaliando o momento propício para rápidas corridas até a copa, onde enxugávamos o fundo dos cálices semivazios que voltavam nas bandejas.

Por fim, chegava a hora do jantar. Aos pares, em grupos, conversando, às vezes ainda de copo na mão, convidados e família saíam do salão, atravessando lentamente o pátio rumo à sala de jantar. Nós dois nos escondíamos dentro da rede, invisibilidade momentânea, acompanhando por entre as frestas do tecido o desfilar daquela gente que nos parecia toda bonita, os homens de terno ou black-tie, as mulheres de cabelos ondulados, cintilando joias e favorecidas pela moda da época, com seios pontudos, cintura fina e saias rodadas.

Anos mais tarde, Stella Marinho me contaria que havia participado de muitas daquelas recepções – talvez fosse ela uma das mulheres louras que me pareciam tão lindas. Ou talvez fosse Lourdes Catão, outra presença constante que, sendo eu já adulta, sempre que nos encontrávamos em algum evento social me perguntava por Manfredo com um sorriso tão doce que me levou a suspeitar que tivesse havido um charme entre os dois, ou até um breve romance.

Quando, afinal, tendo lido os cartões de *placement*, todos haviam se sentado ao longo da mesa, nós dois deslizávamos novamente para a copa, esperando em pura gula a comida que voltaria nas travessas.

Que majestosa se tornava aquela mesa preparada para os jantares! As cadeiras severas cujo espaldar sobrepassava as cabeças podiam ser mais de catorze de cada lado – a mesa permitia uma ampliação. O tampo escuro era avivado ao centro por uma grande concha de prata, de onde jorrava água, como uma pequena fonte, e por avencas entremeadas de flores, de onde emergiam peças de Murano ou cavaleiros de porcelana antiga. Nunca a vi com toalha, embora estivessem guardadas nas arcas. No meu tempo usavam-se serviços americanos de uma renda espessa cor de areia. As taças podiam ser de Murano vermelho e ouro, combinando com a ornamentação do centro, ou de cristal facetado. A louça, sempre preciosa. Os talheres, de prata portuguesa, os mesmos que se usavam no dia a dia. O lustre do comprimento da mesa, peça pesada de madeira e ferro escuro, parecia derramar vida sobre o móvel e os convidados, enquanto o resto da sala se mantinha na penumbra criada pelos armários entalhados e pelo mármore escuro.

Quem decidia o menu dos jantares era Arnaldo – Gabriella desempenhava seu papal de diva, sem nunca se envolver ou querer saber de atividades domésticas. Limitava-se a pedir o que queria. E, sem qualquer esforço, o obtinha.

Lembro que, quando a estação permitia, servia-se de entrada uma metade de toranja, coisa que devia resultar muito exótica, já que, durante muitos anos, não vi essa fruta em nenhuma outra parte. Havia sempre um prato de *pasta*, como esperado de uma família italiana. E depois as carnes, os acompanhamentos. As saladas vinham da horta,[38] muitas vezes cortadas com tesoura para serem servidas bem tenras. Estranhamente, não me lembro das sobremesas. Por mais que me esforce, nenhum gosto doce alcança a memória. Mas é certo que, privados de açúcar durante os longos anos da guerra, Arduino e eu nos fartávamos de todas.

---

38. Localizada onde agora é o estacionamento.

Em família, a festa

E havia as festas familiares.

Chegamos em março, logo foi Páscoa.

Ganhamos e comemos mais ovos de chocolate do que em toda a nossa vida até então, durante cinco anos privada dessa iguaria. E durante semanas Arduino alimentou com pedacinhos das sobras um minúsculo camundongo que aparecia pontualmente no seu quarto.

Em dias de festa, as crianças se sentavam com a família à mesa. Como na Idade Média, ficávamos nas pontas mais distantes da cabeceira, e esse papel de franja nos permitia conversar e fazer discretas brincadeiras livres do olhar distraído dos adultos.

Arnaldo havia nos ensinado a enfeitar ovos duros. Com técnica que aprimoramos ao longo dos anos, os transformávamos em personagens, aplicando narizes feitos com cera de vela amaciada pelo calor dos dedos, bigodes e barbas de barbante desfiado ou linha de bordar, óculos fabricados com o fino arame dos fios elétricos, cílios de papel recortado e encrespado, cabelos de lã ou algodão. O resto do rosto era desenhado com lápis de cor. E, personagem pronta, a apoiávamos sobre um colarinho de papel rígido. Fizemos um ovo para cada comensal, e teria bastado isso para enfeitar a mesa. Mas ainda havia as sobremesas da tradição, pombas e *ciambellas*[39] cravejadas de ovos duros, e as cestas de ovos coloridos.

Os homens da família tinham uma brincadeira, ou concurso: um deles segurava um ovo no punho, com a parte mais pontuda para cima, e o desafiante vinha com seu próprio ovo dar-lhe uma pancada certeira. O dono do ovo quebrado perdia, e o vencedor ganhava o direito de comê-lo. Não sei como alguém pode comer mais de um ovo duro, e das poucas vezes que participei da brincadeira torci para perder.

*

Que deslumbramento foi para nós dois o primeiro Natal na Chácara!

Durante a guerra, Natal havia sido uma festa tão modesta quanto eventual. Tantas vezes morando em hotel ou com pai ausente, resultava impossível fazer uma comemoração familiar. Nem era tempo de festejos, embora festejar seja importante para manter viva a alegria. Em tempos de racionamento, a abundância tornava-se impensável, ganhávamos presentes franciscanos, uma peça de roupa ou um livro. Não creio que tivéssemos nada parecido com uma ceia. Depois, nos dois anos de pós-guerra, Manfredo já no Brasil e nós morando cada um num lugar, algo parecido com um Natal havia sido feito na casa da minha avó. Mas a parcimônia ainda rondava.

E eis que, de repente, uma alegria consentida perpassava aquela família plural e todos se preparavam para a grande festa!

Na sala de jantar, os empregados armaram o pinheiro altíssimo, quase chegando ao teto. Arnaldo elaborou o menu. Os adultos foram à Mesbla em missão de razia. Havia cochichos e portas trancadas para que as crianças não vissem os presentes antecipadamente. O pinheiro foi enfeitado e cintilou rico como uma coroa. Os cozinheiros puseram mãos à obra. E afinal o dia 24 chegou, e com ele a hora de festejar.

---

39. Torta italiana em feitio de anel.

Para nosso absoluto espanto, erguia-se debaixo do pinheiro uma montanha circular de presentes, que, depois do espumante ritual dos adultos, dos abraços, das exclamações de Feliz Natal, foi rodeada pelos familiares. Cada um buscava entre pacotes e caixas aqueles que estivessem com seu nome e os empilhava a um canto. Os primos todos se presenteavam entre si. Ainda não tendo chegado o tempo do amigo oculto, o afeto era demonstrado de forma explícita.

Diante da nossa pequena pilha, Arduino e eu mal podíamos acreditar. Jamais havíamos ganhado tantos presentes.

Depois foi a ceia, a gula, o ecoar das conversas, o cansaço feliz.

Entre os presentes que recebi, lembro os dois mais marcantes. O de Gabriella, joia como eu nunca havia tido, pequeno broche de brilhantes em forma de avião, com faróis de topázio. E o dos meus pais, um fogãozinho elétrico cujas duas bocas realmente esquentavam, embora não a ponto de queimar. Cozinhei ou tentei cozinhar muito nele, e Gabriella heroicamente comeu o picadinho feito para ela e servido em prato de boneca.

*

Entre as festas familiares, a fidelidade me obriga a incluir a temporada da ópera, que, exatamente como acontece numa festa, alegrava e punha em movimento a casa.

Para as mulheres, a animação começava semanas antes. Havia visitas à Casa Canadá, vestidos novos eram encomendados às costureiras da casa, vestidos já usados passavam por reformas, havia sempre alguém que trazia da Europa a última moda, uma ou outra prima que passava pela galeria carregando algum traje esvoaçante. E trocas se realizavam, a bolsa de uma com o vestido da outra, a sandália pelo bolero, o cinto contra o enfeite de cabelo. Num daqueles anos, descobriram que podiam suprir o lento trabalho de agulha colando lantejoulas com cola de aeromodelo, e as cabeças femininas se abaixaram, as mãos empunharam pinças de sobrancelhas para catar uma por uma as lantejoulas postas num pratinho e aplicá-las a um babado, uma estampa ou até mesmo uma sandália de plataforma.

Tantos preparativos garantiam o resultado. Que bonita parecia-me a família em noites de ópera. As mulheres surgiam primeiro, uma a uma abrindo a porta do seu apartamento e saindo da penumbra como cisne no lago, os vestidos longos e fartos jorrando da cintura fina, as luvas brancas dando outra leveza aos braços, o cintilar dos bordados e das joias, a pele que a maquiagem e a noite tornavam diáfana. E, à medida que saíam, se achegavam, seres da mesma espécie se examinando, já com disposição ao elogio. Os homens demoravam de propósito, protelando o momento de vestir o paletó do *smoking* e trancar o colarinho no gentil laço da gravata preta. Bufavam, andavam na galeria oprimidos pelo calor, e esperavam. Porque, por mais que uns e outros demorassem, Gabriella sempre demorava mais que todos.

Finalmente surgia, apressada, mas sem perder o porte, peito erguido e generoso, os finos saltos das sandálias ecoando sobre o mármore, o faiscar dos brilhantes, o vitorioso sorriso da boca vermelha.

Agrupava-se a família ao seu redor, fundindo perfumes. E lá se iam todos, a tempo de chegar para o segundo ato, rumo à frisa nº 1 do Municipal, desde sempre reservada para ela.

Nos primeiros anos, não participei do cerimonial operístico. Mas, quando tive idade para ir ao Municipal, Lisetta encomendou à costureira um vestido longo para mim. Não gostei do modelo e não gostei da cor, mas não era hábito familiar perguntar pelo gosto indumentário das crianças. De tule azul-celeste, com decote modesto e enormes mangas balão, me senti vestida como criancinha. Salvou-me a ausência de joias, porque na saída para o Municipal, onde assistiríamos ao Ballet da Ópera de Paris, com Tamara Toumanova e Serge Lifar, Lisetta achou que eu precisava de um realce e prendeu junto ao decote um delicado buquê de gardênias frescas. Seu perfume me alcançou mais precioso que o de qualquer frasco.

*

Cena semelhante à da ópera se repetia, embora com menos preparativos e bem menos expectativa, quando a família ia à boate. Era sempre a mesma, a mais elegante, a Vogue, espécie de clube da sociedade da época, *point* da noite elegante. Iam trajados a rigor, e era tão certo que encontrassem amigos – os mesmos que vinham à Chácara nas recepções – como que voltassem comentando em tom de desprezo a presença de Beijo Vargas, uma espécie de frequentador-residente.

Empregados e agregados

Não lembro do *staff* completo e o que recordo me parece insuficiente para casa tão grande e família tão ampla. Gabriella declarou em entrevista que eram quinze empregados, mais os jardineiros. Sei que quem cuidava dos nossos quartos era uma arrumadeira muito magra, alta e silenciosa. Chamava-se Leda. E eu, que conhecia a lenda por alto, não conseguia imaginar o cisne interessando-se por ela.[40] Todas as noites trazia para nosso quarto uma garrafa de água mineral e a abria. Todas as manhãs, ao vê-la levar embora a garrafa semicheia, surpreendia-me o desperdício.

Outra arrumadeira, gordinha e risonha, atendia os quartos da ala oposta. Não sei se por carinho ou por encomenda da minha mãe, fez para mim um vestido amarelo com o peitilho em ninho de abelha. Eu estava com ele quando uma equipe de cineastas foi fazer fotos na gruta, testando o ambiente para uma filmagem, e o fotógrafo me pediu para posar. As fotos ficaram boas, estão guardadas comigo. Disseram

---

40. Leda, na mitologia grega, foi uma rainha de Esparta, esposa de Tíndaro. Encantado por sua beleza, Zeus transformou-se em um cisne para seduzi-la. Dessa união, Leda chocou dois ovos, e deles nasceram Clitemnestra, Helena – que depois viria a se tornar pivô da Guerra de Troia –, Castor e Pólux. (N.E.)

que me poriam no filme, eu acreditei, pensei que viraria atriz. Nunca mais voltaram.

Havia três porteirinhos. Eram pouco maiores que nós dois, no início da adolescência. Uniformizados com dólmã cinza, enceravam o chão, atendiam telefones, abriam o portão. Parecia a todos perfeitamente normal que, tão jovens, trabalhassem. Arduino e eu fizemos amizade com o pior deles, um garoto ressentido, com uma brutalidade interior que nos surpreendia e nos atraía ao mesmo tempo. Tinha conosco, que nada sabíamos de sexo, conversas canalhas, relatos de relações reais ou imaginárias com animais ou com meninas, que ouvíamos como se debruçados na beira de um poço.

Mais de uma vez vi Gabriella atendendo o telefone em lugar dos porteirinhos. Ela se divertia fazendo sua voz parecer masculina, graças aos tons mais baixos, para responder a quem porventura procurasse por ela: "Dona Gabriella não está". Desligado o telefone, caía na gargalhada.

Os dois mordomos/garçons se revezavam.

A mulher de um deles era a terceira arrumadeira. A de Gabriella era exclusiva, encarregada inclusive de aplicar-lhe injeções e fazer-lhe as unhas.

Na cozinha reinava uma pequena multidão em que se misturavam as duas equipes, uma mais qualificada para atendimento do andar de cima e outra para o andar de baixo. E mais os lavadores de pratos, somados às presenças passageiras de outros empregados que vinham tomar um café, comer alguma coisa ou puxar conversa.

As duas costureiras passavam o dia enfurnadas no salão de bilhar, vinham de manhã e saíam à tardinha.

As lavadeiras exerciam sobre mim especial fascínio. Eram três: uma passadeira e duas lavadeiras. Nunca subiram ao andar superior, não que eu visse, em tantos anos. Viviam no frescor penumbroso do andar de baixo, silencioso como um claustro, arrastando chinelas nos corredores largos rumo aos seus quartos ou ao banheiro.

Sua área de trabalho dividia-se em dois ambientes, para as duas distintas tarefas. O quarto espaçoso, para passar. E os tanques, no largo espaço diante das geladeiras que se comunicava com a cozinha e com a despensa. O sol, vindo pelo portão dos fundos sempre aberto, alongava-se sobre o chão, trazendo consigo vida e cheiros do jardim.

Toda a roupa da casa era lavada nos tanques, a poder de braços e sabão em pedra. Dois tanques enormes, quadrados, de mármore branco, erguidos lado a lado. E altos, para que as lavadeiras não tivessem que se curvar em demasia.

Torneiras de latão polido, grossas quase como torneiras de carros-pipa, alimentavam os tanques. O ruído da água caindo ecoava com som de cachoeira entre pedras. No ralo girava voraz o rodamoinho.

Havia sempre, na beira de cada tanque, uma trouxinha de pano tingida de azul e amarrada com barbante. O azul deixava sua marca sobre o mármore. Era o anil, para alvejar a roupa branca. Que cheiro bom tinham os lençóis daquela casa! Lavados, mas ainda ensaboados, eram deitados na grama do quarador, nos fundos da casa, junto à quadra de tênis que surgia mais elevada. E ali ficavam durante horas, aprisionando o cheiro do sol que devolveriam depois nas camas, enquanto as lavadeiras os molhavam de tanto em tanto com a mangueira.

Todas as toalhas de banho da casa eram brancas, atravessadas por uma faixa azul que trazia as iniciais GBL. Haviam sido encomendadas na Irlanda por Henrique. Imagino que delas houvesse uma quantidade industrial, estocada. As únicas toalhas diferentes que havia naquela casa eram as de linho, leves e igualmente brancas, que Gabriella preferia para o rosto e o colo.

As lavadeiras eram corpulentas; é preciso sustança para esfregar roupas. A passadeira era magra e mais pálida, como se desbotada pelo vapor que o ferro arrancava da roupa umedecida.

No quarto de passar, arejado pela janela gradeada, como todas as do térreo, havia várias mesas, algumas cobertas de pano, que, ao longo do dia, recebiam as roupas já passadas. Anos depois, eu estabeleceria ali meu ambiente de costura, com duas máquinas herdadas das costureiras e, além de saias e blusas ou roupas da minha mãe ajustadas para o meu corpo, faria meu vestido de formatura, cortando o jérsei branco sobre a mesa nua, para montar um traje drapejado e fluido, muito diferente dos vestidos rodados que exibiram minhas colegas.

Às cinco, a jornada das lavadeiras e da passadeira acabava. Elas então tomavam banho e, de cabelos ainda molhados, vestido leve de algodãozinho estampado, sentavam-se no quarto de passar, em cadeiras de madeira, uma ao lado da outra como em um cinema, para ouvir a novela radiofônica.

Eu, criança que só ouvira no rádio os noticiários de guerra, estranhava ao passar as vozes estereotipadas e melodramáticas. Não podia imaginar que, àquela hora, o país todo sintonizava a mesma estação.

*

Não sei quantos fossem os jardineiros. Muitos, certamente, para manter o jardim tão organizado. Eram presença mais pressentida que concreta, trabalhando espalhados, ora encobertos por um tronco, ora capinando atrás dos arbustos ora escondidos por sombra. Eu os via às vezes em minhas andanças pelo jardim, descansando ou cuidando das ferramentas na casa que era deles, figuras como a terra, roupa e pele confundidas. Faziam suas refeições na grande mesa dos empregados, ao lado da cozinha, mas nas horas em que eu não descia.

Uma ponta da casa dos jardineiros, a mais próxima dos galinheiros, era ocupada por uma família meio misteriosa, que não se relacionava com ninguém da Chácara ou com qualquer dos empregados. Se tanto, e eventualmente, cumprimentavam se um de nós passasse. Uma das lavadeiras, a quem perguntei por aquela gente, me contou que moravam ali desde sempre como especial concessão de Henrique, já que o patriarca havia sido pedreiro encarregado de partir com martelo e ponteiro incontáveis peças de granito, necessárias na construção da

Chácara e no acabamento dos jardins. Creio que cheguei a vê-lo, ainda quebrando pedras, e a explicação pareceu-me suficiente para esclarecer a presença daquela família alheia a todos e de ares tão pouco simpáticos.

O porteiro principal, que operava o pesado portão na Jardim Botânico, também tinha família. Morava na casa de pedra junto ao muro; viam-se roupas discretamente estendidas nos fundos e, embora fosse impossível chegar em casa sem sua colaboração, também eram personagens sem rosto.

O mais misterioso de todos, entretanto, era o vigia noturno. Nunca lhe vi os olhos, nunca lhe ouvi a voz. Só conhecia sua silhueta, colhida às vezes ao espiar por entre as frinchas das venezianas. Começava a circular com seus cães tarde da noite, rondava a casa, percorria os caminhos do jardim. Sem lanterna, era vulto escuro na sombra, como seus cães.

Morava numa casa grande e retangular, a parte inferior de pedra, logo após a curva do caminho que subia até a represa. Arduino e eu sentíamos até um certo medo passando por ela, sempre fechada, venezianas, porta, tudo trancado. E nenhum ruído. Nenhum sinal de vida. Havia um varal, mas nunca roupa estendida. Certamente morava só. Pensávamos que, tendo andado a noite inteira, fosse justo o sono durante o dia. Mas e os cães? Sendo ferozes e de guarda, por que não latiam ouvindo nossos passos? Por que nunca encontramos nenhum deles do lado de fora, ainda que preso em corrente? Certamente, dormiam eles também dentro da casa. Nunca nos atrevemos a olhar pelas janelinhas do porão para ver se estavam ali, de medo de que nos atacassem, despertando o vigia que nos repreenderia severamente por não respeitar seu sono. Parecia uma casa morta. E a figura do vigia nunca visto crescia no nosso imaginário.

No prédio das janelas mouriscas

Afinal, nosso apartamento ficou pronto. As obras haviam demorado porque Manfredo, desejando mais quartos, mandara derrubar paredes, tomando espaço do apartamento contíguo. Tudo dentro da lei, o prédio sendo de Gabriella e o apartamento ao lado, vazio.

Esquina da Bartolomeu Mitre com a Delfim Moreira, três andares sem elevador, dois blocos, estranhas janelas mouriscas com as esquadrias pintadas de verde. As nossas, de frente para o mar. Nos mudamos em meados de 1950. Depois de longas escolhas coletivas com as primas, Lisetta já havia providenciado boa parte da decoração. Ela mesma pintou as cadeirinhas de madeira para nossos dois quartos e mandou fazer colchas com os tecidos comprados na tecelagem de José Maciel Filho em Petrópolis. Mandou emoldurar algumas estampas antigas trazidas da Itália.

Estava emocionada, aquela seria a primeira casa verdadeiramente sua desde a África. E, como na África, acreditou que pudesse ser permanente.

Um quarto para Arduino, um quarto para mim e Giovanna, a suíte dos pais. E duas necessidades puramente europeias: um cômodo destinado à biblioteca que nunca chegou a se completar, outro à rouparia.

Uma vez mais, mudávamos de rotina.

Arduino e eu saíamos de manhã, cada um para o seu colégio. Naquela época não entendi e não questionei o fato de Manfredo separar dois irmãos tão unidos, que haviam feito da cumplicidade sua proteção. Mas Arduino estava matriculado no Colégio Anglo-Americano, em Botafogo, e eu no Franco-Brasileiro, em Laranjeiras. Penso agora que a escolha foi motivada pelo meu desejo de ir para o internato. Manfredo matriculou Arduino no Anglo, que reservava a manhã só para meninos, e quando eu quis sair das marcelinas se viu obrigado a me matricular em outro colégio para que estudássemos os dois no mesmo horário. Além disso, nosso pai pouco sabia da funda cumplicidade que nos unia; a convivência ao longo da guerra havia sido toda fragmentada, e nos dois anos de afastamento a comunicação fora pouca. O fato é que íamos juntos, mas estudávamos separados.

Saíamos de manhã, quando nossa mãe ainda dormia. Voltávamos para o almoço. E, lá pelas duas horas da tarde, íamos com ela para a Chácara, onde Manfredo nos encontraria ao fim da tarde, depois de sair com Arnaldo do escritório da Civilhidro. Só regressaríamos ao Leblon à noitinha. Às vezes, sem nossos pais.

Olho minha única foto daquela época, tirada na praia, de maiô inteiro e escuro, provavelmente de lã, como se usava então, diante do nosso prédio. À direita do edifício vê-se uma casa em estilo normando. A esquina oposta era um grande terreno baldio onde mais de uma vez fui colher margaridinhas amarelas para dar a minha mãe. Havia muitos terrenos baldios no Leblon, e ainda muitas casas. Os prédios mais altos só alcançavam quatro andares. O Leblon não era um bairro especialmente elegante – elegantes eram Copacabana, bairro dos altos funcionários públicos, e Laranjeiras, bairro das Embaixadas e dos diplomatas.

Enquanto morei lá, vi nascer dois cinemas. A um mês de distância um do outro, foram inaugurados o Cine Leblon, na esquina da Ataulfo de Paiva com a Carlos Góis – com o filme *O terceiro homem* –

e o Miramar, na esquina da Delfim Moreira com a General Artigas. Apesar de já estarmos na década de 1950, ambos tinham fachada *art déco*.

*

A mudança para o Leblon permitiu manhãs especiais e raras que só a mim e a Arduino pertenciam. Aquelas em que matávamos aula.

Invariavelmente, a proposta partia de Arduino, mas eu nunca disse não. Saíamos à hora de sempre, pela porta de sempre, com a cara de sempre. Íamos, bem-comportados, a caminho do ônibus. Mas em vez de tomar a condução, seguíamos pela Ataulfo de Paiva ao longo de dois ou três quarteirões para, só então, embicar para a praia, rumo ao Arpoador. A cara não mudava, mas uma outra expressão despontava na alma enquanto no espaço aberto e ensolarado alcançávamos a plena liberdade, o império da transgressão.

Chegando ao Arpoador, subíamos até a crista daquela pedra de que conhecíamos os mínimos detalhes e descíamos do outro lado, pelo caminho íngreme e apertado que leva à Piscininha. Arduino me dava a mão e carregava meus sapatos – os pés descalços ganhavam aderência, a saia de lã pregueada roçava na rocha.

E ali ficávamos a manhã inteira, quentando sol e sal como dois filhotes de foca, trançando conversa com o ruído das ondas que vinham quebrar ao nosso lado. O uniforme parecia ficar mais pesado ao longo das horas, a pasta servia de travesseiro para melhor olhar o céu, comíamos o lanche destinado ao colégio. Mas o tempo passava mais rápido do que se estivéssemos em aula, e logo era hora de voltar pelos mesmos caminhos da vinda.

Se estávamos mais bronzeados, em casa ninguém nunca notou.

*

No apartamento abaixo do nosso moravam Ernesto, a mulher dele, Mariquita, e a filha dela, Vicky, que haviam se mudado antes de nós, estando seu apartamento já pronto.

O primeiro a chegar fora Ernesto, já não sei se alguns ou muitos meses antes, preparando a vinda delas.

Ele e Arnaldo nos levaram várias vezes à praia, no Leblon, justamente em frente à Bartolomeu Mitre, acredito que para controlar o andamento da obra do prédio ao mesmo tempo que, deitados imóveis na areia, se bronzeavam. Para nós dois, muito mais interessante que a obra era o fecho ritual do programa, delicioso café vienense do Bar Luna, na esquina com a Ataulfo de Paiva, que os tios nos ofereciam enquanto tomavam cerveja ou gim-tônica.

A chegada de Mariquita e Vicky e a sua incorporação à família foram uma quase surpresa para nós dois. Embora a vinda delas de Nova York tivesse sido estruturada longamente, não me lembro de ninguém nos notificar. E assim, de repente, sem cena de aeroporto ou malas, vimos chegar à Chácara essas duas novas parentes e fomos apresentados ainda de pé, no salão de ingresso.

Dia seguinte, no antigo exercício de rejeição praticado por todas as famílias do mundo, algumas mulheres da casa sussurravam comentários sobre os modos e as roupas da prima americana. Um erro, conforme verificaram adiante. Pois, contrariando sua estatura, Mariquita revelou-se uma grande mulher.

Quando a vimos, pareceu-nos pouco mais alta que nós mesmos, mínima, sobre saltos vertiginosos. Havia nela algo desafiador, não sei se na impecável postura de bailarina, nos olhos e cabelos pretos penteados à espanhola, ou se na boca vermelha.

Era mulher decidida. Tempos depois me contou como, estando sentada em um ônibus, o vizinho avançara a mão para a coxa dela. Não hesitou. Tirando do chapéu o longo alfinete que o prendia, cravou-o na mão do predador.

O encontro dela com Ernesto acontecera em 1944, no Cassino da Urca. Havia dois anos já que ela e seu parceiro Antonio de Córdoba se apresentavam em espetáculos de dança flamenca nos cassinos brasileiros. Haviam estado na Pampulha, em Poços de Caldas e na inauguração do Quitandinha. Em família sempre se disse que a paixão entre ela e Ernesto fora avassaladora. E deve ter sido, porque, terminados espetáculo e contrato, casaram-se. Apesar do amor, porém, o tempo do Brasil havia passado. Mariquita e Antonio foram chamados ao México, e Ernesto os seguiu. Dali foram contratados em Nova York, e lá se foram os três. Antonio seguiu carreira solo. E, depois da vida elegante como membro da comunidade Besanzoni Lage, Ernesto tornou-se vendedor e logo chefe da seção masculina de chapéus do Bloomingdale's. Sem qualquer arrependimento.

Mariquita era espanhola, nascida em La Línea de la Concepción, e na Espanha havia começado a dançar muito cedo, menininha de apenas quatro anos incentivada pelo pai, toureiro amador. Ainda era criança quando a família se transferiu para os Estados Unidos.

Sua vocação não sofreu alterações com a mudança. Pelo contrário, fortaleceu-se. Tinha só treze anos quando viajou em turnê pelos Estados Unidos e pela Europa como membro da famosa companhia de dança flamenca de Vicente Escudero. Aos dezesseis largou a família, casou-se e foi viver no México com o marido, onde ficou até o divórcio, quando voltou para os Estados Unidos.

Desta vez, porém, seu endereço era mais ambicioso: Hollywood. Dançou no filme *Sangue e areia*, grande sucesso das estrelas Tyrone Power e Rita Hayworth. Dançou também em *Festa brava*, um musical cheio de piscinas em que Esther Williams era irmã gêmea de Ricardo Montalban, filme a que assisti no Metro Copacabana ainda sem saber que a bailarina de flamenco era minha tia. O set desse filme foi de grande importância para ela, pois marcou seu encontro profissional com o dançarino mexicano de flamenco Antonio de Córdoba.

Afinadíssimos, os dois, desenhados para ser um par. Quase a mesma altura, ele poucos centímetros maior, e o mesmo tipo de corpo.

Perceberam logo sua completa harmonia artística. E, assim que terminaram as filmagens, saíram juntos em turnê, atravessando Estados Unidos, México, Europa, e finalmente América do Sul, e o Rio.

*

Conheci Antonio quando ele acabava de chegar à cidade pela segunda vez, convocado por Mariquita. Era discreto e reservado, uma miniatura de homem com belo rosto.

A essa altura, Mariquita havia montado um estrado no meio da sala do apartamento, para dar aulas e para ensaiar. Preparava um espetáculo.

Antonio era responsável pela criação e realização dos figurinos. Quase sempre em silêncio. Nem haveria muito espaço para a sua voz, já que Mariquita falava e tinha entusiasmo em dose dupla.

Como Antonio, eu também falava pouco. Mas olhava muito. Num momento estava debruçada sobre os galões que ele aplicava numa jaqueta ou sobre o tecido que escolhia para uma saia, e no outro aprendia com Mariquita a fazer os cílios postiços que usaria no palco.

Hoje me pergunto se não havia cílios postiços à venda naquela época ou se ela os fazia por dedicação de artista. Mas dou aqui a receita, caso alguém queira utilizá-la no eterno palco da vida:

Mariquita cravou dois alfinetes num papelão firme, com distância de uns três centímetros; prendeu neles uma linha preta; em seguida arrancou um fio dos seus longos cabelos e foi atando-o seguidas vezes na linha, com nó de marinheiro, cortando-o com pouco mais de dois centímetros. Depois outro fio de cabelo, até completar o espaço. Repetiu a operação com outros dois alfinetes e novos cabelos. Finda essa parte, passou um produto qualquer, talvez uma cola, junto, bem junto à linha; esperou secar; soltou os alfinetes; enrolou cada futuro cílio em um lápis, para dar curvatura; e envolveu o lápis com papel de seda. Agora era só esperar, me explicou. Quando estivessem prontos, apararia os dois e os cortaria no tamanho exato do olho.

Fui com a família toda ao Municipal assistir à estreia do espetáculo dela e de Antonio. Embora tão pequenos, preencheram palco e teatro com a intensidade da sua dança. E eu me senti como se os olhasse das coxias, parte integrante daquela mínima trupe cujo esforço de criação havia acompanhado de perto.

*

Vicky era filha de Mariquita. Usava aparelho e rabo de cavalo. Adolescente ainda mal esboçada, tinha a dura tarefa de enfrentar ao mesmo tempo mudança de país, de família e de si mesma. Teve um namorico juvenil com Arduino. E fomos muito amigas enquanto esteve no Brasil. Já então, só conseguia imaginar seu futuro regido pela dança, como de fato aconteceu.

Assim que se aclimatou, começou a estudar balé na União das Operárias de Jesus, um orfanato que naquele momento abrigava o melhor centro de estudo de dança do Rio, sob o comando do bailarino e coreógrafo tcheco Vaslav Veltchek. Eu e Giovanna logo a imitamos. Mas Giovanna não tinha nem interesse nem idade, e eu tinha menos talento para a dança do que medo de atravessar, depois da aula, o emaranhado de ruas e automóveis daquele canto escuro de Botafogo. Em poucos meses Giovanna e eu desistimos, atitude que agradeci aos deuses toda vez que Vicky me mostrou seus pés castigados em sangue pelas sapatilhas de ponta.

*

Mariquita, mulher prática e generosa, cedia um dos três quartos do seu apartamento para uma jovem manequim da Casa Canadá e sua mãe.

Era a bela Luciana, que se tornaria Alencastro Guimarães ao se casar com João Vitor, mais conhecido pelo apelido Fritz. Eu quase não a via, porque ela passava o dia na Canadá. Se tanto, encontrei-a algumas vezes subindo ou descendo as escadas. Era muito alta, naquele tempo em que quase não havia brasileiras altas. Flexível. Não tinha uma carinha bonita, convencional. Tinha um rosto forte, e este rosto era muito interessante.

No dia do casamento, a equipe de maquiadores e cabelereiros da Casa Canadá, a mesma que tantas vezes a havia aprontado para a passarela, veio arrumá-la em casa. Eu, adolescente que não iria ao casamento, fiquei espiando encantada a movimentação daquelas tropas da beleza. E afinal a vi sair, belíssima, descendo as escadas do prédio para fazer seu desfile mais importante.

Foi levada ao altar pelo sogro, o político e futuro ministro Napoleão de Alencastro Guimarães. A elegância de ambos ficou registrada na imprensa.

Um iglu perigoso

Arduino e eu íamos de manhã à escola. À tarde, íamos às vezes à Hípica com Vicky, sobretudo quando havia concurso, ou acompanhávamos a performance de cavalos e cavaleiros do alto do terraço, de onde se via perfeitamente a pista.

Senão, soltos na Chácara e livres do olhar dos adultos, nos ocupávamos como podíamos.

Na rouparia escura que antecedia o grande quarto de Henrique e Gabriella, havia numerosos fardos amontoados. Eram fardos de tecido, o mesmo com que haviam sido confeccionados meus dois macacões, vindos da fábrica Maruí.[41] Quadrados, os fardos mediam cerca de um metro de lado – meço agora em relação à nossa altura de então – e eram muito pesados.

Começamos a empurrá-los, mais para testar nossa força do que com qualquer outra intenção. Mas a intenção não demorou a aparecer. Uma casa, isso é o que faríamos com os fardos, uma espécie de iglu capaz de nos conter.

---

[41] Tecelagem comprada por Henrique para fornecer lonas, lençóis e toalhas aos navios da Costeira.

A tarefa revelou-se quase impossível. Porém, empurrando juntos, conseguimos deslocar centímetro a centímetro aqueles blocos duros e pesados como pedras. Primeiro os afastamos dos armários. Em seguida, deslizando por trás do espaço obtido, abrimos uma passagem estreita entre os blocos de baixo. Já tínhamos, assim, uma espécie de mínimo corredor. Faltava abrir mais um pouco na ponta, empurrar com os pés para criar um vão, esconderijo perfeito onde ninguém nos acharia.

Depois de muito esforço e mais de um dia de trabalho, quando conseguimos o que queríamos, percebemos que não havia como aproveitar aquela espécie de toca escura e abafada, onde mal cabíamos os dois acocorados. Arduino teve uma ideia verdadeiramente luminosa: puxaríamos para dentro um fio com uma lâmpada que nos permitiria ler.

Achar fio com bocal, tomada e lâmpada de que pudéssemos dispor discretamente levou algum tempo. Mas afinal tudo ficou pronto e instalado. No dia da inauguração secreta, pegamos uma revistinha e rastejamos para dentro. Com a lâmpada acesa, o calor pareceu insuportável. Ainda assim, semiajoelhados e de cabeça baixa, tentamos ler.

Fomos repentinamente interrompidos por Beppe, o mordomo, que, alertado pela estranha movimentação, abriu a porta da rouparia, já nos ordenando sair dali. E graças a ele escapamos de alguma tragédia, porque, em nossa inconsciência, corríamos risco de esmagamento pelos fardos superiores ou de incêndio por curto-circuito.

Paulinho motorista

Não havia muito serviço para o motorista de Gabriella. Durante o dia, ela pouco saía, e ele, que já não nos levava ao cinema, não atendia ninguém da família. Paulo, por todos chamado Paulinho, assumia seu posto na hora tardia em que Gabriella acordava e passava longas horas à toa, deixando dormir num cabide o dólmã que vestiria se convocado.

Logo nos acercamos dele, atraídos pela simpática disponibilidade. Ele começou nos contando do tempo em que dirigia ambulância, como era bom ligar a sirene, ver todos os carros se afastando para lhe ceder espaço, e não ter limite de velocidade nem risco de multa. Havia sido difícil perder o costume e a sirene ao se tornar motorista particular, mas o salário valia a pena.

À noitinha jogava pingue-pongue conosco e Vicky na área coberta ao lado do salão de bilhar, abaixo do terraço do 02.

A dama-da-noite perfumava a escuridão do jardim, nossas exclamações voavam no ar como mariposas, a lâmpada acima da mesa de pingue-pongue era um rodamoinho de insetos. Muitas vezes joguei sugando e esquentando na boca uma kin-kan que ia catar no canteiro em frente e que chamávamos modestamente de laranjinha. Paulinho era ótimo adversário, magro e ágil, favorecido pela altura superior à nossa. Aprendemos muito com ele. Desconfio que de vez em quando perdesse de propósito para nos permitir a alegria da vitória.

Lamento, porém, confessar que foi nosso cúmplice em um crime de lesa-história.

*

A construção que agora chamam "cavalariças" não abrigava cavalos. Havia sido garagem e posto de gasolina para abastecer os carros da casa, logo desativado porque dispendioso e supérfluo. E, diante dela, protegido pela sombra das árvores, estacionara um elefante, a pedido do dono do circo que durante algum tempo armara a tenda perto da Hípica – no lugar pisoteado pelo paquiderme, nunca mais cresceu grama.

No tempo em que morei na Chácara, aquele era o espaço dos jardineiros, que ali descansavam depois do almoço e guardavam seus utensílios. Funcionava um pouco como depósito de equipamentos sem uso: cortadores de grama, cabos de enxadas, um velho carrinho de bebê.

Foi nesse espaço que, numa tarde de ausência dos jardineiros, Arduino e eu, vasculhando entre madeiras largadas no chão, encontramos um projetor caído. E comunicamos nossa descoberta a Paulinho.

Logo interessado, ele foi conosco ver o achado. Era máquina bem antiga, um tripé com ventoinha de papelão. E quebrada. Mas Paulinho não tinha o que fazer, e entendia de máquinas. Arrumou ferramentas, flanelas, óleo. Conseguiu uma lâmpada apropriada. Durante dias debruçou-se sobre o projetor, até fazê-lo funcionar.

E aí começa o crime.

Havia, a um canto, um monte de latas empilhadas. Eram latas de filmes. Foi com esses filmes que testamos muitas e muitas vezes o projetor, queimando a película com frequência e cortando pedaços que, sob ensinamento de Paulinho, colávamos com acetona roubada da nossa mãe. Não sabíamos que eram filmes preciosos.

Henrique, sempre atento à modernidade, havia mandado filmar ocasiões importantes das suas empresas, visitas ilustres, obras, inaugurações, batizados de navios. Naquela pilha de "pizzas" estava a memória da Organização Lage.

Mas nós dois éramos crianças, não tínhamos como saber. E Paulinho não viu, naquelas projeções de cerimônias antigas, naqueles navios deslizando para o mar, naqueles homens de roupa escura que o projetor desfocava sobre a parede nem tão branca e nem tão lisa, nada que valesse a pena conservar. Estávamos os três brincando com documentos, sem saber o que tínhamos nas mãos.

Quando a lâmpada do projetor queimou e nos cansamos das projeções, Arduino ainda usou rolos daquelas películas para fazer bombas de fumaça que soltava no banheiro do colégio.

Recentemente, meu primo Henrique me contou outra utilização concebida por Arduino. Fez alguns rolos, que posicionou nas janelas do salão, entre a veneziana metálica e os vidros. Fechados os vidros logo após tocar fogo na película, saiu correndo para o jardim e, quando a fumaça começou a sair pelas frestas das venezianas, pôs-se a gritar: "Fogo! Fogo! A casa está pegando fogo!".

Consolo-me dessa depredação pensando que não havia nada escrito nas latas – talvez houvesse no passado algum papel que o tempo se encarregou de arrancar –, que tudo estava abandonado naquela construção distante da casa, aonde nenhum familiar ia ou iria, que tudo se perderia de qualquer modo, mesmo sem nossa interferência. Se culpa houve, foi muito mais da família do que nossa.

Aula de equitação

Manfredo decidiu um dia nos ensinar a montar. Minto, certamente não foi isso. Uma decisão implicaria determinação séria e pouco combinaria com meu pai. O que aconteceu mais pareceu uma brincadeira. Digamos então que Manfredo, querendo exercitar seu cavalo Tibají, que por razões práticas e de economia havia sido transferido com seu companheiro Alalá[42] das cocheiras da Hípica para a cocheira da casa, o levou à quadra de tênis para fazê-lo trotar com a fita.

Aqui são necessários dois parêntesis.

Primeiro parêntesis: a cocheira não havia sido construída para cavalos, mas para a vaca, aquela atada com corda no extremo esquerdo do parque, destinada a fornecer leite fresco para as crianças da família. Quando a pobrezinha morreu, picada por cobra, a cocheira ficou desocupada.

---

42. "Eia Eia Alalá" foi exclamação e lema do fascismo. A frase foi criada pelo poeta D'Annunzio ao voltar de uma expedição aérea bélica, somando dois elementos: "Alalá", grito dos soldados gregos retomado pelos Cruzados e presente na poesia de Giosuè Carducci e Giovanni Pascoli, e "Eia", exclamação com que, segundo a tradição, Alexandre Magno incitava seu cavalo Bucéfalo.

Segundo parêntesis: a quadra deve ter sido feita quando da construção da casa, mais como obrigação social do que para uso desportivo. Não seria Gabriella, avessa a esportes e a qualquer tipo de atividade física além daquela exigida no palco, quem se esfalfaria correndo de raquete em punho. Nem Henrique, por demais tomado pela atividade empresarial. Sempre vi aquela quadra abandonada. Em certo momento arrancou-se o mato, firmaram-se novamente os dois postes da rede. A intenção deu em nada. E a grama tornou a crescer. Essa quadra inútil ocultava um antigo sofrimento. Abaixo dela, descendo do lado direito, encontrava-se a entrada de um ambiente cavado na terra ou na rocha, como uma gruta, onde no século XVI se mantinham ou se castigavam escravos do engenho de açúcar Del Rey, do português Antonio Salema, governador do Rio de 1573 a 1578. Existe até hoje uma estrutura de tanque com água corrente que os escravos usavam para lavar corpo e roupas. Mas as argolas e as correntes cravadas nas paredes daquele cômodo úmido e escuro foram retiradas por ordem de Gabriella, como ela própria me contou, ainda horrorizada com aquela visão de escravidão. Num tempo em que pouco ou nenhum valor se dava aos bens históricos, foram jogadas no lixo.

Voltemos à quadra no momento em que Manfredo, de calças de montaria e botas, segurando a ponta da fita, incita o cavalo castanho.

Arduino e eu, olhando encantados.

O cavalo trota em círculos ao redor do meu pai, que o motiva estalando a língua.

O cavalo trota em círculos, e eu certamente não pedi para montar, porque não ousaria e porque Tibají era tão alto. Talvez Arduino tenha pedido. E o que ele fizesse eu também faria, como sempre havia feito, vencendo o medo. Não sei se alguém pediu ou se foi oferta de Manfredo. O que sim recordo claramente é que, de repente, ele parou o cavalo e nos botou montados os dois, Arduino à frente, eu atrás segurando nele, sem sela e sem rédeas, palpitantes de emoção. Em seguida estalou a língua. Tibají deu uma longa passada para a frente, retomou o trote e, em dois segundos, Arduino e eu estávamos no chão.

Um susto, um sacudir a poeira da roupa e passar a mão no cabelo, Manfredo ao nosso lado conferindo, umas risadas algo tensas. Meu pai não voltou a repetir a experiência.

Arduino viria a montar mais tarde na Hípica, com pouco afinco. Manfredo pensou em talvez fazer dele um cavaleiro de destaque, mas foi fase de pouca duração. A mim, ninguém convidou.

Sempre gostou de montar, Manfredo. Montava na África quando lá vivemos; há fotos dele caçando, de botas e com calças de montaria. E voltou a montar assim que chegou ao Brasil – na Itália, durante os longos anos da guerra, ninguém pensou em hipismo, e meu pai teve que se contentar com uma bicicleta.

Tinha dois cavalos estacionados na Hípica. A Hípica sendo na Jardim Botânico, diante da Chácara, Manfredo só precisava atravessar a rua para ir ter com Alalá, o branco de que nunca gostei, e Tibají, escuro, imponente, meu favorito.

Manfredo saltava, mas obstáculos fáceis. E montava com ele uma amiga italiana, baixinha, ótima cavaleira, a mesma que havia feito meu biquíni de babadinhos.

Um clube simpático, a Hípica daquela época, com ar despretensioso, mais esportivo que social. Guardo até hoje a carteirinha de sócia da minha mãe. Os anos 1950 nem haviam começado, e ir assistir a concursos hípicos parecia um bom programa. Era comum ver cavaleiros aos pares ou sozinhos dando a volta da Lagoa, onde ninguém os assaltaria nem mesmo para roubar seus cavalos.

Várias vezes Manfredo fez esse percurso, mas gostava mais, ou me falou mais disso, de ir com Roberto Marinho pela rua Jardim Botânico, que tinha bonde e pouquíssimo trânsito, até a Ponte de Tábuas, e dali subir pela Castorina para alcançar em plena Floresta da Tijuca a sede "campestre" da Hípica. Era um belo passeio, alimentado por uma parada no apertado pé-sujo de Ponte de Tábuas, romanticamente chamado Cu de Fora, e por outra parada mais longa, na sede, regada a gim-tônica.

Muitos anos mais tarde, o próprio Dr. Roberto me descreveu mais uma vez esse percurso, durante um almoço na Globo programado para convencer Affonso a deixar o *Jornal do Brasil* e transferir-se para *O Globo*. Nessa época Dr. Roberto já havia comprado o Parque Lage, e já o havia "perdido" para a desapropriação de Carlos Lacerda. Com ar matreiro de quem sabia ter feito um bom negócio, me disse, sorrindo: "Já fui dono da sua casa".

A fase equestre de Manfredo encerrou-se com a venda dos cavalos, pouco antes da morte da minha mãe.

Só voltaria a montar na fazenda, ainda com suas belas botas e elegantes calças de montaria, embora em animais bem menos qualificados. Nas minhas visitas, o acompanhei muitas vezes, modestamente montada em Estrela, égua pequena e mansa que ele havia comprado para mim.

Outro jogo

Enquanto Arduino e eu caíamos do cavalo ou destroçávamos história, no campo dos adultos outra partida se jogava.

Volto a 1942, no ponto em que o governo Vargas baixou o decreto-lei 4648, incorporando ao patrimônio nacional todos os bens, direitos e obrigações do espólio de Henrique Lage e nomeando Pedro Brando, um dos herdeiros, superintendente das empresas incorporadas.

Aos poucos, graças aos poderes que lhe haviam sido outorgados, Pedro Brando conseguiu que, um a um, os demais herdeiros vendessem ao governo seus direitos hereditários. Só resistiram as duas viúvas, Gabriella e Zita Catão.

Ao longo de dez anos de permanência e trabalho em Imbituba, Álvaro Catão amealhara importante patrimônio, sempre apoiado por Henrique, que, confiando na excelência do colaborador, aumentava progressivamente seu raio de ação. E mais amealhou na década de 1930, ao voltar para o Rio, atuando junto ao chefe e agora em contato com importantes personagens do mundo econômico e empresarial.

Com a morte dos dois homens, Dona Zita e seus filhos haviam se tornado duplamente herdeiros. E, como Gabriella, faziam frente a Pedro Brando.

Cito Joaquim Xavier da Silveira:

[...] Certa feita, encontrando-se no "foyer" do Teatro Municipal com Pedro Brando, (Gabriella) disse a ele tudo aquilo que uma italiana de sangue quente seria capaz de fazer e dizer, sem medir que sua reação estaria ferindo o decoro e a etiqueta que o lugar exigia. Foi, na época, um incidente memorável.

Dependendo da situação, é sadio que decoro e etiqueta passem para o segundo plano.

Em 1945 cai o governo Vargas, em 1946 é instituído um juízo arbitral para avaliar os bens que haviam sido indevidamente incorporados ao patrimônio nacional, e em 1947 o juízo emite sua decisão. Pela decisão do juízo arbitral, ficavam com o governo as companhias de navegação, a Ilha do Vianna, com seus estaleiros, e a de Santa Cruz. E seriam devolvidas aos herdeiros a Civilhidro, as minas de carvão, as docas de Imbituba, as minas do Gandarella, as companhias de seguro e as outras empresas. O governo deveria ainda pagar ao espólio Lage CR$ 600 milhões, que na época correspondiam a US$ 32.805.561,00.

Agora já brigada com Gabriella, Dona Zita lutava para defender seus direitos de herdeira do espólio Lage, fazia constantes petições, apontava irregularidades, bombardeava os responsáveis através de seus advogados.

Até que, provavelmente aconselhada por Maciel, Gabriella preferiu acabar com a disputa e fazer um acordo. Em outubro de 1950, foi firmado o acordo pelo qual o espólio Lage comprava todos os direitos hereditários do espólio Catão.

No seu dossiê, Joaquim Xavier da Silveira conta que, depois da assinatura, a família Catão foi toda para o apartamento de Dona Zita, na avenida Oswaldo Cruz, comemorar. Era uma vitória.

*

Insuficiente, porém. Porque logo em seguida outro plano foi posto em movimento. E começou a se concretizar através de múltiplas reuniões entre Dona Zita e os filhos Francisco e Álvaro. Cito Joaquim:

> Um dia, sou chamado e, com surpresa, FJBC (Francisco João Bocayuva Catão) me informa que está prestes a comprar todo o conjunto de empresas do Grupo Lage. E realmente, no dia 20-12-1950, com o dinheiro que o espólio Catão recebeu de D. Gabriella, FJBC, através de um contrato particular, adquiriu, em seu nome próprio, todas as empresas do Grupo Lage, por CR$ 110 milhões (US$ 5.882.352,00) dando CR$ 20 milhões (US$ 1.069.518,00) de sinal e um prazo para pagar o restante.

O contrato particular, sigiloso, foi a solução encontrada para evitar o pagamento do imposto do selo que, de acordo com a lei tributária da época, uma escritura exigiria. Devido ao montante do negócio, tratava-se de quantia astronômica que nenhuma das duas partes estava disposta a pagar. Decidiu-se então adiar a escritura para quando todos os detalhes da transação estivessem acertados.

A operação acerto acabaria durando seis anos.

O que o dossiê não conta é o artifício através do qual essa compra foi obtida. Na Chácara, os parentes sabiam de um telefonema de Zita Catão a Gabriella dizendo que seu filho Francisco, que sempre gostara de mulheres mais velhas, estava encantado com ela. A partir desse telefonema, um romance secreto começara entre os dois. Francisco era bonito e elegante. Gabriella, confiante no seu fascínio e acostumada a ter admiradores a seus pés, acreditou que a diferença de idade não seria empecilho. E consentiu na venda.

Mas havia Maciel.

Os dois, Gabriella e Francisco, combinaram então um encontro em Nova York, onde ficariam oficialmente noivos. Gabriella alegrava-se pensando que, junto com um novo e belo marido, teria de volta todo o seu patrimônio, agora livre de ameaças, tendo à frente um bom administrador.

Anunciou que iria a Nova York cuidar do seguro das suas joias e verificar antigos contratos com suas gravadoras. Embora a família soubesse o que estava em curso, fazia-se necessária uma versão oficial.

Uma certa eletricidade tomou conta do ar da Chácara.

À noite, na clássica cerimônia de tirada da maquiagem e encerramento do dia, Gabriella fazia sua escolha buscando entre as sobrinhas aquela que a acompanharia. E, afinal, Lisetta foi a escolhida, não só por ser boa companhia, mas, sobretudo, porque falava inglês fluentemente. Com as duas, iria também Enzo Battendieri, médico pessoal de Gabriella.

Hoje penso que talvez Gabriella tenha levado os dois para serem testemunhas do noivado e, quem sabe, de um possível casamento.

Seria uma viagem curta, disseram nossos pais ao nos dar a notícia. Ir, resolver as questões pendentes e voltar. E nós pensamos que poderia ser bom, na volta Lisetta nos traria presentes americanos.

Nossa mãe estava radiante. Ter sido escolhida era uma demonstração de prestígio. E desde quando estudara inglês durante a guerra tinha grande curiosidade de conhecer os Estados Unidos. Sua mais querida amiga, aquela em cuja casa de Livorno tinha ido parir Arduino, morava em Nova York, seria uma oportunidade para revê-la.

Preparativos aconteciam nas duas casas. Um ritmo diferente na Chácara, com camareira e outras exigências. Agitação e malas no Leblon. Finalmente, em janeiro de 1951, o dia da partida.

Fomos em família ao porto acompanhar o embarque. Ainda se viajava muito de navio, os aviões sendo considerados menos seguros e menos prazerosos. Que enorme me pareceu o transatlântico atracado. Elas duas subiram a escadinha tremelicante, acompanhadas de Battendieri. Gabriella levava o buquê de rosas trazido por Maciel, delicadeza de amante. Nós ficamos. Lembro-me de Maciel ao nosso lado, com seu terno cinza-claro levemente amarfanhado, olhando para o alto à espera de vê-las aparecer debruçadas na ponte superior. E, quando a banda do navio atacou os primeiros acordes e as serpentinas foram lançadas em profusão na comemoração ritual das partidas, Gabriella atirou uma rosa para ele, que a catou sobre o cimento. Lento e majestoso, o navio começou a se afastar, levando o som da banda.

Ficamos de pé no cais, sem nenhuma função a não ser esperar mais alguns minutos e logo disfarçar a melancolia com a saída apressada, a busca do carro estacionado, as despedidas em voz alta.

Uma ausência nos esperava em casa, no Leblon. Para evitá-la fomos almoçar na Chácara.

Mas a Chácara também ecoava o vazio, e não nos demoramos.

As duas ausências logo impuseram sua marca.

*

Agora, depois do almoço não íamos mais para a Chácara. Sem Gabriella presente, uma letargia cochilava entre colunas, os amigos não vinham mais para conversar, jogar, beber. Não se ouvia campainha nem som de violão. E os homens da família nunca mais voltariam cansados da rua Marechal Câmara, com seus ternos brancos, suas gravatas claras afrouxadas por baixo dos colarinhos desabotoados.

A venda das empresas havia acarretado o desemprego.

Manfredo, para não ficar na chuva, recebera de Gabriella a Fazenda Pedra Branca, em Angra dos Reis, parte do imenso conjunto das Fazendas Reunidas Ariró comprado por Henrique.

*

Arduino e eu criamos outras maneiras de ocupar as tardes. Sem a ajuda de adultos, apenas graças à semelhança, havíamos encontrado nosso primeiro verdadeiro amigo. Tomasz Barciński[43] tinha a nossa idade

---

43. Engenheiro econômico de profissão, ao se aposentar, Tomasz Barciński tornou-se tradutor. Traduziu as principais obras clássicas da literatura polonesa e importantes autores modernos, pelo que o presidente do seu país o condecorou

e, como nós, havia chegado recentemente ao Brasil depois de viver a guerra na Polônia. Morava no Leblon com os pais e a irmã, não longe do nosso prédio. Os pais, militantes da resistência, haviam fugido do país escondidos com os dois filhos debaixo da carga de carvão de um trem. Nos assemelhávamos no estranhamento ao novo país, na experiência da guerra, no português com sotaque, nos olhos claros e na pele sensível ao sol. Logo nos tornamos inseparáveis, sem desconfiar que ficaríamos unidos para sempre.

Paralelamente, minha amizade com Vicky se estreitava.

Manfredo havia comprado um jipe e um cão, e passava largo tempo na fazenda. Não entendia nada de agronomia, nunca havia se interessado por terra, plantações ou gado. Teria que improvisar.

---

com a Cruz da Ordem de Mérito da Polônia. Já muito doente, pouco antes de morrer, recebeu do seu ministro da Cultura a distinção Digno de Mérito da Cultura Polonesa.

A estadia do desencanto

Em Nova York, Gabriella se hospedou com seus dois acompanhantes no luxuoso Hotel St. Regis.

Mas, na data combinada, Francisco apareceu no encontro propositadamente acompanhado por uma loura estonteante, dizendo que tudo havia sido um grande equívoco e não haveria noivado algum.

Uma fúria devastadora apoderou-se de Gabriella, que destroçou a suíte do hotel, quebrando tudo o que estivesse ao alcance da mão. Como uma principiante nas coisas do amor, havia caído na arapuca e acreditado que aquele homem mais jovem, bonito e pretensamente elegante, fosse se casar com ela. Pior ainda, entregara a ele seu patrimônio, segura de que o desfrutariam juntos. E agora olhava suas mãos vazias, sem uma coisa nem outra. A diva que havia sido tão amada sofria um desamor envergonhante.

Voltar ao Rio com sua derrota pareceu-lhe impensável.

A viagem planejada para curto prazo alongou-se desmedidamente.

Gabriella passava os dias trancada no apartamento do hotel, diante da televisão ligada. E, porque não falava inglês, queria Lisetta o tempo todo a seu lado fazendo a tradução. As semanas se escoam mantendo as duas aprisionadas na semiescuridão das cortinas puxadas, sem que o peso da rejeição aliviasse sua carga.

Battendieri, que não havia tido serventia como testemunha, a teve como médico para controlar a saúde da sua paciente. Mas, passado um tempo e premido pelas exigências da profissão, regressou.

Gabriella passou a ir por vezes ao cofre-forte do banco onde havia guardado suas joias. Em certa ocasião pediu a Lisetta para comprar cinzeiros de vidro bem pesados que levou consigo ao banco, numa bolsa. Sem motivo aparente, queria fazer parecer que estava levando mais joias para o cofre, quando na verdade estava tirando algumas.

Só passados meses buscou consolo na compra de um par de brincos de brilhantes e um anel belíssimo, espécie de pirâmide de diamantes negros com um enorme solitário encrustado num dos lados.

*

Eventualmente Lisetta saía sozinha, para visitar sua amiga de juventude ou apenas ver-se refletida nas vitrinas e respirar liberdade. Me contou anos mais tarde que na casa da amiga havia sido apresentada a um escritor, e me mostrou um livro que ele lhe havia dado. Era Francis Steegmuller, especialista em Flaubert, então muito conhecido por seus livros biográficos e pelos artigos e contos que publicava regularmente na revista *The New Yorker*. Estabeleceu-se uma amizade entre os dois, pode até ter havido um flerte. O fato é que a esposa de Steegmuller convidou Lisetta para um chá ou um drinque. Queria conhecer a mulher de quem o marido falava com admiração. E minha mãe, sabendo-a paraplégica, vestiu-se modestamente, preparando-se para uma visita discreta à senhora talvez acanhada, em cadeira de rodas.

Para sua total surpresa, foi recebida por uma mulher bonita e elegantíssima, que, reclinada como uma odalisca num sofá cheio de almofadas, fumava com longa piteira. Lisetta não sabia, ou não me disse, que Steegmuller era casado com a pintora Beatrice Stein, apresentada a ele em Paris por seu professor de pintura, o cubista Jacques Villon. A cena narrada por minha mãe gravou-se em mim como um quadro de Matisse.

Mas, em setembro de 1951, Gabriella decidiu viajar para Roma com Lisetta. Provavelmente foi então que, para restabelecer o equilíbrio do ego, repescou um antigo amante, o militar Michele Lillo, com quem viria a se casar.

Paralelamente, continuavam no Brasil as negociações pela venda do espólio Lage ao espólio Catão. Com tantas empresas diferentes, tantas distintas situações legais e econômicas, tantas exigências de parte a parte, não era meada fácil de organizar. A relação absolutamente deteriorada com Maciel, representante e fiador do acordo, não facilitava as coisas. Pior, ele ameaçava mandar prendê-la caso voltasse ao Rio, alegando que ela havia conspirado contra o governo.

Quando importantes problemas legais surgiram, Francisco Catão foi a Roma tentar resolvê-los junto a Gabriella.

O acerto que fizeram ficaria denominado na família Catão como o Primeiro Acordo de Roma – o segundo seria realizado por Joaquim, em 1958. Gabriella recebeu por ele três milhões e oitocentos mil cruzeiros, e assinou os documentos necessários para levar adiante o contrato.

Em novembro, Gabriella e Lisetta voltaram para Nova York.

*

Com o prolongar-se da ausência de nossa mãe, a vida no Leblon foi se amoldando em outro rumo.

A decoração do apartamento ficou a meio caminho, nunca acabada. Tínhamos uma empregada italiana, irmã da camareira de Gabriella, e era ela quem se encarregava da comida e das compras.

Um dia, acompanhando o porteiro ou algum encanador encarregado de um conserto, Arduino e eu descobrimos o sótão do edifício. Que espaço fascinante! Filetes de sol emendavam os cortes de escuridão, revelando as vigas e os suportes de sustentação do telhado. Um cheiro de poeira quente, há muito tempo guardada, nos abraçou na chegada, e, como escamas ou couro de bicho, as telhas desciam do alto centro quase até o chão. Aquela visita determinou uma paixão. Começamos pedindo a chave ao porteiro seguidas vezes. Quando afinal ele negou, falamos com Manfredo, expondo nossas intenções, e conseguimos que o porteiro fizesse uma cópia para nós. A meta era o estabelecimento de um museu privado de história natural. Começamos cravando restos de vergalhões em furos de tijolos para fazer uma prateleira. Na prateleira ficaram as primeiras caixas de fósforos de tampa cortada e forrada de celofane, espécie de contêineres com visor, para insetos mortos. Logo acrescentamos uma coleção de borboletas caçadas na Chácara. Evoluímos para uma mesa rudimentar onde esquartejávamos salamandras em pretensos estudos anatômicos. As salamandras eram colaboração de amigos, doadas em buquê segurado pelas caudas. E finalmente nos aventuramos na taxidermia. Empalhamos, ou melhor dito, recheamos de algodão embebido em álcool alguns passarinhos – eu fazendo o trabalho de costura. Dos primeiros nos esquecemos de alcançar o cérebro, e um cheiro de morte espalhou-se pelo sótão. Agora era ele que nos recebia na chegada. Tentamos esvaziar a caixa craniana através dos olhos, mas o cheiro persistia, alimentado por restos de salamandra e de algum sapo. Quando ficou muito intenso, Manfredo nos tomou a chave. E o museu de que nos orgulhávamos tanto acabou.

No mais, íamos ao colégio, à praia, à casa de Thomasz. Arduino passou a fazer aeromodelos. Thomasz seguiu seu exemplo. O Cinema Leblon foi inaugurado. Depois, o Miramar. Eventualmente íamos a um ou a outro. E, mês após mês, crescíamos.

Aos poucos fui ficando sem roupas para meu novo tamanho. Pegava as camisas velhas do uniforme de Arduino, descosturava o bolso com o emblema do Anglo-Americano e as fazia minhas. Nunca gostei de roupas muito justas, anos depois me apropriei das camisas de Manfredo, tirando o colarinho e usufruindo a vantagem de termos idêntico monograma. Economizava longamente a mesada e, uma ou duas vezes, comprei alguma peça de vestuário para mim. Nunca soube pedir coisa alguma, nem mesmo roupas a meu pai. E ele, pouco acostumado a conviver conosco e a esses pequenos cuidados, nem pensava nisso.

Por sorte, Mariquita, em cuja casa me demorava quase tanto quanto na minha, percebendo que eu não tinha o que vestir, me deu de presente alguns tailleurs dela e uma saia pintada à mão com borboletas. Éramos aproximadamente do mesmo tamanho. Agora, saindo com Vicky para ir ao cinema, parecíamos duas gêmeas vestindo roupas muito semelhantes.

E minha avó me mandou de Roma, pelo correio, um vestido branco com gola de renda pesada rodeando os ombros. Foi o que usei, mais tarde, para receber o diploma de conclusão do ginásio.

À procura de um rosto que fosse meu, em meio à flutuação imposta pela adolescência, decidi cortar meu cabelo longo, usar curtinho. Mas o corte, talvez por ter sido feito num cabeleireiro barato ao lado do Cine Leblon, não ficou bom. A solução foi usar Gumex[44] para dar um jeito no topete.

Vicky e eu fizemos vários amigos. Agora já tínhamos uma turma. Nas festinhas dançávamos chá-chá-chá e rock-and-roll. Eu me orgulhava de dançar bem, de ser a que mais dançava nas reuniões. Mas, para ir à praia, meu maiô estava velho, e escrevi a minha mãe pedindo um novo, sem saber que ela estava sem tempo e sem dinheiro. Esperei, esperei, chegou carta dela dizendo que havia me mandado um presente através de uma amiga, que eu fosse buscá-lo no endereço tal. Fui, certa de receber o maiô tão necessário. A amiga entregou-me um pacotinho minúsculo, desembrulhei, era um pingente muito bonito, turquesa oval cercada por duas serpentes de ouro – soube depois que havia sido presente dado a Lisetta pelo joalheiro quando da compra

---

44. Foi o fixador dos anos 1950. Vinha num potinho, mas era mais barato comprá-lo em pó e acrescentar água até criar uma goma cor-de-rosa. Ficou famoso o bordão publicitário criado por Ary Barroso: "*Dura lex, sed lex*, no cabelo só Gumex".

das joias caríssimas por Gabriella. Mas eu não tinha uso para ele, nem cordão para pendurá-lo ao pescoço. E, embora fosse tão mais precioso, o que senti foi puro desapontamento. Muitos anos mais tarde, lamentaria quando turquesa e serpentes me foram roubadas.

Arduino e eu íamos vivendo praticamente por nossa conta, enquanto Giovanna se ocupava da própria vida. Ninguém cuidava de nós, ninguém nos dava afeto. Eu sentia falta de um carinho qualquer, uma proteção, mas dizia a mim mesma que tinha que me bastar, porque minha mãe estava ocupada. Fazia longas caminhadas com Vicky no calçadão, passeando o cachorro dela ao anoitecer, e, aspirando aquele ar salgado, tecíamos planos imaginosos para nossas vidas. Os dela, de ser bailarina de flamenco como a mãe, acabaram se concretizando, os meus seguiram outros rumos.

Manfredo demorava-se muito na fazenda. A estrada litorânea para Angra ainda não existia, ia-se até certo ponto pela antiga Rio–São Paulo, depois era preciso subir a serra, baixar em Lídice e seguir até a fazenda. A estrada era de terra; a viagem, longa e difícil. Não valia a pena ir e voltar a cada fim de semana.

A partir de um certo ponto, entretanto, passou a valer.

O inevitável aconteceu

Giovanna tinha então cerca de dezenove ou vinte anos, uma cabeleira farta e ondulada, a pele muito branca, as mãos delicadas de dedos longos. E um corpo voluptuoso.

A meus olhos era muito bonita.

Mas a única foto que tenho dela é dos primeiros dias da sua chegada à nossa família, com seu irmão. Não lembro o momento ou o dia em que chegaram. Nem sei exatamente que idade tínhamos. Por causa da África, da guerra e das distâncias, embora fôssemos primas-irmãs, nunca havíamos nos encontrado antes. Na foto, sem data, estamos na praia, sentados os quatro na areia com minha mãe, que olha enternecida para ela. É certo que já havíamos deixado Roma e o Albergo Boston onde morávamos; era verão; por segurança, devido à guerra, e por economia vivíamos agora em Porto San Giorgio, num hotel diante da praça principal daquela cidadezinha de pescadores à beira do mar Adriático. E Gina, que ficaria vários anos conosco, já era nossa governanta. Eu poderia ter cerca de cinco anos ou menos.

Que idade teria ela? Sempre pensei que fosse seis anos mais velha do que eu, mas, olhando na foto seu rosto de menina, nem parece. E não há mais ninguém vivo a quem eu possa perguntar. Sei que ainda usava tranças. Grossas, desciam pelos lados da cabeça desenhando uma curva para serem presas novamente no alto com duas presilhas – um penteado em orelha de cão, que eu mesma usaria anos depois, embora com trancinhas tão mais finas.

Usava tranças e era minha prima. Vinda para tornar-se minha irmã.

O irmão se chamava Giangaleazzo, em família, Pucci. Mas não morou conosco, não se tornaria meu irmão, costeava o conjunto familiar sem se amalgamar, nem creio que tenha tido real oportunidade de fazê-lo. Só me lembro dele em breves períodos de férias, momentos, como fragmentos de fotos rasgadas. Um adolescente magro, o nariz que sobressaía no rosto, os olhos verdes um pouco saltados, e o talento para o desenho e a caricatura, que eu admirava fundamente. Dizia que seria desenhista – ou eu fantasiei isso. Não foi.

Penso nos meus primos, e lá vem Budapeste! Ou talvez seja o contrário, ouço falar em Budapeste e penso nos meus primos. Haviam sido felizes lá, o pai adido da Aeronáutica, e os dois andando de trenó na neve, gritando para as pessoas saírem da frente porque eles não sabiam desviar. É a única cena que Giovanna me contou daquele tempo, tantas vezes repetida que Budapeste ficou sendo para mim essa neve, esse grito, esse trenó. A felicidade não era nomeada. Mas estava lá. Os pais juntos e vivos talvez ainda se amassem.

Depois foi o desentendimento, a ruptura da harmonia. Uma breve separação, e a doença levou o pai ainda bonito e jovem que ela adorava.

Teria sido suficiente para marcar uma vida que apenas começava. Mas houve mais. Decorrido pouco tempo, a mãe foi diagnosticada com leucemia fulminante. Ao morrer, ainda não completara quarenta anos. Giovanna não tinha mais ninguém da família materna, além de minha mãe. Todos haviam morrido muito cedo. Da família paterna não sei, nunca ouvi falar.

E, quando o verão acabou, encerrando as férias, Pucci ou foi posto no colégio interno, ou voltou para lá, acarretando mais uma perda para a irmã.

Giovanna teria precisado de muito carinho, atenção especial e o constante refúgio de um abraço. Mas, apesar do olhar enternecido dos primeiros dias, eram coisas que minha mãe, órfã ela mesma na primeira infância e criada pelas duas irmãs mais velhas, não havia recebido e não sabia dar. Arduino e eu tivemos pouquíssimas recordações de carícias, afagos, colo. Fomos sempre cuidados por governantas, como Gina, muito amorosas.

Giovanna, entretanto, era maior que nós dois e, de alguma forma, não entrou no pacote desse afeto lateral. Quando Gina nos levou para participar das férias na casa da sua família camponesa, na Toscana, Giovanna não veio conosco.

Hoje sei que a vida foi feroz com ela, e esse conhecimento me enche de tristeza aliada a um difuso sentimento de culpa. Desde que chegou até sua saída da família, partilhamos quarto, confidências e o parco carinho da minha mãe. Uma mãe parecia suficiente para nós duas. Minha prima nunca se queixou, nunca revelou qualquer sofrimento. Falava com admiração do pai, de quem mantinha na mesa de cabeceira o retrato quando jovem, em uniforme de aviador. Pedia-me que rezasse por ela em dias de prova, era aluna aplicada. Eu a via escrevendo em caracteres gregos nos cadernos e, porque a tomava como exemplo, pensei que aquele seria também o meu futuro. Mas Giovanna viajou conosco para o Brasil sem trazer seus cadernos, e o futuro foi outro.

*

Como a nossa, a vida dela mudou. Ao chegarmos, tinha talvez pouco mais que dezesseis anos, porque me lembro das conversas de Gabriella com Lisetta, dizendo que Giovanna tinha que ser apresentada à sociedade no baile das debutantes – o que acabou não acontecendo. Certamente havia completado o ginásio, talvez tivesse feito um ou dois anos de clássico. Aqui, entretanto, não se falou em retomada dos estudos.

As mulheres da família comentavam nomes de rapazes interessantes, possíveis noivos, possíveis namorados, listavam bons partidos. Havia-se passado para outro patamar.

Enquanto moramos na Chácara, Giovanna continuou me fazendo de confidente. Com olhos brilhantes, contava de pretendentes, de pequenos avanços amorosos, tentativas. Parecia haver mais de um interessado. A sensualidade dela estava desperta.

As confidências arrefeceram quando nos mudamos para o Leblon. E cessaram completamente com a viagem de Gabriella e Lisetta para Nova York.

Não sei como Giovanna ocupava seu tempo no apartamento do Leblon. Certamente não era cuidando da casa, que disso tratava a empregada. Também não sei de onde vinha seu modesto dinheiro, imagino que fosse mesada dada por minha mãe. Havia feito amigas, saía com elas, ia ao cinema. A diferença de idade havia nos separado. E, em segredo, eu torcia para que ela arrumasse um namorado, se casasse logo e deixasse o quarto só para mim.

Aos poucos, Manfredo começou a voltar da fazenda com mais frequência. Estacionava o jipe diante da entrada em fim de tarde, buzinava, gritava festivo lá de baixo, subia os lances de escada com estardalhaço, seguido pelo cão. O prédio inteiro tomava conhecimento da sua presença. Uma vez subiu carregando Giovanna a cavalo nos ombros. Agora se demorava mais. Quando ele estava, chamava amigos e ficavam acordados até tarde, em plena alegria, conversando alto, tomando uísque, minha prima com eles.

Uma noite acordei em meio ao sono, a cama de Giovanna estava desfeita e vazia. Sem verificar a hora, deduzi que tivesse saído escondida, talvez ao encontro de algum namorado. Levantei-me. No fim do corredor, a porta do quarto do meu pai estava fechada. Fui até a sala e me demorei olhando o mar e a noite pela janela aberta. Depois voltei para o meu quarto. Não me lembro de ter comentado essa ausência no dia seguinte, mas, se o fiz, qualquer justificativa que tenha recebido me pareceu aceitável – certamente não o foi, como prova o fato de eu conservar essa lembrança nos mínimos detalhes.

Mas o que estava acontecendo superava meu entendimento.

Não superava o dos outros, porém. Ernesto, Mariquita e Vicky sabiam o que se passava. Assim como o sabiam os amigos que vinham beber uísque em nossa casa.

Giovanna começou a aparecer com presentes. Um maiô de veludo preto com que ia à praia só quando não havia sol, para não romper o contraste entre o veludo e a pele branca. Uma corrente de ouro para o pulso. Um anel, feito sob encomenda com uma das pérolas com que Henrique abotoava o peitilho da camisa de smoking, que Gabriella havia dado de presente a Manfredo. Um tailleur de alfaiataria. Mocassins do Moreira, o sapateiro onde Manfredo encomendava suas botas de montaria.

Não me lembro de ter tido ciúmes. Parecia-me normal que minha irmã, tão mais mulher do que eu, tivesse acesso a coisas para se enfeitar. Posso ter estranhado os gastos de Manfredo num momento economicamente difícil, quando tentava tirar algum ganho da fazenda, mas não me lembro disso. Não me perguntei claramente o custo de cada uma daquelas coisas, não era nosso costume avaliar objetos pelo preço. Sobretudo, não me perguntei o que motivava aqueles presentes.

Hoje penso que talvez não quisesse ver. Mas é possível que a minha relação com essa prima, tão mais que prima, a minha admiração por meu pai e minha distância das coisas do sexo me vendassem os olhos.

No final de novembro, subitamente, Giovanna viajou para Montevidéu.

Havia sido convocada por Gabriella, que, querendo evitar escândalos como os ameaçados por Maciel e precisando falar com Jorge Alexis, seu procurador, e com Gino Sotis, seu advogado, havia escolhido como ponto de encontro Montevidéu, cidade próxima do Rio e de que guardava boas lembranças do seu tempo de cantora. Lisetta estava com ela. Alguém as havia informado do que acontecia no apartamento do Leblon.

*

E um dia, afinal, depois de tão longa viagem, Lisetta avisou que vinha ao Rio rapidamente, resolver alguma coisa para Gabriella. Voltaria dentro de uma semana para Nova York.

Quanta emoção me trouxe esse aviso! Mandei para a tinturaria minha única saia decente, o cardigã azul-marinho que eu abotoava nas costas. E, em puro estremecimento, comecei a contar os dias.

Quando Lisetta chegou, surpreendeu-se que eu ficasse sempre junto dela, em adoração. Eu a observava milímetro a milímetro, num esforço de apropriação e aprendizado, querendo recuperar o tempo de afastamento. Achei-a mais maquiada: usava base, produto recém-lançado comercialmente e última moda feminina nos Estados Unidos.

Ela, tão bonita e sempre elegante, comentou meu crescimento e hesitou diante do meu rosto indeciso, minha momentânea falta de graça.

Mas os olhos da minha mãe não estavam voltados para mim.

Não presenciei nenhuma briga dela com meu pai, nem sequer uma discussão. Ao cabo de três dias, sem que me dissessem a causa, fui informada de que viajaria para a Itália, embarcando no *Giulio Cesare*, onde Gabriella e Giovanna estariam à minha espera. Lisetta viria mais tarde, de Nova York, me encontrar em Roma.

Nunca soube que conversa minha mãe teve com Giovanna em Montevidéu. Mesmo depois, nunca colhi nenhum aceno cortante entre as duas.

*

Meus pais haviam decidido se separar, sem nada dizer para mim e Arduino. Ainda não se considerava que crianças devessem participar dos problemas dos adultos.

Sem saber que minha viagem vinha a reboque de uma situação definitiva e dramática, fiquei radiante. Não conseguia pensar em outra coisa. Nem em Arduino, nem naquela que seria a nossa primeira separação. No meu entusiasmo só cabiam o navio, a volta à Itália, a mala que eu não tinha, as roupas que também não. E olhava os mapas, e me debruçava sobre os folhetos da companhia de navegação, tentando me imaginar à beira daquela piscina ou deitada na cama daquela cabine.

Manfredo me levou ao consulado para fazer o primeiro passaporte individual – Arduino e eu havíamos entrado no país incluídos no passaporte da nossa mãe. Olho agora a foto do documento antigo e penso que Lisetta tinha razão, meu rosto e minha assinatura estão a meio caminho de alguma coisa ainda por vir. Mas o olhar é expectante e doce.

Quando dali a alguns dias Gabriella desembarcou do *Giulio Cesare* para almoçar em casa, trazia uma mala de couro claro para mim, e eu já havia providenciado roupas para a viagem.

Afinal, numa manhã daquele janeiro de 1952, a banda do navio tocou, as serpentinas foram lançadas, o cais desprendeu-se lentamente do casco. Mas dessa vez era eu que me debruçava na ponte superior, olhando Manfredo e Arduino, que acenavam e, aos poucos, diminuíam lá embaixo.

A vida se faz amarga

Em Roma, Gabriella hospedou-se com Giovanna no Hotel Excelsior. Não havia nada mais elegante na década de 1950 que a Via Veneto, com seus bares que se prolongavam em mesas e cadeiras nas calçadas, seu ir e vir de celebridades, seus paparazzi de lambreta. E, na Via Veneto, ainda mais elegante era o Hotel Excelsior, cujo lobby parecia um campus avançado de Cinecittà – ali cruzei com Irene Papas, ainda *starlet*, e Shelley Winters, antes do casamento com Vittorio Gassman.

Gabriella escolheu um apartamento exorbitante, de esquina, no terceiro andar. Tudo era majestoso; havia uma entrada ampla e penumbrosa, um salão com lareira e sacada, as duas suítes amplas, uma de cada lado do salão.

Eu fiquei provisoriamente na casa da minha avó e do meu tio, à espera de Lisetta. Foram só alguns dias, mas o quarto onde eu havia morado nos dois anos de pós-guerra servia agora a outro fim, e tive que dormir em cama de campanha.

Nossa mudança para a Itália não havia sido prevista, tudo fora repentino, e agora tornava-se necessário improvisar.

Com Lisetta, enquanto ela decidia como agir, fui para um hotel bem mais modesto que o Excelsior, na parte baixa da Via Veneto. Para mim, estar com ela, ainda que em suspenso, era encantamento. Convencida de que, de alguma forma, nossa nova vida juntas encontraria seu rumo, nem sequer me desesperei ao perder entre lençóis a pulseira de ouro com o pequeno A de brilhantes que havia ganhado de Gabriella com o relato de que fora presente de alguma dama da família real, Aosta.

Mais alguns dias de tessitura entre nosso hotel e o de Gabriella, e Lisetta conseguiu reaver o antigo quarto da Pensão Tofanelli que havia sido seu e de Giovanna nos dois anos anteriores à vinda para o Brasil. Agora seria nosso. Não sei que destino contavam dar para minha prima, mas por enquanto ela continuaria fazendo companhia a Gabriella.

Para inaugurar nossa vida em comum, Lisetta logo comprou e me deu um livro de história da arte italiana, mais dois volumes em papel-bíblia, um com a prosa e a poesia de Giosuè Carducci, o outro de Giovanni Pascoli. Considerava que, tendo voltado a viver na Itália, era fundamental que eu lhe conhecesse arte e literatura. Guardo e consulto até hoje o livro de história da arte, li muito Carducci, mas Pascoli foi mais tarde pedido em empréstimo por Manfredo e nunca devolvido.

A pensão ocupava todo um andar de um prédio antigo na Via Sistina, bem no centro da Roma histórica, o que nos permitia alcançar o Excelsior a pé, por dois caminhos diferentes. E por eles fomos, infinitas vezes, subindo e descendo, que não à toa Roma é chamada *"la città dei sette colli"*.[45]

Agora abrigadas e mais seguras, passávamos a tarde com Gabriella, jogando cartas ou apenas conversando, até escurecer. Com frequência, vinha Lillo, o amante reconquistado e futuro marido.

Homem atarracado e mais jovem que ela, de modos rústicos, mais vulgar que bonito, era coronel da Guarda de Finanças. A cabeça branca ajudava a mascarar o desnível de idade, e ele parecia firmemente disposto a não largar o osso. Transcrevo a descrição que dele faz Joaquim

---

45. A cidade das sete colinas.

Xavier da Silveira, com quem teve múltiplos encontros de trabalho: "Não passava de um camponês astuto, imediatista, mas sua astúcia não ia além das batatas; era superado por D. Gabriella, quando assim lhe convinha, e pelos acontecimentos que tentava conduzir sem habilidade".

Quando Lillo se excedia nas demonstrações amorosas, minha mãe se levantava e, com rosto sério e eloquente, dizia em voz alta que estava na hora de irmos embora. Voltávamos então para a pensão.

*

Giovanna queria rever o irmão Pucci, aquartelado em Navona, perto de Genova, e pediu a Lisetta para me deixar ir com ela. Após ter sido considerado adulto por meus pais ao fim da guerra, mas sem título universitário, sem profissão e sem muitas opções no país desmembrado, meu primo havia entrado para o Exército. Agora iríamos ao seu encontro. Minha mãe me deu algum dinheiro, comprou minha passagem de trem, me emprestou um Montgomery[46] bem quente, e fomos.

Que frio naquela viagem! Em Navona, a toda hora entrávamos em algum bar para beber um ponche quente de tangerina, e Giovanna aproveitava para me dar instruções. Se Pucci perguntasse coisas, como de onde vinha o anel de pérola, quem lhe havia dado a corrente de ouro que levava no pulso, que eu ficasse calada e a deixasse responder. Mas Pucci não perguntou coisa alguma, ou, se perguntou, não precisei ficar calada, porque, devido ao frio e ao cansaço, acabei não participando do comovido encontro dos dois irmãos.

*

---

46. Tipo de agasalho nomeado a partir do general britânico Bernard Montgomery, que o usava em sua atividade militar na Segunda Guerra.

De volta a Roma, Lisetta começou a procurar o apartamento que nos permitiria ancorar em vida mais sólida. Ocupávamos com isso nossas manhãs.

A cada um que visitávamos, eu tentava me ver no futuro não distante, ocupando aqueles espaços, vivendo o cotidiano com Lisetta, só ela e eu, como nunca antes.

Hoje me pergunto de que forma ela contava pagar um aluguel e sustentar nossas vidas. Não sei que tipo de acordo econômico havia feito com Manfredo. Creio que já não tivesse nada de seu. O dote levado para o casamento fora empenhado por ele na compra de dois apartamentos em Asmara, abandonados ambos em decorrência da guerra e cujo ressarcimento posterior ele não aceitara "para não tripudiar sobre a pátria ferida". Manfredo, administrando precariamente a fazenda, com certeza teria problemas em prover remessas regulares. Mas naquele tempo eu não me fazia esse tipo de pergunta.

Enquanto procurávamos casa, tentávamos equacionar meu futuro. E porque desde criança eu falava em ser atriz, combinamos que Lisetta iria à Accademia Nazionale di Arte Drammatica ver quais eram as exigências para a minha inscrição.

O último apartamento que visitamos ficou sendo para mim aquele em que morei com ela, ainda que só nos longos momentos em que o percorremos, analisando cada canto e prevendo como o ocuparíamos. Situado num edifício antigo e estreito, no topo de uma longa, longa escada circular, era uma cobertura quando coberturas ainda não haviam se tornado moda, um ninho de pássaro, com cômodos pequenos, pequenos degraus entre eles, e um grande terraço de onde se viam os telhados de Roma e as cúpulas. E de onde imaginei que no fim da tarde ouviríamos os sinos tocando como um eco em tantos campanários.

Não houve tempo. Nem para a Accademia, nem para os sinos.

*

Lisetta estava trocando de roupa em nosso quarto de pensão quando vi o curativo ensanguentado por baixo do sutiã. E tudo se precipitou. Nem fui eu que contei. Gabriella soube – talvez a própria Lisetta tenha contado –, e a partir dali a vida e as conversas foram ocupadas por idas a médicos, exames, diagnósticos. Na minha memória está tudo compactado, como se acontecido em poucos dias, mas houve esperas de resultados e espaços para a interrogação. O tempo estava suspenso.

Como ela havia temido desde a morte da primeira irmã, vítima de câncer, e depois com a morte da mãe de Giovanna, por leucemia, minha mãe também estava com câncer.

E não tinha nenhum adulto da sua própria família, ninguém em quem se apoiar. Telefonou para Manfredo.

Encontrou-o enlouquecido. De fúria e de paixão. Ameaçava vir à Itália em busca de Giovanna. E Lisetta, tão necessitada de suporte, teve que tentar apaziguá-lo.

Naquele começo da década de 1950, a comunicação urgente fazia-se por telegrama. Telefonemas internacionais tinham que passar pela telefonista, com hora marcada, e custavam caro; depois de marcados, era com tensão que se ficava ao lado do telefone esperando-o tocar e controlando o relógio.

O primeiro telefonema foi atendido por Lisetta discretamente, no quarto de Gabriella, a portas fechadas. Houve outros depois, de parte a parte. E a situação fez-se tão dramática que pulverizou a discrição. Os telefonemas passaram a acontecer no salão, na minha frente. E eu fui entendendo aos poucos, somando fragmentos de conversas, costurando frases, abrindo portas do entendimento, até saber.

O efeito foi devastador.

Não só estava ameaçada de perder minha mãe justamente na hora em que acreditava poder conquistá-la como meu pai me era revelado sob um aspecto assustador. Carga pesada demais para mim, que sempre tivera Giovanna como irmã.

Precisei de muitos anos de elaboração para saber que não havia culpa a atribuir. Lisetta, conhecendo a disposição sexual do marido, talvez não devesse ter deixado Giovanna exposta; mas o combinado era uma viagem muito curta, e ela não teve modo de regressar quando o contrário se impôs. Manfredo, homem fogoso e de moral elástica sempre que houvesse cama no meio, não tinha nenhum laço de consanguinidade com a sobrinha, não havia convivido muito com ela nem acompanhado seu crescimento, e agora a tinha à frente, mulher-feita. Giovanna precisava de afeto e de afirmação em igual medida; a sedução era a forma a seu alcance para conseguir ambos, e ainda na Itália havia experimentado suas armas com um amigo de Lisetta, casado, mais velho; o marido da tia que a adotara pode ter sido figura freudianamente atraente.

Mas eu, adolescente e ignara, não estava equipada para este tipo de reflexão. A partir do que ouvia e do pouco que me era contado, atribuí a culpa a meu pai e operei com grande sofrimento o desmonte do meu amor por ele sem que ninguém se sentasse para conversar pausadamente comigo, ninguém me acolhesse de fato, me desse atenção. Naquele apartamento do Excelsior de repente eletrizado, toda a atenção estava concentrada em Lisetta, gravemente doente. Medidas urgentes tinham que ser tomadas. E a medida urgente que ela escolheu foi voltar para o Brasil. Manfredo havia sido sempre porto tempestuoso, mas porto. Já tendo enfrentado tanta coisa juntos, decidiram enfrentar mais essa.

Uma semana antes de ela viajar, subimos juntas em fim de tarde a escadaria da Piazza di Spagna. E ficamos lá no alto longamente, lado a lado, olhando em silêncio a chegada da noite, enquanto minha mãe se despedia da cidade que mais amava e que não voltaria a ver.

*

No dia em que a levamos ao aeroporto, menstruei pela primeira vez. Estava com catorze anos e minha avó já se inquietava com a demora, mais de uma vez havia pedido a Lisetta para levar-me ao médico. Menstruei e não disse a ninguém. Não queria que minha mãe, colhida em tanta fragilidade, se preocupasse. Me arranjei como podia, com o que ela havia deixado para trás em nosso quarto de pensão. Só mais tarde lhe escrevi uma carta, contando.

E tranquilizei minha avó, a quem visitava a cada semana levando sempre um buquezinho de flores.

Tempo de sofrer

Uma vez mais – e eu me perguntava quantas seriam – a vida mudava.
Nada de apartamento, nada de Accademia.
O cotidiano teria que ser outro.
Agora eu acordava, me arrumava e ao quarto, e ia a pé para a aula de corte e costura que havia começado poucos dias antes de Lisetta revelar-se doente. E, depois de almoçar na grande sala de jantar da pensão, seguia para o Excelsior.
Passava a tarde e a noite com Giovanna e Gabriella. Conversávamos, jogávamos cartas, folheávamos revistas ou jornais, ficávamos na sacada olhando o movimento, eu tomava banho no banheiro tão mais luxuoso e confortável que o da pensão, Giovanna pintava as unhas, por vezes Gabriella ia ao cabelereiro ou fazer alguma compra. Raramente comparecia a algum evento social, e então o fazia como se entrasse no palco – lembro-me dela saindo do elevador para o saguão do hotel onde *starlets* se atardavam no bar, vestido preto justo e decotado, uma estola de peles comprida e negra enrolada em ambos os braços, um mínimo chapéu com grande pluma, as sandálias altíssimas, e os brilhantes. Mais *star* que as *starlets*.

As notícias chegavam por telegrama; eu ia constantemente à Central dos Correios para enviar respostas telegráficas. Mais raros, os telefonemas. E tudo era dramático.

Sem nada mais para fazer além de esperar, deixávamos o tempo passar, e ele ia, lenta água embaixo da ponte. Só tarde da noite, bem tarde, depois de ter jantado no hotel, eu voltava para a pensão pelas mesmas calçadas por onde tinha vindo, agora escuras e semidesertas.

Muitas e muitas vezes voltei chorando. O peso que me oprimia, o desacerto da vida e o sofrimento eram tão esmagadores que eu tinha a impressão de deixar a marca dos meus pés impressa naquele percurso sempre igual, que todo dia e toda noite percorria.

Chegando ao meu quarto, me metia logo na cama. Mas, porque estava tomada de medo, antes de entrar entre os lençóis juntava ao meu redor tudo de que pudesse precisar: copo d'água, livro, rádio, bloco de desenho, carvão, lápis. E deixava acesa a luz a meu lado.

A partir do momento em que me enfiava debaixo do cobertor, já não podia mais sair. Como se muralhas se erguessem ao redor do meu feudo, só a cama me garantia proteção. E eu me mantinha ocupada, para afastar o momento em que fecharia os olhos.

Não havia nada de assustador no quarto. Ocupava agora a cama que havia sido da minha mãe, mais próxima à porta, quase num desejo de fuga. À minha frente, na penumbra, a outra cama, vazia, um armário, a janela. Todo mundo me conhecia na pensão. E, de alguma maneira, todo mundo me protegia. Não corria risco nenhum.

Mas a morte da minha mãe rondava meu quarto e, como uma ave de rapina, vinha se empoleirar na outra cama. Mantê-la afastada era, a cada noite, a minha tarefa.

*

Lisetta telefonava de vez em quando. Soubemos que antes de ela chegar Manfredo havia se mudado do Leblon, de volta à Chácara, e que, em vez de baixar o grande sofá verde pela janela, como entrara, mandara serrá-lo ao meio e jogá-lo fora. Soubemos que Lisetta havia encontrado Arduino emudecido, de tanto medo do pai. Soubemos que o câncer dela, adiantado, era inoperável.

Nessas condições emocionalmente tão difíceis, havia começado o tratamento.

E um dia me fez saber que eu mudaria de quarto, já que ela não poderia voltar tão cedo. Duas camas não eram mais necessárias, a nova acomodação seria mais barata.

Juntei nossas coisas e fui para o quarto deixado livre pelo jornalista amigo dos meus pais que, ao fim da guerra, havia indicado a pensão. E, porque era minúsculo, pareceu-me obter com ele o quarto individual que tanto havia desejado. Uma cama grande, uma escrivaninha ampla e sólida diante da janela, um armário pequeno, a pia e pouquíssimo espaço entre eles. A ave maligna não tinha mais sombra ou lugar onde pousar. Passei a dormir tranquila.

Naquele tempo, eram frequentes na imprensa italiana as notícias a respeito de um frade milagroso, Padre Pio da Pietrelcina, que trazia nas mãos os estigmas de Cristo e a quem se atribuía o dom da ubiquidade. Tomada de fé, e vendo naquele santo um intermediário capaz de fazer frente ao destino, escrevi para ele pedindo que salvasse minha mãe. Pus a carta no correio e comecei a esperar o milagre. Mas, ao cabo de algumas semanas, tudo o que recebi foi uma resposta impressa e protocolar enviada pelo convento, recomendando-me rezar. Eu havia escrito a carta justamente por não acreditar no poder das minhas modestas orações. A recomendação só serviu para me devolver à desesperança.

Dei por encerradas as aulas de costura, e me demorava cada vez mais no Excelsior. Agora, muitas vezes, deixava de almoçar na pensão para ir, bem mais tarde, com Gabriella e Giovanna a algum restaurante próximo à Via Veneto.

Uma ou outra vez, fiquei no hotel para dormir. Até que Gabriella, penalizada com minhas idas e vindas, com meu abandono no quartinho da pensão, pediu a Lisetta que me deixasse ficar com ela no Excelsior. E, contrariando a opinião da minha avó, que considerava aquela vida inadequada para uma jovem, Lisetta deixou.

Mudei-me para lá.

Minha avó tinha razão, não era uma vida adequada, mas me livrou do sentimento de solidão que havia sido meu companheiro constante. Agora, morando no hotel sem ter que pensar que à noite voltaria para a pensão, eu me sentia aconchegada, envolta em afeto, protegida. Dormia no quarto de Giovanna, na cama ao lado da dela, tecendo conversas no escuro, como sempre havia sido. Da questão do meu pai quase não falávamos, o que havia para ser dito o fora ao tempo da revelação. Eu a considerava vítima, e ela se mantinha nesse papel. Certa vez me disse que se ele me mostrasse fotos dela nua eu não acreditasse, eram fotomontagens.

Acordávamos bem tarde, perto das duas horas, acompanhando os horários de Gabriella. E, sem tomar café da manhã, já que a manhã havia passado, nos arrumávamos rapidamente e saíamos em busca de algum restaurante aberto. Ainda não era tempo de turismo predatório, as leis trabalhistas italianas eram severas, os restaurantes fechavam cedo. Os que estivessem abertos tinham pouquíssimos clientes àquela hora, e comíamos rodeadas de silêncio e mesas brancas. Podíamos, ou não, tomar um último *espresso* em algum bar da Via Veneto, depois voltávamos ao apartamento do terceiro andar.

Bastava girarmos a chave na fechadura da nossa porta para a roda do tempo entrar em câmera lenta. O dia não custava a passar, mas, sem tarefa nenhuma a cumprir, sem termos nada preciso a fazer, parecia escorrer mais espesso.

Pedíamos jantar no apartamento ou então comíamos frutas, pão, o que tivéssemos. A fome, tendo almoçado tarde, não era tanta. Giovanna e eu líamos, Gabriella fazia paciências, e acabávamos a noite jogando canastra. Era longa a noite, o que me permitiu desenvolver um discreto talento de jogadora.

Na hora de dormir, quando Lillo não estava, Gabriella me convidava às vezes para dormir no quarto dela, fazer-lhe companhia. Então, cada uma deitada em sua bela cama de latão, conversávamos durante horas, eu ouvindo a voz dela entremeada pelos toques do relógio que, em alguma torre lá fora, marcava o avançar da madrugada. Gabriella me contava dos seus tempos de palco, das viagens, das flores que enchiam seu camarim, das joias que ganhava, e fazia mexericos sobre conhecidos e desconhecidos – até para a antiga família real italiana alinhavou amantes. Aos poucos eu via através das frestas das venezianas a escuridão empalidecer, começavam-se a ouvir vozes dos motoristas de táxi que faziam ponto na esquina do hotel. Só quando o dia declarava sua plena presença e os motoristas permitiam-se falar mais alto, adormecíamos.

Nunca lhe pedi conselhos, e ela nunca os ofereceu. Certamente sabia que não seriam ortodoxos.

*

Do Brasil, chegavam notícias de Lisetta. Sua saúde, entregue aos cuidados do nosso querido Enzo Battendieri, parecia menos ameaçada. Manfredo, certamente tocado pelo estado dela, havia-se acalmado.

Não sei em que momento Gabriella se casou com Lillo. Nas suas declarações a Roberto Terré, diz:

> Considerando a situação que tinha pela frente, decidi aceitar o conselho do meu amigo e advogado pessoal, Sotis, que me sugeriu um casamento de conveniência, e nada melhor para isso que um amigo dele, grande admirador meu, bom moço e, ainda por cima, coronel da Guarda de Finanças.

Não foi bem assim.

Gino Sotis era importante advogado divorcista, muito ligado à classe cinematográfica, conhecido de Manfredo através da amiga em comum Anna Magnani e por ter-se casado com uma antiga namorada dele. Havia tratado do divórcio de Silvana Mangano, do divórcio que permitiu a Roberto Rossellini se casar com Ingrid Bergman, do divórcio de Vittorio Gassman permitindo que se casasse com Shelley Winters, do de Aga Khan necessário para seu casamento com Rita Hayworth e, bem antes disso, conseguira em Budapeste a anulação do casamento de Claretta Petacci, amante de Mussolini. Havia sido apresentado a Gabriella por Manfredo. Só conheceu Lillo através dela.

Seja como for, casaram-se. Creio que por procuração, no Uruguai, mas não estou certa disso.

E não demorou muito para Gabriella decidir voltar ao Rio. Gino Sotis viajaria com ela, para ajudá-la a resolver problemas legais pendentes do espólio Henrique Lage. Sotis tinha também outro motivo para vir ao Brasil, o reconhecimento do novo casamento de Baby Pignatari, para quem já havia obtido a anulação do casamento anterior, ambos com princesas italianas.

Era julho de 1952. Somente seis meses haviam passado desde meu esperançoso embarque no Rio. Mas foram tantas as mudanças de rumo, tantos os baques, que agora, ao escrever, precisei olhar os carimbos no passaporte para ter certeza de que a estadia não se estendera por mais de um ano.

Nada correra conforme nossos planos. E no momento da partida elaborei uma teoria à qual ficaria longamente fiel: fazer planos para a vida dava azar, nada se concretizava, melhor então viver só o presente, puxar os remos para dentro do barco e deixar a correnteza fazer o seu serviço.

Giovanna foi conosco até a estação ferroviária para a despedida. Imagino que Sotis tivesse arranjado um emprego para ela, pois não tinha profissão e nunca havia trabalhado. Gabriella não a deixaria ao desamparo. A última visão que tenho da minha prima é do alto do trem que se afasta enquanto ela permanece de pé ao lado do jovem advogado do escritório Sotis com quem haveria de se casar.

*

Embarcamos em Gênova. Gabriella – agora com novo nome agregado –, Michele Lillo, Gino Sotis e eu. A vinda havia sido no *Giulio Cesare*, que fazia sua viagem inaugural estalando todo a cada onda, a volta foi no *Conte Grande*, já mais acostumado com o mar. Como na vinda, também na volta, sendo Gabriella personagem importante, fomos convidados para um jantar à mesa do capitão – é desse jantar que guardo a foto. Eram tempos de elegância e tédio na primeira classe, prevalentemente destinada a pessoas mais velhas e endinheiradas. O conceito de clube flutuante ainda estava por vir. A partir da meia-noite, nem sequer havia café na primeira classe, tudo fechava, obrigando os jovens a migrar para a animação da segunda classe, onde ficavam até de madrugada, eventualmente indo acabar a noite na terceira classe, onde emigrantes tocavam acordeão. E se na vinda eu havia sido demasiado jovem, contentando-me com o chá das cinco acompanhado de quinteto de cordas, na volta sentia-me envelhecida em muitos anos, e algumas noites acompanhei a migração.

Das duas vezes, na festa a fantasia com que se celebrava a passagem do Equador, foi Gabriella, com seu talento teatral e suas roupas, que me vestiu. Conservo as duas fotos. No *Giulio Cesare* fui uma oriental com pantalonas de seda vermelha amarradas com fitas nos tornozelos para se tornarem bufantes, um véu improvisado com uma pelerine curta de lantejoulas douradas, um turbante com um broche de ouro pespegado no meio e um grande lenço preto amarrado no pescoço e na cintura fazendo papel de top. No *Conte Grande* fui espanhola, com uma saia de babados, um xale preto bordado, um lenço preso na cabeça e a mesma vírgula de cabelos sobre a testa que minha figurinista havia usado tantas e tantas vezes como Carmen.

Quando chegamos ao Rio, o jornal *A Noite* noticiou a presença de Gino Sotis. Não sem um toque de surpresa provinciana, revelava que o preço cobrado por Sotis para cada divórcio era de cinquenta mil dólares, quantia fabulosa para a época.

*

Por algum tempo, retomamos a vida na Chácara quase como havia sido. Agora, porém, mais vazia. Sem a família de Arnaldo, que havia se mudado para o prédio de janelas mouriscas antes de ir para seu novo apartamento, e sem a de Paola, separada do marido e agora amante de Maciel.

*

Na Chácara não havia mais primos chegando do trabalho nem ternos de panamá. Os amigos eram menos numerosos ou menos exuberantes. Mas ainda vinham em fins de tarde, e o garçom atravessava a galeria com sua bandeja de drinques ou cafezinho. Não se jogava mais ludo. E até o número de cães, mortos os mais velhos, havia diminuído grandemente.

A televisão instalada no 02 testemunhava o início dos Anos Dourados.

O grupo Catão já havia sido alertado da chegada de Gabriella. Ao longo do ano de 1951, o Dr. Vicente Rao, seu procurador jurídico, havia trocado farta documentação e correspondência com Francisco Catão, acertando detalhes legais do interesse de ambos. E agora, com sua chegada, realizavam-se constantes reuniões na Chácara sob o comando algo tosco do novo marido, reuniões em que o representante dos Catão era Joaquim Xavier da Silveira, pois Francisco achava mais conveniente não comparecer.

Como Joaquim relata em seu dossiê, havia muitos encontros perdidos, girando em volta do nada. Como exemplo, cita as várias reuniões travadas a propósito daquela mesma Ilha do Engenho onde havíamos feito o piquenique. Constava do contrato de venda ao grupo Catão um item garantindo a Gabriella a posse de cinco lotes, caso a ilha viesse a ser loteada. Nunca o foi, e Lillo, que imaginava uma linda ilha tropical, só desistiu de visitá-la depois de saber que era infestada por cobras e escorpiões. No final dos anos 1960 acabou sendo vendida ao governo, que pretendia utilizá-la como depósito de material de dragagem. Se esse depósito acabou acontecendo, é provável que os escorpiões tenham mudado de endereço.

Talvez devido a essa movimentação legal e às tantas reuniões, reinava um clima mais tenso, que, auxiliado pelo temperamento de Lillo, pouco afeito à vida social, foi mudando progressivamente a rotina da Chácara.

Nas fotos daquele período, Lisetta continua bonita, o rosto mais magro evidenciando os zigomas altos, uma nova melancolia pousada no olhar. Cortou os cabelos curtos, mas deixou as raízes brancas para evitar que a toxicidade da tinta piorasse os efeitos da radioterapia.

Após cada sessão sentia-se muito cansada, tinha náuseas. Quando o efeito negativo da radiação passava, parecia bem, quase alegre. O segredo esmagador que havia carregado sozinha durante muito tempo pesava menos agora, partilhado.

Meus pais haviam mudado de quarto. A suíte máster da Chácara era imponente, mas pouco cômoda, com a distância de vários cômodos entre quarto e banheiro. Agora dormiam em ambientes separados. Manfredo no quarto que havia sido de Paola, do apartamento contíguo à copa, partilhado com Arduino; Lisetta onde antes morava meu primo Henrique Colasanti. Minha cama foi posta no apartamento dela.

Uma novidade me recebeu na volta da Itália: Arduino tinha uma namorada. Seu nome era Ira Etz. Não era namorico escondido, como havia sido com Vicky e depois com a linda filha da nossa empregada, era namoro assumido, familiar, que duraria vários anos e se transformaria em amizade da vida toda.

Tinha uma namorada, e com ela havia adquirido uma turma e uma praia. Abandonado o Leblon, voltara a frequentar o Arpoador, desde sempre praia de Ira. Tomasz o havia acompanhado nessa mudança, e agora os dois amigos podiam ser vistos sentados na areia, não longe da pedra, jogando xadrez no tabuleiro pintado por Arduino na tábua de pegar jacaré.

Começava para meu irmão a paixão mais intensa e duradora da sua vida, inarredável atração pelo mar com suas profundezas.

Ainda em Roma, eu havia decidido poupar meu irmão e não lhe contar nada a respeito de Manfredo e Giovanna. Não considerei que a relação dele com nossa prima fosse diferente da minha, nem que diferente do meu fosse o seu temperamento. Quando afinal, premida por suas indagações, acabei revelando o que sabia, reagiu como homem. Não só não se surpreendeu, como chegou a dizer que invejava a sorte do pai, já que ele também havia tido fantasias eróticas com Giovanna.

Encontro com a pintura

Voltei ao Franco-Brasileiro para completar o ginásio. Garantida pelas aulas italianas de corte e costura, fiz as blusas do meu uniforme. Agora ia sozinha, de ônibus. Saltava na Praia do Flamengo e, antes de seguir até o Largo do Machado, me debruçava sobre a amurada de pedra para absorver a intensidade de mar e espuma batendo no enrocamento. O Aterro ainda demoraria muito a acontecer.

Foi nesse tempo que comecei a estudar pintura. Não sei como minha mãe, atendendo meus pedidos, chegou ao nome de Caterina Baratelli, a pintora italiana que havia vindo ao Brasil trazida pelo desaparecimento do irmão aviador. Sei que o encontro com ela alterou o rumo da minha vida.

Muitos anos depois, o ateliê de Caterina seria demolido, creio que em obediência ao tombamento do prédio, mas no meu afeto continua de pé, exatamente como era. Rua Joana Angélica, esquina da praia de Ipanema, mínima cobertura construída no terraço de um edifício antigo. Ali ela morava, ali pintava, ali recebia os alunos. Um quarto, um banheiro e uma cozinha pequenos, a sala-ateliê com seu telhado de vidro, o estrado para os modelos, os biombos que forneciam fundos para as naturezas mortas. E nossos cavaletes, que antes de sair guardávamos num depósito apertado.

Os poucos móveis haviam sido trazidos por ela, heranças, objetos da casa familiar, criando um ambiente muito italiano que, bem mais tarde, eu tentaria imitar no meu primeiro apartamento de solteira. Havia um *couch* cheio de almofadas de seda em vários tons, um espelho com antiga moldura acima de um aparador igualmente antigo, uma poltrona de braços empalhada como as cadeiras da cozinha da minha avó. Diante das janelas que iam até o chão, o mar oferecia sua beleza cambiante.

Por eu ser jovem, italiana, e talvez por demonstrar tanto interesse, Caterina me promoveu desde o início a sua favorita. Era o tempo em que no Rio faltava água com frequência. No meio da aula, Caterina me chamava por vezes da cozinha: "Marina, vem tomar um gole de água!". Eu largava paleta e pincéis e ia. Mas não era água que ela queria me oferecer, era sorvete feito por ela mesma em um equipamento manual de madeira, doçura gelada com que consolidávamos nossa mútua italianidade.

Muitas vezes, depois da aula, me atardei conversando com Caterina pelo duplo prazer de falar italiano e de ouvi-la contar episódios da sua vida e ligados à profissão.

Com ela aprendi a fidelidade a uma paleta franciscana, só cores vindas da terra, e mínimos toques químicos. Com ela aprendi a olhar, registrando na memória o que via. E assimilei para sempre o princípio transmitido numa frase, que nortearia no futuro minhas gravuras e minhas ilustrações: "As coisas não têm traços que as definam, os traços são um artifício. O que define objetos e pessoas é o contraste entre claro e escuro".

Ia para a aula duas vezes por semana, às duas da tarde, hora em que a luz estava em seu melhor ponto e assim se manteria até as quatro – ao escrever isso, revejo Caterina empunhando a fina vara com que regulava a cortina no alto, filtrando ou abrindo caminho para a luminosidade. Esperava o ônibus no ponto ao lado do portão da Chácara, impávida debaixo do sol com minha maleta de tintas, saboreando de antemão o fundo prazer que sentiria no ateliê.

Tinha como colegas duas alunas mais velhas e mais adiantadas que eu e duas ou três senhoras que pintavam flores e nunca seriam verdadeiramente artistas. Caterina gostava de levantar temas polêmicos para me ver discutir com elas, entusiasmo juvenil versus tradição assentada. Mas eram senhoras gentis, que traziam suas próprias flores e às vezes biscoitinhos para todos, e nossos enfrentamentos eram só jogo de cena entre pessoas bem-educadas.

No meu primeiro quadro, duas maçãs num prato que orgulhosamente levei de presente para minha mãe, Caterina deu algumas pinceladas para garantir vitalidade. Depois, apontava os erros e só raramente tomava o pincel da minha mão para fazer alguma correção.

Estudei naquele ateliê vários anos, até fazer o vestibular para a Escola de Belas Artes, em que, graças a esse estudo, passei tranquilamente. Lamentei sair quando começaram as aulas, pois já não tinha tempo disponível. Mas o que sei de pintura e de desenho aprendi antes da Escola, com Caterina Baratelli.

Com ela iria mais tarde, em 1953, à II Bienal de São Paulo. Mal acreditei quando me convidou e Manfredo consentiu. É possível que quisesse companhia, alguém de confiança com quem partilhar a viagem, alguém com quem comentar, quadro a quadro, aquela fartura de arte. Mas é certo que quis sobretudo me animar, após a morte recente da minha mãe.

Fomos de ônibus em viagem noturna e nos hospedamos em um hotel modesto. Logo, rumamos para o Ibirapuera. Tudo foi para mim deslumbramento e revelação. Posso reviver a emoção de chegar ao prédio e subir lentamente a rampa. Havia tanto para ser visto! Eu, que naquele tempo comprava com minha mesada livrinhos de arte baratos, de banca, estava ali rodeada de arte viva vinda do mundo inteiro, e temi que o tempo não fosse suficiente para abarcar tudo.

Durante dois dias percorremos, lado a lado, a Bienal. Caterina explicando o que pedia explicação, chamando minha atenção para detalhes técnicos. E meus olhos sorvendo ávidos aquilo que eu queria imprimir na memória.

Nunca mais deixei de amar dois artistas cujas obras vi ali pela primeira vez.

Um deles foi Giorgio Morandi, com cuja obra estive recentemente em Bolonha, no museu que leva o seu nome. Naquele ano havia ganhado o Grande Prêmio de Gravura, mas eu ainda não gravava e demoraria para chegar à mágica sedução do ácido mordendo as chapas de metal. O que me seduziu naquele encontro inaugural foi o perfeito equilíbrio da sua pintura, entre despojamento e rigor.

E Edward Hopper, cuja retrospectiva foi apresentada pelos americanos no recolhimento de uma espécie de galeria cenográfica criada com tecido e iluminação em meio ao gigantismo do pavilhão.

A ida à Bienal foi a aula mais longa que recebi de Caterina.

*

Ao fim daquele ano, uma pequena alegria nos esperava: a formatura de Arduino. Que bonito estava meu irmão de smoking! Olho agora a foto oficial dele, daquelas feitas no estúdio indicado pelo colégio, o olhar doce e claro, um meio sorriso, e sei por que nossa mãe o amava tanto. Quando ainda lhe era possível, ela havia mandado fazer um vestido longo para mim, de tule branco, retido na cintura e abaixo do busto por duas fitas com discretos laços de cetim. Foi ela que escolheu o modelo, era um tomara que caia, e o primeiro tomara que caia a gente nunca esquece.

No ano seguinte, para a minha própria festa de formatura, de outro colégio e em outro salão, usei o mesmo vestido. Mas minha mãe já não estava presente.

Rumo ao desfecho

Na Chácara, agora sem tanto movimento, reduzida a criadagem, começava uma era de comedimento em que não haveria mais recepções nem grandes jantares.

Lillo podia até ser bem-intencionado, mas era homem tacanho a quem tudo parecia excessivo na luxuosa máquina de viver criada por seu antecessor. Apegava-se a minúcias antes impensáveis. Tudo tinha que ser reaproveitado; as garrafas de vidro vazias, antigamente jogadas no lixo, passaram a ser vendidas. Quis que muitas lâmpadas fossem substituídas por outras de voltagem menor, e mandou trocar as do grande lustre da sala de jantar por uma única luminária de quadra esportiva, pendente acima da ponta da mesa onde se sentava com Gabriella – distante estava o tempo em que ela e Henrique jantavam naquela mesma mesa vestidos a rigor.

Sem a antiga iluminação feérica, a casa ficou mais triste.

E mais despida ficou quando, tempos depois, Lillo vendeu os quatro sapos de bronze que alimentavam a piscina.

Paralelamente, a saúde de Lisetta piorava. As radiações não tinham tido o resultado esperado. Passou a fazer um tratamento experimental, fruto de pesquisas, modestas, mas aplicadas, do nosso querido

Battendieri. Tratava-se de enxertar fragmentos de placenta sob a pele, mas a placenta precisava ser de não sei exatamente quantos meses, o que a tornava de difícil obtenção.

Após o primeiro enxerto, pareceu reduzir-se a ulceração do seio, o que encheu minha mãe de expectativa. Chegou a fazer mais dois ou três desses implantes, mas a demora entre um e outro era demasiado longa, espera tensa de um chamado vindo a qualquer hora do hospital onde Battendieri tinha contato, para avisar que uma placenta nas condições exigidas estava disponível.

E a resistência de Lisetta cedia. Já não conseguia levar vida normal. Em pouco tempo viu-se confinada à cama.

Foi o momento em que, a toda hora, algum conhecido ou parente desejoso de ajudar chegava com a notícia de um novo medicamento, uma oração, uma planta, alguma nova descoberta redentora. Parecia que a cura do câncer estava a um passo e a alcançaríamos. E a cada nova notícia acendiam-se as esperanças, para logo declinar.

Em uma dessas notícias, porém, todos acreditaram.

No Billings Hospital de Chicago, um médico amplamente reconhecido afirmava, e provava com resultados alentadores, que a retirada cirúrgica das glândulas suprarrenais levava à regressão do mal.

Imediatamente foi feito o contato e as providências foram tomadas para a viagem de Lisetta. Agora já recebia transfusões – algumas braço a braço –, embora não estivesse hospitalizada. Ainda assim, devido à premência imposta por seu estado, teria que viajar sozinha, já que Manfredo não tinha visto e demoraria ainda alguns dias para obtê-lo. Eu fui com ela na ambulância para o aeroporto.

Minha mãe foi muito valente. Não havia voo direto para Chicago, teria que fazer uma conexão demorada em Nova York, impossibilitada de andar. Escreveu para sua amiga querida, mas ela não foi ao aeroporto ou se foi não conseguiu encontrá-la. Em Chicago, uma ambulância estava à sua espera para levá-la ao hospital. Lisetta se internou sozinha e enfrentou sozinha os exames pré-operatórios. Manfredo chegaria a tempo para a intervenção. Era março de 1953.

*

Em breve, soubemos que a operação havia sido bem-sucedida. Mas era técnica experimental, e Lisetta, desprovida de qualquer estrutura doméstica em Chicago, ficaria longo tempo hospitalizada.

Manfredo foi, naquela ocasião tão difícil, e talvez só naquela, um marido exemplar. Hospedado perto do hospital, passava os dias com ela, ajudando-a na recuperação dolorosa e animando-a com seu bom humor. Fotografou-a no quarto, para que guardasse a lembrança do seu sorriso expectante. E fotografou-a na saída, diante dos grandes portões do Billings, prestes a descer a escadaria de pedra e voltar à vida.

*

O namoro de Arduino havia-me dado novas amizades. Agora ia com ele à praia no Arpoador e à casa de Ira, frequentava os amigos dela, grupo formado por alguns cariocas e vários filhos de alemães emigrados devido à guerra. Era um ambiente confortável para nós dois, cheio de semelhanças culturais. Nossos novos amigos meio gringos também gostavam de ler, falavam outra língua em casa, comiam comidas diferentes do cardápio local. Juntos, não nos sentíamos tão estrangeiros.

Porque a mãe de Ira fazia as roupas dela, me animei a costurar um primeiro maiô – coisa difícil é cortar um maiô inteiro, de tecido. De lonita Renaux[47] xadrez, tinha a parte do busto preguada para disfarçar a pequenez dos meus seios adolescentes, e era baixo no recorte das

---

47. A Tecelagem Renaux, primeira indústria têxtil de Brusque, Santa Catarina, decretou falência em 2013, encerrando cento e vinte um anos de sucesso. Sua lonita esteve muito em moda nos anos 1950.

coxas, imitando os maiôs Catalina. Foi o primeiro e único desse feitio. O próximo da minha produção seria de duas peças, ainda de cintura alta. E dali, Ira e eu partiríamos para o biquíni, semelhante àqueles usados por nossas mães, a minha nos verões do Adriático, a de Ira no Arpoador.

Não percebemos que fazíamos história, nem que alguns rapazes vinham de outras praias para nos ver. Estávamos inaugurando nossa juventude, éramos magras e boas nadadoras, Ira pegava jacaré, eu mergulhava com Arduino, parecia natural deixar o corpo mais livre e tostá-lo ao sol.

De manhã estudávamos, e nos fins de semana, depois da praia, íamos ao cinema. Rian, Roxy ou Metro, e depois à lanchonete Bob's, sucesso imperdível do momento. Faltava muita luz no Rio, e mais de uma vez, quando as luzes se apagaram na rua Domingos Ferreira, vi Bob Falkenburg, o jogador de tênis americano-brasileiro dono da casa e introdutor do fast-food no Brasil, posicionar seu carrinho conversível – creio que um Jaguar – de frente para a lanchonete e iluminá-la com os faróis acesos.

Fomos os quatro, Arduino, Tomasz, Ira e eu, nos inscrever na Cultura Inglesa de Copacabana. Fizemos os testes e passamos para o mesmo nível, a mesma sala. Quantos pássaros se juntavam às cinco horas na amendoeira diante daquela casa do Posto 6! Em plena aula, difícil era para mim prestar atenção na correção da pronúncia e nas conjugações dos verbos irregulares quando tantos piados de vida chamavam lá fora. Já tínhamos algum conhecimento da língua – ainda antes de ir se operar em Chicago, quando Lisetta queria me fazer alguma confidência ou comentário, gostava de falar comigo em inglês para driblar os ouvidos das paredes – e não nos demoramos muito, talvez nem um ano.

*

Porque tanta coisa havia mudado em minha vida, impondo um crescimento extemporâneo, olhei um dia a minha letra e ela já não me pareceu minha. Arredondada e infantil, com letras copiadas de caligrafias alheias, não tinha mais nada a ver comigo. Decidi que ali nos despedíamos.

Peguei uma folha de papel e a enchi com a mesma frase, escrita a cada linha de uma maneira. Fiz caligrafias inclinadas, redondas, rasas, floreadas, minúsculas, altas. Olhei a folha muitas vezes ao longo daquele dia, dialogando com cada linha para saber qual delas melhor me vestiria. Noite chegando, já havia feito a minha escolha. Adotei a nova letra a partir do dia seguinte. E há de ter sido um acerto, porque até hoje ela e eu nos damos muito bem.

*

Manfredo e Lisetta voltaram de Chicago e passaram a dormir no mesmo quarto. Arduino foi transferido para o meu.

Que mudada estava minha mãe! Só o rosto se mantinha o mesmo, mas agora, frequentemente sem maquiagem, parecia outro. O cabelo liso – ela que sempre o havia usado cacheado –, preso com um arco. A postura sem prumo, hesitante. Os saltos baixos. Mas estava feliz porque acreditava ter-se curado e porque não fora preciso retirar o seio, só a parte ulcerada – o pesadelo dela era passar pelo mesmo sofrimento da irmã mais velha, que tantos anos antes havia feito uma ablação de mama, depois a outra, sem que nem morfina a libertasse da dor.

Começou a regulagem da medicação. Devido à ablação das suprarrenais – que cortes enormes marcavam os dois lados das suas costas! –, precisava tomar diariamente tabletes de sal e cortisona. Porém, enquanto no organismo o cortisol é liberado pelas glândulas de acordo com a necessidade, quando tomado artificialmente a dose pode resultar excessiva num dia e insuficiente no outro.

Problemas se sucediam no delicado equilíbrio, que Battendieri reportava ao médico de Chicago. Mas, como nem ele, nem Manfredo falavam inglês, fui encarregada de traduzir a correspondência.

Soube, assim, dia a dia, o que acontecia no corpo da minha mãe.

Só não soube, e Manfredo me contou mais tarde, que, devido à cortisona, como com frequência acontece, teve alucinações. Eram bonitas, por sorte, campos de trigo ao sol, flores.

Contudo Lisetta tentava manter a ordem da vida, certa de que em breve se restabeleceria.

Tenho uma foto dela no Arpoador, aonde Manfredo a levou de carro para ver o mar e os filhos, Arduino de sunga e eu de maiô do lado de fora, um de cada lado da janela por onde ela olha.

A enfermeira irlandesa que havia cuidado dela no Billings, que a havia penteado e maquiado amorosamente por ocasião da alta, mandou carta desejando melhoras e um santinho protetor, de são Valentim.

Uma tarde a levamos de carro, eu e Manfredo, à casa de uma amiga, para jogar. Jogava bridge, minha mãe, e jogava bem. Mas subiu com dificuldade a escada de entrada do prédio, e pensei que as amigas ficariam impactadas de vê-la naquele estado.

O cotidiano transcorria assim, entre momentos melhores, em que tudo parecia encaminhar-se para o bom caminho, e momentos difíceis, em que nos víamos tomados pelo descrédito.

Por estar tão envolvida, tinha a impressão de que a Chácara acompanhava o mesmo ritmo, como se submersa em neblina. É possível que isso não correspondesse à realidade, o ritmo da casa comandado mais pelas negociações e pela mão dos advogados do que pela dos médicos.

*

Chegou julho, trazendo seu aniversário. E de alguma forma Lisetta se alegrou, porque desde a morte da segunda irmã estava convencida de que ela também cumpriria o destino da família e morreria antes de completar quarenta anos. Todos sorrimos com ela, festejamos mansamente, fazendo de conta que o obstáculo do tempo havia sido superado.

Passadas algumas semanas, porém, sentiu-se mal. Enjoos e vômitos constantes levaram à internação. Mas, tendo sido seu apartamento pintado recentemente, foi possível pensar em uma intoxicação. Ou, pelo menos, foi possível dizer isso a ela.

Não era. O câncer havia lançado suas metástases no fígado.

Voltou do hospital ainda muito fraca, com náuseas. Para amenizá-las, tomava Coca-Cola de colherinha.

Battendieri nos avisou: o fim estava próximo.

Era madrugada quando vieram nos acordar. Nossa mãe morria.

Fomos de pijama ao quarto dela. E nos juntamos ao semicírculo de familiares e alguns empregados que, de pé, afastados da cama, esperavam na penumbra. Como na estampa "A morte de Vercingetórix", que, pendente na portaria da casa da minha avó, tanto me impressionava, repetia-se a cena em que uma vida se despede rodeada pelos seus. Alguém nos conduziu para dar-lhe o último beijo. Quando me aproximei, ouvi que murmurava para Manfredo, debruçado a seu lado: "*Io sto mo...*". Quase sorriu. E se foi.

Tive certeza, e tenho, de que ela deu em italiano, ao homem mais importante da sua vida, a notícia da própria morte.

*

As roupas dela permaneceram no armário do quarto que havia sido nosso. Eram poucas, as minhas também, e couberam juntas no mesmo espaço. Ali ficaram por longo tempo. De vez em quando, eu pegava uma, adaptava para o meu corpo e a usava, ou copiava o modelo utilizando outro tecido. Foi minha maneira de manter sob os olhos sua presença.

Houve outra. Pouco tempo depois da sua morte, voltando do colégio, subi a larga ladeira de acesso à casa. Havia chovido no dia anterior, lavando a luz, que agora transformava em brilho de mercúrio os rastros de água sobre a rocha do Corcovado. Um cheiro doce de grama cortada e aquecida pelo sol emanava do jardim. Sons de vida chegavam no ar, latido de cão, piado de ave. Levantei a cabeça, olhei pedra, mata e céu, e pensei que minha mãe nunca mais os veria. Por instantes, tive a compreensão do que era a perda da vida. E determinei que nunca mais andaria por ela distraída. Tornava-se meu compromisso olhar tudo por nós duas, viver em dobro, a minha própria vida e a que havia sido tomada da minha mãe.

A partir desse dia retomei o diário que havia começado aos nove anos. Não bastava olhar, fazia-se necessário transformar o olhar em palavras.

Um apelo de vida

Tudo o que era íntimo dela, remédios, documentos, o diário – que eu havia secretamente lido –, foi atirado ao mar por Manfredo na Gruta da Imprensa, sem nos pedir licença. Receio que tenha atirado também o atestado de óbito, porque nunca o tive em mãos. Comigo ficou apenas a carteirinha de sócia da Hípica, que ela tão pouco havia usado.

Misturado à tristeza, porém, um novo apelo de vida me chamava. Um flerte, aprendizado de amor com um amigo de Ira e nosso companheiro de praia. Uma tarde, no cinema, tomou-me a mão. Começamos a namorar.

Íamos à Cultura, na saída parávamos para comer sonho na padaria, depois íamos dançar e ensinar os novos passos uns aos outros na casa da nossa amiga Ana Maria Saraiva, que viria a se casar com o joalheiro e grande boêmio de Ipanema Caio Mourão.

Depois foi Natal, e, não havendo clima na Chácara para celebrações, Arduino e eu fomos passá-lo no sítio dos pais de Ira, na região de Friburgo. A mãe dela, Miriam, tentava nos animar, havia comprado presentinhos para nós, mas só ficou a lembrança de uma comemoração melancólica, velas acesas na árvore pequena quando o sol ainda estava quente.

No fim daquele ano de 1953, terminei o ginásio e fui escolhida para fazer o discurso representando os alunos. Consegui até batê-lo à máquina, orgulhosa de ter cometido poucos erros, sem desconfiar que bater textos à máquina – e mais tarde no computador – viria a ser o meu cotidiano.

Manfredo certamente estava na fazenda, Gabriella em Petrópolis, na linda casa que Lillo logo venderia. E ninguém foi à minha formatura. Já antes, sem saber, havia ganhado uma medalha escolar e estava no jardim quando Beppe, o garçom, foi me avisar que haviam telefonado do colégio, a entrega seria naquele mesmo dia. Fui sozinha, vestida como estava, mas na cerimônia todos os outros haviam se arrumado, e cada um estava acompanhado por seus pais. O atestado de conclusão está guardado, a medalha não sei onde foi parar.

Na missa da formatura usei um vestido plissado de Lisetta que eu havia adaptado para minhas medidas. E no baile, no Clube da Aeronáutica com a *big band* de Bené Nunes, Thomasz foi meu acompanhante oficial. Porque era ocasião especial, não fomos de bonde, o pai dele nos levou no Volkswagen familiar.

Os bailes de formatura eram capítulo à parte, feito de exaustão e euforia, de caça aos convites dos colégios mais cobiçados, de troca de vestidos e bolsas entre as meninas. Eu tinha a fabulosa quantia de quatro vestidos longos, incluindo aquele inicial de menininha e outro herdado de Giovanna. Mas era generosa, emprestava a quem neles coubesse. Ia quase sempre com Arduino, sacudidos os dois no bonde que a hora deixava praticamente vazio, sentindo o ar quente no rosto. E no bonde voltaríamos, cansados, Arduino cochilando enquanto eu me mantinha acordada, a música do baile ecoando na cabeça.

Algumas vezes, regressando com amigos e não querendo acordar o porteiro àquela hora, fiz a bravata de pular o muro apesar do vestido longo. E, em plena escuridão, subia sozinha a longa ladeira até a entrada.

Naquelas férias passamos muito tempo na praia. Arduino e eu havíamos achado na Chácara uma tenda de lona listada que depositamos na casa de Ira e que todos os dias carregávamos até o Arpoador para nos abrigar do solão. Debaixo dela eu ficava longas horas sorvendo manso amor. Ainda havia mariscos grudados na pedra, ainda havia peixes nas tocas, e arraias nadavam com as asas abertas traçando sua sombra na areia. Arduino começava a fazer caça submarina e muitas vezes me levava com ele, temerosa porque não me sentia tão íntima do mar, mas determinada a fazer o que ele fizesse, como sempre havia sido.

Valentia maior era "dar a volta", mergulhar no Arpoador e sair na Praia do Diabo, nadando lentamente em mar aberto, onde tudo podia acontecer. Nadei com ele, esperando a qualquer momento o surgir de um peixe ameaçador entre espumas. Mas Arduino superou todos nós, dando a volta de noite à luz da lua.

Por vezes, nos fins de semana, quando Manfredo estava no Rio, pedíamos autorização para passar o dia inteiro na praia. E ele, a contragosto, mas certamente pensando na nossa orfandade, deixava. Então eram dias de sanduíche e sede, em que íamos pedir água na casinhola do grande terreno da Marinha antecessor do Parque Garota de Ipanema e dos prédios, e em que voltávamos para casa de ônibus, estonteados de sol, sentindo o sal raspando a pele por baixo da roupa.

*

Ernesto e Mariquita haviam decidido voltar para Nova York. E lá se foi Vicky, de quem eu havia sido tão amiga, realizar seus sonhos.

Mariquita, determinada como sempre havia sido e com a dança nas veias, retomou logo suas atividades de bailarina. Dançava em espetáculos e concertos enquanto, paralelamente, dava aulas no seu estúdio do Carnegie Hall, onde viria a formar toda uma geração de dançarinos de flamenco. Lecionou até muito tarde e, quando quis se aposentar, a dança não deixou. Apesar de ter se mudado para uma localidade próxima de Woodstock, de ar menos poluído e, portanto, mais indicado para Ernesto, fumante inveterado e atacado de enfisema, continuou dando aulas. Só após a morte de Ernesto foi morar com Vicky. E com Vicky, agora casada com um bailarino e dona de um estúdio de dança, dançou e se apresentou até o corpo suplicar arrego. Morreu faltando poucos dias para completar noventa e nove anos. Estava realizada sua decisão de infância, atravessar a vida de castanholas na mão.

*

Aquele ano foi também o da minha primeira pneumonia. Era comum ter uma espécie de resfriado alérgico devido à umidade da floresta que envolvia a Chácara. Quando piorou, confundi a dor nas costas com cansaço, porque, esperando o ônibus ao lado do namoradinho, a maleta das tintas na minha mão parecia pesar bem mais que de costume. Curou-me o querido Battendieri sem saber, porque eu mesma não liguei uma coisa à outra e não lhe contei que estávamos retomando um problema pulmonar tido aos seis anos de idade. E que inaugurávamos o ciclo de pneumonias destinado a atravessar minha vida, para desembocar tardiamente na descoberta da tuberculose oculta.

Também naquele ano, os pais de Ana Maria venderam a casa da rua Joaquim Nabuco que havia sido nosso clube e nosso refúgio, e se mudaram. Havia um único prédio na rua até aquele momento, o resto eram casas; jogava-se vôlei na calçada prendendo uma ponta da rede em qualquer grade de jardim e amarrando a outra em uma árvore. Mas o mercado imobiliário afiava as unhas. Nossa indignação por termos sido desalojados não tinha contra quem se voltar. Voltou-se contra a casa. Se deixava de ser nossa, não seria de mais ninguém.

Escolhemos a data, esperamos anoitecer, e entramos escuros na casa escura, tomados por uma euforia de destruição. Devíamos ser uns dez e tínhamos que agir rápido, antes que algum vizinho chamasse a polícia. Quebramos os vidros todos, jogamos a banheira pela janela e a arrastamos até um terreno baldio. Pela janela foram-se também duas camas e uma velha bicicleta. Despedaçamos as privadas a marteladas, arrancamos as portas que o permitiram, destroçamos venezianas. Bea Feitler, que se tornaria importante designer em Nova York, editora de arte da *Harper's Bazaar* e da revista *Ms.*, era a mais enfurecida: havia arrancado um suporte do corrimão da escada, e com ele atacava. Sombras se entrecruzavam entre exclamações e chamados. Até que alguém deu a ordem de partida e abandonamos o campo de batalha.

O prejuízo foi grande, o pai havia vendido a casa como estava. Mas nossa satisfação vingativa foi maior que o prejuízo.

Continuava faltando água no Rio. Entrando no banheiro em qualquer casa de amigos, era certo encontrar a banheira transformada em reservatório, um fino véu de lama deitado ao fundo, a rolha vedada com um trapinho. Na casa de Ira também faltava. E então Manfredo comprou um garrafão enorme, protegido por metal, que instalou na parte de trás do jipe. Enchia o garrafão com a água que nunca faltaria na Chácara e a descarregava, a poder de mangueira, em baldes e panelas diante da casa de Ira. Era a moderna versão de aguadeiro, que só acabaria no ano seguinte, com a inauguração da estação de tratamento do Guandu.

*

Logo depois do réveillon, eu havia pedido a Manfredo para me inscrever no Colégio Mello e Souza, em Copacabana. Achando que, como na Itália, o clássico me injetaria na veia grego, filosofia e cultura, foi o que escolhi – perceberia adiante que havia sorteado o desapontamento. Eu mesma fui fazer a inscrição de Arduino, que, mais uma vez, estava em Angra com Tomasz, pescando.

Ainda assim, estar no clássico, naquele colégio de grande prestígio, tinha um sentido de promoção, eu havia passado para outro nível. Até o fato de não usar mais cadernos, substituídos por um único fichário, parecia uma conquista. À tarde continuava estudando pintura com

Caterina. De manhã, durante as aulas, desenhava a lápis no fichário, entre uma matéria e outra.

Arduino, Ira e Tomasz estavam no científico, tido como mais difícil e, portanto, mais valorizado. Colega deles, não só de sala, mas também de pescaria, era Roberto Menescal – que no ano seguinte pararia o carro diante do colégio em dia de prova oral e, tendo passado por média, abriria a mala para mostrar aos sacrificados colegas as garoupas que havia pescado.

Nossa vida era feita de estudo, namoro, praia, cinema e festinhas, sendo a ordem dos fatores estabelecida por cada um.

*

Uma produtora cinematográfica ítalo-brasileira pediu autorização para rodar algumas cenas no parque da Chácara. O filme era *Yallis, a flor selvagem*, com Vanja Orico como protagonista. E, apesar do roteiro rocambolesco centrado em um grupo de antropólogos em expedição a Moana, cidade perdida e ligação entre as culturas inca e marajoara, as cenas para as quais precisavam da mata eram só enfrentamentos entre animais. Vi um pobre quati em pânico sendo lançado várias vezes contra uma jiboia que, bem alimentada, nem pensava em esmagá-lo como desejavam os cineastas. E vi um jacaré obrigado a atacar uma capivara que ia sendo empurrada com vara para junto dele. A jiboia era tão dorminhoca e inofensiva que, acabada finalmente a cena, pude manuseá-la e colocá-la ao redor do pescoço para uma série de fotos.

A equipe ficou alguns dias trabalhando no parque. Vanja não veio. Eu nunca vi o filme.

*

Outra filmagem foi feita no parque. Desta vez, transportaram para um gramado a casa tipo Tarzan que Arduino e eu havíamos feito na beira de um dos lagos. Nem pediram licença. O filme chamava-se *Jangada* e não chegou a ser exibido. Não sei em que ponto da filmagem, um incêndio destruiu a película, e a jangada afundou.

*

Uma nova personagem veio acrescentar-se à Chácara. Era Gastão dos Santos Ribeiro, português que se dizia brasileiro e que viria a ter papel importante. Corria voz que havia tido um caso com Gabriella no passado, mas apareceu a reboque de uma antiga amiga dela, bem mais velha que ele, e sua atual amante. Passaram a vir com frequência. Na casa agora despida de amigos, demoravam-se tardes inteiras conversando e completavam a mesa de jogo. Nunca conversei com o casal, nunca solicitaram minha companhia. Sentia algo misterioso naquela amizade e, sem que nada concreto me autorizasse a isso, via no casal o mesmo clima melífluo e interesseiro da raposa e do gato em *Pinóquio*. Sobretudo de Gastão, que mais tarde frequentou a Chácara sozinho e aparecia sorrateiro à noite, ficando algumas vezes para dormir, tive certo medo.

Em junho, Gabriella adoeceu. Era a primeira vez que a sabia doente, pois, embora tomasse injeções por qualquer resfriado ou dor de cabeça tinha ótima saúde. Não me foi dito o nome da doença, o médico – que não era Battendieri – entrava e saía mudo. Só soube que devido a algo como taquicardia e pulso descontrolado Gabriella havia sido posta em tenda de oxigênio. Porque eu estava resfriada, não fui vê-la no quarto. Mas Gastão e a amiga foram.

Manfredo estava na fazenda.

Ao voltar, foi logo chamado por Gabriella, e saindo do quarto me disse que ela havia estado grave, a ponto de morrer, que agora estava bem, e que debaixo da tenda de oxigênio era uma delícia, parecia ar de montanha. Como era norma da relação dos dois, mais uma vez fundiam drama com humor.

*

Ainda sem que eu soubesse, Gabriella planejava voltar definitivamente para a Itália e ia preparando-se, interna e externamente, para a grande mudança. Talvez fosse esse o motivo do descontrole cardíaco.

Me deu de presente um conjunto de joias de coral, sem ouro, só corais lapidados em feitio de frutas. E legalizou a doação da fazenda para Manfredo, dividindo a terra em três partes: duzentos alqueires para Manfredo, cem para Arduino e cem para mim. Embora tudo fosse moralmente de Manfredo, que havia pedido a divisão por medo da reforma agrária, eu me tornava feliz proprietária rural.

Paralelamente, deu de presente a meu primo Henrique um apartamento no Leblon, não no prédio das janelas mouriscas, mas em outro também de sua propriedade.

Um mês mais tarde, Gabriella anunciou que partiria e começou a peneirar o que havia acumulado em quase trinta anos de vida no Rio. Eu a ajudava a encher os baús, e ela ia me dando o que não mais queria. Ganhei seis bolsas, cinco cortes de tecido, roupas que mais tarde eu adaptaria para mim, vidros de perfume, sais de banho, duas caixas de prata, duas moldurinhas de prata – na mais bonita pus o retrato dela, que me olha agora do alto da estante –, dois vasinhos de prata com GBL gravado – um dos quais está sempre na minha mesa de trabalho – e dois pares de brincos de ouro. Tudo era tesouro para mim.

Naqueles dias, Camelia e Cesarina Riso vieram visitar a Chácara. Mais que uma visita de amigas, era uma busca. Cesarina estava noiva de Jacques Klein, e Camelia, amiga de Gabriella, sabendo da partida, havia ido em busca de móveis que pudessem compor a decoração da futura casa da filha. Cesarina e sua irmã, Bebetha, haviam estudado no Santa Marcelina em classe adiante da minha, eu as via sair e chegar no escuro carro com chofer, e sabia que ambas estudavam piano com professor particular. Mais tarde, na travessia do *Giulio Cesare*, viajamos juntas, elas duas com os pais, mas Cesarina sempre apartada, porque já era pianista e daria um concerto a bordo. Naquela viagem quase não conversamos. Haveriam de passar muitos anos antes que ficássemos intensamente amigas.

Estávamos nesse clima de mudança quando fomos interrompidas pelos fatos políticos. Era agosto de 1954. Atentado contra Carlos Lacerda, escândalo Gregório, reuniões dos oficiais no Clube da Aeronáutica, suicídio de Getúlio. Não sabíamos, na Chácara, que a carta-testamento seria atribuída a Maciel.

Mas nem os fatos dramáticos podiam travar o que já estava em andamento.

Às vésperas da partida, o aniversário de Gabriella foi modesto, embora vários amigos fossem à Chácara, mais para se despedir do que para festejar. Somente a nossa cesta de flores acrescentou-se às outras duas que haviam sido enviadas. Com ela se desfazendo de tudo o que lhe parecia supérfluo e já fechando malas, não havia sentido em dar-lhe presentes. Nem havia clima ou condições para festejos na casa invadida pelos funcionários da empresa de mudanças. Móveis e enfeites iam sendo rapidamente engolidos pelos enormes caixotes, havia palha espalhada por toda parte, as arcadas ecoavam golpes de martelo e, nas paredes, marcas claras denunciavam a ausência dos quadros e dos grandes espelhos que haviam refletido tanta vitalidade. A casa despia-se, exibindo a pele nua.

Dois dias depois do aniversário, Gabriella e Lillo embarcaram no *Giulio Cesare*, o mesmo navio em que ela e eu havíamos viajado juntas.

À espera do futuro

Nova era começava na Chácara.

Como empregados, ficaram apenas o mordomo com a mulher, Beppe e Maria, a outra Maria lavadeira (Manfredo empenhando-se em pagar a metade do seu salário), o porteiro com sua família na casinhola junto ao portão de ingresso do parque (o outro estava há muito fechado com corrente e cadeado) e um único jardineiro, homúnculo magro e cor de poeira, de idade indefinida como um duende, que pouco poderia fazer naquela imensidão verde além de varrer e atear fogo a montes de folhas.

Nada de concreto havia sido decidido sobre o futuro da Chácara e, com ela, nosso destino flutuava.

O interlocutor de Manfredo era agora Gastão, que atuava como procurador de Gabriella. E como procurador afirmava que, caso se optasse por um loteamento, todo o processo levaria pelo menos um ano e, de qualquer modo, a casa seria mantida de pé.

A questão naquele momento era nossa falta de um teto minimamente garantido. A qualquer momento, ou a qualquer assinatura de documento, corríamos o risco de despejo, sem ter outro lugar para onde ir. A fazenda, durante tantos anos abandonada, não rendia o suficiente para nos sustentar. Necessitava de investimento. E Manfredo, que mal e mal conseguia dar conta das despesas básicas, não tinha dinheiro nenhum para investir. A fazenda havia sido um belo presente, mas, feito sem cálculos, tornava-se de pouca serventia.

Nenhuma outra solução se apresentou, a não ser esperar.

*

Enquanto esperávamos, eu lia Remarque, John dos Passos, Hemingway, poesias de Carducci e Paul Éluard, via *Um bonde chamado desejo*, me encantava com Marlon Brando, passava as férias no sítio de Ira, onde costurava minhas camisas com máquina Singer manual, porque ali ainda não havia chegado a eletricidade, e me considerava descrente da humanidade, pronta a enfrentar qualquer coisa da vida.

Com Arduino em viagem à Itália, durante dois meses dormi sozinha, trancada a chave no nosso apartamento, ameaçada pela imensidão vazia daquele segundo andar da Chácara, pelos fantasmas, pela consciência da escura mata ao redor. Tinha ainda mais medo em noites de lua cheia, quando o luar tornava densos os poços de sombra traçados pelas arcadas.

Manfredo havia me dado de presente um cão policial, que ele mesmo, em lembrança da Etiópia, batizou Ras.[48] Foi Ras minha companhia durante a ausência de Arduino, e mais tarde nos longos meses em que ele, cursando o pré-vestibular, saía às seis da tarde e só voltava lá pela meia-noite.

Jantava sozinha na grande sala sombria, sentada na extremidade da mesa – a cabeceira continuava sendo lugar exclusivo de Gabriella –, sob a luz de quadra esportiva, sentindo a impaciência de Beppe, que, sentado no banco atrás de mim, balançava as pernas desejando que

---

48. Título originalmente atribuído aos senhores feudais etíopes, mais tarde exclusivo das famílias nobres e da família imperial.

eu comesse rápido. Eu, ao contrário, alongava cada garfada para prolongar aquela mínima presença. Mas o fim da refeição era inevitável e, com ele, o meu boa-noite a Beppe e o meu chamado a Ras. Deitado até então, o cachorro levantava-se de imediato para ser minha proteção até o dia seguinte. Eu ainda ouvia o bater das louças que Beppe lavava na copa. Depois, o silêncio me dizia que o casal havia se retirado para o longínquo quarto do andar de baixo. Eu estava sozinha com meu cão.

*

O ano de 1954 acabou, acabou o meu primeiro ano do clássico e o meu primeiro namoro.

Nada havia sido decidido a respeito da Chácara. Em certo momento pareceu que se firmaria um acordo com o Banco do Brasil e que o parque seria efetivamente loteado. Mas nada foi adiante.

Minha cama era grande e manuelina, minha colcha era de crochê. Eu odiava ambas. Deitada na cama, olhava o flamboyant que crescia no gramado diante da janela, e através da rede contra insetos o via todo quadriculado como um mosaico ou como um bordado em ponto de cruz.

Como nos dois anos de pós-guerra, quando morei em Roma com minha avó desejando ter uma família normal e uma casa moderna e iluminada como as que entrevia através de janelas alheias, eu ansiava por normalidade. Aprenderia adiante que normalidade é apenas um conceito.

Ao mesmo tempo, amava intensamente aquela casa e a rica solidão que me oferecia. Entrar nos salões vazios e vagar na penumbra atravessada por filetes de luz filtrados pelas venezianas era puro prazer em que revia tudo como havia sido, aqui o piano, ali a cristaleira, o grande espelho, a mesa onde eu havia começado a conhecer o português. Quantas tardes de verão passei sentada no sofá da galeria, acompanhando a luz quase rosada que lambia as andorinhas enfileiradas como vírgulas nas cornijas do pátio e antegozando o mergulho que daria, ciente de que a água escura estaria quente na superfície e bem fria logo abaixo. Agora que éramos poucos para limpar a piscina, mal veria minhas pernas agitando-se como algas claras entre verdes.

Pouco antes de a noite chegar, saía com Ras para passear nos jardins abandonados. Jacas apodreciam no chão, seu cheiro fundia-se ao de outras podridões ocultas, e tudo era denso odor de mato. Nenúfares continuavam florescendo autônomos sobre a água escura dos lagos. Eu subia as escadarias do castelo, entrava nas grutas ou no aquário, sabendo da estranheza que causaria, vista da rua, minha figura de moça andando na sombra daquele quase mato acompanhada pelo cão.

Durante algum tempo deu-me prazer a invisibilidade. Escalava o morro íngreme que, ao fundo do galinheiro, servia como linha divisória do terreno vizinho, que havia sido escavado para dar lugar a uma rua. E ali, sentada no alto, insuspeitada, esperava que Maria viesse alimentar galinhas e patos. Sem saber que eu a olhava, assim como não o sabiam as pessoas que eventualmente passavam na rua do outro lado do morro, Maria espargia milho e chamava os animais com uma naturalidade que não teria sabendo-se observada. Eu pensava que assim é quando se morre e se vê o mundo de cima sem ser visto. Por contraste, a vida parecia então fluir com mais frescor, eu me sentia parte da natureza, e, como ela, desapercebida.

*

Porque agora não havia mais cães nem vigia rondando a casa para garantir a segurança, e tendo sido presenças noturnas entrevistas no parque, treinei longamente para poder subir correndo a ladeira de acesso, caso alguém me perseguisse. Afinal consegui. Voltando no escuro ou tarde da noite, podia correr sem perder o fôlego, do portão na Jardim Botânico até alcançar a porta dos fundos da Chácara.

Uma noite, Arduino chegou logo depois de mim, me viu entrar e acompanhou minha corrida cortando caminho pelo gramado e esgueirando-se entre as palmeiras. Quando me alcançou, pulou-me em cima emitindo rugidos. O que tinha em mente nunca entendi. Há tempos havíamos passado da idade dessas brincadeiras. Mas quase me matou de susto.

Outra noite, chegando bem tarde e talvez tendo esquecido a chave, resolveu subir pela buganvília que se erguia desde o jardim, rodeava o terraço do nosso quarto e ia parar no alto da casa. Seu chamado através da veneziana me despertou. Abri a janela e Arduino emergiu do escuro, todo arranhado pelos espinhos, a camisa rasgada em alguns pontos, e um sapato perdido. Suspeitei que tivesse bebido. Teria sido tão mais simples e seguro subir escalando a grade da janela de baixo, com tantas vezes havíamos feito por valentia e preguiça de enfrentar todo o percurso doméstico.

Algum tempo depois Manfredo, talvez percebendo o risco que eu corria atravessando no escuro aquele parque abandonado, me deu um presente precioso. Uma pistola Beretta calibre 22. Pequena, cabia em qualquer bolsa, e não só eu gostava de atirar como atirava bem. Passei a levá-la comigo quando saía à noite. Quase dez anos mais tarde, novamente a poria na bolsa quando, já jornalista, saí de casa disposta a defender o *Jornal do Brasil* invadido pelos militares – chamou-me à razão Carlos Lemos, chefe da redação, que guardou a pistola numa gaveta.

*

Comecei a visitar Manfredo na fazenda com mais frequência. Quando possível ia de carro com amigos, senão me metia num ônibus, aproveitando feriados e fins de semana, e Manfredo ia me esperar de jipe na porteira. A estrada costeira ainda não existia, a viagem era longa, a estrada de terra só ganhava firmeza de paralelepípedos nos três pontos altos da serra. Mas havia a parada em Lídice, onde o queijo de minas local nos parecia manjar dos deuses.

A casa da fazenda era modesta, pré-fabricada, feita no passado como apoio para uma obra qualquer da estrada. Mas era rodeada de varandas, permitindo ficar de janelas abertas mesmo se chovesse, tinha na sala duas estantes cheias de bons livros, passava junto à cozinha um riacho murmurante cuja voz se ouvia do meu quarto, e havia um rio maior cuja cascatinha buscávamos nos dias mais quentes.

Manfredo havia comprado uma égua mansa e pequena para mim. Montados os dois, eu o acompanhava à casa dos colonos e conversava tomando café de coador já açucarado, enquanto galinhas entravam e saíam da cozinha. Para ir a Angra, distante uns quinze quilômetros ou pouco mais, usávamos o jipe. Naquele tempo, Angra era ainda uma antiga cidade bonita e pacífica, a rua principal cheia de sobrados com sacadas enfeitadas de abacaxis em ferro batido, a imponência dos dois conventos, e os barcos de pesca ondulando no porto. Íamos comprar alguns gêneros e carne fresca – estranhamente, nunca compramos peixe, embora os dois gostássemos tanto. Um casal amigo de Manfredo morava no hotel principal da cidade, e íamos encontrá-los para tomar um café sentados no bar. Mais de uma vez comprei na papelaria de Angra bloco de papel, nanquim e canetinha – ainda era possível e fácil encontrar essas coisas.

Sentia-me bem na fazenda. Meu pai, feliz com minha presença, atendia meus modestos desejos: comprava pêssegos em lata e bolachas salgadas para mim, esmerava-se na cozinha, mandava buscar bananas no bananal e palmitos frescos para fazer risoto de taioba e palmito. Lavávamos a louça juntos, deixando as panelas mais renitentes atadas a uma pedra no riachinho até o dia seguinte, e dormíamos cedo, porque a luz do gerador, instável, não dava para ler. Líamos muito de dia, eu de luvas de algodão branco como uma personagem de Disney, para escapar das nuvens de mosquitos esfaimados. Tudo era simples e nos bastava.

*

Uma ameaça, ou uma promessa, costeou minha vida naquele ano. Tendo passado uma semana no Rio, provavelmente na resolução de questões legais para Gabriella, Gino Sotis deve ter observado minha juventude, a solidão em que eu vivia na Chácara, as prolongadas ausências de Manfredo e a falta de uma proteção adulta a meu lado. Homem sensato que era, e amigo da família, aconselhou meu pai a me mandar para Roma, onde minha avó e meu tio teriam mais condições de cuidar de mim.

Fui informada de que viajaria no fim do ano, antes mesmo de acabar o clássico, para estudar belas-artes em Roma. Meu tio ficaria encarregado de verificar se havia necessidade do diploma de segundo grau.

Minha avó escreveu logo cartas radiantes, elencando todas as coisas ótimas que faríamos e dizendo que estava preparando meu quarto. Com o passar das semanas e a partida de Sotis, percebi um nervosismo em meu pai que não consegui interpretar, se tristeza por me perder ou temor de estar dando o passo errado.

Eu mesma hesitava, ora tentada pela atração de levar adiante meus estudos de pintura em Roma, ora convencida de não querer ir por causa da paixão pelo Rio e pela vida que levava com meus amigos. Ainda por cima, teria que deixar o namorado – sim, eu já tinha outro namorado.

Mas me preparei para a catástrofe.

Que não veio, porque meu tio respondeu que teríamos que esperar mais um ano, o segundo grau era necessário.

*

Enquanto isso, no Consulado do Brasil em Roma, naquele começo de 1956, Gabriella nomeou Gastão procurador com plenos poderes. E foi como procurador que Gastão assinou, no dia 23 de abril, no Rio, a escritura que, seis anos e muitas negociações depois, tirava o acordo de 1950 da clandestinidade e dava validade jurídica à transação entre o espólio Lage e o espólio Catão.

Teria sido o momento para rever a situação acionária de Francisco, até ali majoritária para garantir-lhe a liderança incontestável necessária às negociações.

Entretanto, como conta Joaquim no seu dossiê, em um encontro dos herdeiros Catão, ficou decidido que, apesar da escritura, não era ainda aconselhável qualquer modificação na estrutura acionária do Grupo Lage. A liderança de Francisco seria mantida, assim como uma parcela do controle acionário.

Essa situação não se alterou nem sequer um ano depois, quando Francisco decidiu casar-se com Ângela Coimbra de Castro, com quem se relacionava há algum tempo. Se até então os herdeiros de Francisco haviam sido sua mãe e seus irmãos, o casamento passava a incluir Ângela e a fragmentar a estrutura acionária do Grupo Lage. Ainda assim, Francisco manteve o controle.

Nem todas as empresas do Grupo Lage estavam em boa saúde. Algumas iam bem, outras iam sendo desativadas, vendendo o patrimônio imobiliário. Assinada a escritura, ainda havia muito para ser resolvido.

*

Desconhecendo isso tudo, eu levava uma vida muito esportiva, alegre. Meus amigos frequentavam por vezes a Chácara. Houve uma festa em que os mais ousados – e inconscientes – pulavam do terraço para dentro da piscina, e um dia em que Ira, Bea Feitler e eu pedimos autorização a Manfredo para tomar uma bebedeira e descobrir como era aquilo de que os rapazes tanto falavam – sozinhas em casa, nos embriagamos com cachaça e Coca-Cola, e no dia seguinte foi duro ir ao colégio.

Com Arduino e nossos amigos, escalávamos montanhas, mergulhávamos, fazíamos trilhas, chegamos a naufragar de barco a vela, e num passeio de bicicleta Ira e eu pedalamos quase quarenta quilômetros, a maioria deles serra acima.

Apesar de tanta saúde aparente, tive a segunda pneumonia. A partir dali, deixei de contá-las.

*

Arduino ganhou de Manfredo uma Lambretta. O sistema educacional do nosso pai era, no mínimo, exótico. Se Arduino cometesse algum ato reprovável, o castigo era imediato, diminuição da mesada. Mas, tendo dado o castigo, Manfredo olhava para Arduino e, vendo-o tão especialmente bonito, começava a pensar que era inevitável ser assediado por homens e mulheres, e que a falta de dinheiro poderia levá-lo a aceitar algum desses assédios. Sem qualquer tipo de conversa explicativa, sem justificativa aparente, dava-lhe então um aumento daquela mesma mesada que, pouco antes, havia diminuído.

Esse mecanismo mental, para nós incompreensível e absolutamente deseducador, me foi revelado por ele mesmo, muitos anos mais tarde.

A Lambretta pode ter sido presente por Arduino ter finalmente passado no vestibular – havia falhado a primeira vez – ou porque, sendo a moda jovem do momento, Manfredo pode ter pensado que era melhor ser dada pelo pai que por algum gavião.

Saíamos juntos naquele cavalinho mecânico rumo à casa de Ira ou ao Arpoador e, enquanto meu irmão aprendia a dirigir, levamos vários tombos. Continuamos caindo depois, porque o Rio ainda tinha bondes, e a roda pequena entrando no trilho, sobretudo trilho molhado de chuva, era queda certa. Para que Manfredo não visse cotovelos e joelhos feridos – havia o medo de que, preocupado com nossa segurança, tirasse a Lambretta –, andamos muitas vezes, em pleno verão, de camisa de mangas compridas com os punhos abotoados (os joelhos ficavam encobertos pelas calças).

Juntos também, passamos a frequentar o Municipal sempre que possível, agora comprando ingressos na galeria, ao alcance dos nossos bolsos. Preferíamos isso ao sistema dos nossos amigos: passar dinheiro para a mão do porteiro, depois novamente dar alguma coisa para o lanterninha e sentar em lugares cujo dono podia acabar aparecendo e nos cobrindo de vergonha. Do alto da torrinha, a visão não era a mesma da frisa nº 1, mas o tempo daquela frisa havia passado.

*

Comecei a fazer pequenos, às vezes mínimos, trabalhos. Não sei mais por indicação de quem, uma velha senhora italiana que morava em um hotel decadente de Laranjeiras me contatou para pintar algumas flores e palavras como Amor, Felicidade e Alegria em pequenos pedaços de celofane transparente, cortados em feitio de leque. Ela fornecia os pedaços já cortados, que depois emendava com linha vermelha e completava enfiando um lencinho igualmente vermelho, com um pompom na ponta.

O que mais me surpreendia era que objetos de tão gritante mau gosto encontrassem comprador, mas não havia dúvida quanto a isso, eu os havia visto à venda na Sloper de Copacabana, naquele tempo considerada loja elegante.

Lembro-me claramente do calor, eu sentada à cabeceira da grande mesa na sala de jantar, perto da copa, as latinhas de tinta a óleo enfileiradas à minha frente, o farfalhar da tarde no pátio, e Arduino debochando de mim por fazer aquelas coisas cafonas ganhando tostões por cada uma – que a senhora demorava muito a pagar.

Depois, quando me cansei de esperar o pagamento irrisório, dei algumas aulas de italiano para uma criança. Acompanhei o estudo de outra, repetente.

De vez em quando, Gabriella me ajudava mandando algum dinheiro de presente. Ela sempre teve um olhar protetor e carinhoso pousado em mim. Havia me conhecido quando eu era bem pequena, na Itália do começo da guerra, em alguma praia, e muitas vezes me contou de como me perguntava: *"Marinella, mi vuoi bene?"* (Marininha, você gosta de mim?), e eu, com voz de passarinho, respondia: *"Sì!"*, e de como eu fazia minhas pequenas construções de areia, que Arduino derrubava, e eu, virando as costas para ele, recomeçava a construir. Acho que era disso que ela gostava em mim, a determinação em construir, semelhante à sua própria determinação de dar asas à voz.

*

Paralelamente, eu avançava nos estudos de pintura. Caterina me encorajou a tentar o Salão de Belas Artes. Dos quadros que inscrevi, a natureza-morta foi aprovada, para minha grande alegria. E fui à inauguração. O desapontamento está registrado no meu diário:

> Eu esperava ver um pouco de boa pintura; em vez disso, a inauguração à qual fui obrigada a ir era um desastre. Coisa de partir o coração. Nas seis salas, em trezentos quadros só se salvavam dez, no máximo, entre os quais os melhores eram os de Ianelli. O meu quadro estava metido perto do teto, escondido dos olhares que por acaso pudessem cair-lhe em cima. A inauguração era um regurgitar de chapéus, de sedas, de beijos estalados, de mau gosto. Um hino à ignorância.

*

Naquele ano, de maior liberdade em sala de aula porque seria o último, comecei a desenhar com caneta esferográfica na parede ao lado direito da minha carteira. A cada momento livre, ia traçando um parque urbano e suas personagens. Fiz a praça com a estátua equestre no meio, o vendedor de sorvetes, a babá empurrando o carrinho, alguns bancos com pessoas sentadas, as árvores e os prédios ao redor. E, com isso, o pedaço de parede que correspondia à minha carteira acabou. Pedi ao colega da frente para trocar de carteira comigo, e ele aceitou, porque *A praça* já havia se tornado uma posse coletiva que meus companheiros de sala vinham espiar nos intervalos. Desenhei mais um pedaço de parede. E chegaram as férias de julho.

Quando voltamos, que desapontamento! A parede havia sido pintada, *A praça* jazia sepultada debaixo de tinta amarelo-canário.

Refiz o que havia sido deletado. Agora, desenhar a parede era uma questão de honra. E os professores, abraçando a situação e porque eu era boa aluna, me deixavam desenhar mesmo durante as aulas. Fiz meninos jogando bolas de gude, meninas pulando corda, velhos andando de bengala. Fiz canteiros e um chafariz. Fiz pombos comendo milho que uma velha deitava ao chão. Desenhei a parede correspondente a três carteiras, até chegar à da frente, e ao fim do ano. Tracei uma linha de alto a baixo e assinei imitando a declaração final de Sinuhe, o egípcio no livro de Mika Waltari que tinha acabado de ler: "Aqui termina Marina Colasanti, que desenhou sozinha todos os dias das suas aulas".

*

Era ano do baile de formatura. Um pouco como exercício de afirmação, um pouco por não querer pedir dinheiro a meu pai para ir a uma costureira, decidi fazer meu próprio vestido. Nada dos modelos juvenis da moda, saias rodadas e tomara que caia. Tudo me parecia penteadeira. Escolhi jérsei, que, com a ajuda da mãe de Ira, cortei nas grandes mesas que haviam servido às lavadeiras da Chácara. Um ligeiro drapeado nos ombros e no busto para aumentar os seios que continuavam, e seriam para sempre, mínimos, a saia levemente franzida que caía reta como uma coluna. Ao contrário das minhas colegas, e porque não era meu hábito, não fui ao cabeleireiro, usei cabelo preso em coque banana. Mas pus o rico colar de coral e jade que havia herdado da minha mãe. E, vencendo o sufocante calor de fim de ano, fiz questão de usar por cima o albornoz preto que meu pai havia usado na África – o branco, da minha mãe, bordado com fios de prata, havia sido seu derradeiro casulo, enterrado com ela.

Desta vez, Manfredo foi à festa. E, exímio bailarino que em juventude havia sido professor de dança de salão, brilhou valsando comigo.

*

Eu já estava cursando belas-artes e comendo de bandejão no Saps,[49] havia acabado de comprar minha prancheta de desenho, instalada ao pé da cama manuelina, quando Gastão nos informou que a Chácara havia sido vendida. Nossa saída deveria acontecer aproximadamente dentro de seis meses.

Comecei a me preocupar, não com a procura de uma nova casa, mas com as tarefas domésticas que inevitavelmente me caberiam e que eu não saberia desempenhar – minha mãe, não sendo mulher de forno e fogão, não havia me ensinado a ser dona de casa.

Informada por Manfredo, minha avó pediu que eu fosse logo morar com ela, sem esperar dezembro, como havia sido combinado. Mas agora, empolgada com o clima da faculdade, eu definitivamente não queria ir. E contava com o apoio de meu pai.

Que desperdício de emoções! Já deveríamos ter aprendido que nossa família não era regida por planejamentos. Seis meses depois continuávamos morando na Chácara, cuja venda não havia sido concretizada. E ali moramos até 1959.

---

49. Serviço de Alimentação da Previdência Social, autarquia instituída em 1940, com finalidade inicial de melhorar a alimentação da classe trabalhadora, mas que alimentava muitos estudantes. Posteriormente apelidado de "bandejão".

É possível que o aviso de Gastão fosse referente não a uma venda, mas ao tombamento realizado pelo Iphan (Instituto do Patrimônio Histórico e Artístico Nacional) em junho de 1957.

A venda não era nada fácil, e mais difícil se fazia depois do tombamento. Henrique havia deixado, ao morrer, enorme dívida com o Banco do Brasil, contraída progressivamente ao longo dos anos para manter vivas suas empresas, ameaçadas pelas constantes mudanças nas políticas governamentais de subsídios à indústria naval e à do ferro. Uma parte considerável do parque estava comprometida com o Banco – daí a vaca leiteira atada a uma árvore, que eu havia encontrado ao chegar, e um certo abandono vegetal daquela parte.

*

A Chácara não havia sido vendida naquele março de 1957, e foi provavelmente para cuidar disso que Lillo veio ao Rio em setembro. Embora essas tratativas estivessem diretamente ligadas à nossa vida, ameaçada de despejo, as diferentes etapas não nos eram comunicadas. Éramos apenas hóspedes, não éramos participantes.

Durante a permanência de Lillo, passou brevemente pelo Rio Maria Bassino, importante advogada criminalista, casada com Gino Sotis. Havia sido ela a namorada quase noiva e certamente amante que acompanhara Manfredo até o seu embarque rumo à Ilha de Santa Cruz. Lembro-me de ter ido com meu pai comprar uma bolsa para presenteá-la. Mas não soube se ela havia vindo como advogada para a questão do espólio Lage ou se tinha sido trazida por outro motivo.

De Roma, Gabriella pressionava, desejando um fim nas negociações. Desde a morte de Henrique, se via presa em meandros legais, processos, reuniões com advogados, aconselhamentos de juristas, assinatura de papéis. Estava farta. Queria dedicar-se a seus novos alunos de canto, aproveitar sua fama, que continuava viva no mundo operístico, o respeito que havia conquistado com sua voz rara e poderosa.

Finalmente, em dezembro de 1958, seu advogado Carlos Alberto Dunshee de Abranches viajou para Roma em companhia de Joaquim Xavier da Silveira, representando o Grupo Catão, para a assinatura dos documentos – quase – finais.

Joaquim relata ter levado quinhentos mil cruzeiros em ordens de pagamento, e sete promissórias de quinhentos mil cruzeiros cada, para pagar a Gabriella o que o Grupo Catão ainda lhe devia.

Não eram negociações fáceis, como ela própria escreveu em carta dirigida a Francisco: "Após longas e difíceis negociações, nossos procuradores entraram em um acordo para solucionar em definitivo todas as questões ainda pendentes". Em seguida, Gabriella assinou, no Consulado do Brasil em Roma, uma procuração irrevogável, dando a Carlos Alberto Dunshee de Abranches poderes para assinar, com Francisco Catão, a escritura definitiva.

A negociação, ampla, abrangia também a questão dos navios da Costeira, cedidos por Henrique ao governo dentro do esforço de guerra e afundados pelos alemães, cuja indenização ainda não havia sido paga.

De Roma, Joaquim viajou a Paris, para encontrar-se com Francisco e estabelecer as medidas que deveriam ser tomadas chegando ao Rio.

Mas só em março de 1959 a escritura definitiva da transferência do Grupo Lage foi assinada no Rio, por Gabriella, representada por Carlos Alberto Dunshee de Abranches, e Francisco João Bocayuva Catão.

A vida, em frente

Em abril daquele ano, eu estava a bordo do *Lloyd Equador*, dividindo um camarote com Manfredo, rumo à Itália.

Muito havia acontecido em minha vida desde aquela ameaça de despejo.

Meu cachorro Ras havia contraído raiva e tivera que ser sacrificado, enquanto eu tomava as injeções antirrábicas.

Eu havia entrado com um grupo de amigas na escola para modelos Socila, a convite da casa.[50] Fomos a primeira turma de manequins formada pela instituição. E logo fizemos a série de desfiles Matarazzo Bussac, eventos amplamente promovidos para selar a união dos dois grandes da tecelagem, a empresa brasileira e a francesa. Viajamos para todas as capitais importantes, recebidas como estrelas, apesar de nosso modesto brilho de principiantes. A imprensa nos esperava no aeroporto, flores nos aguardavam no hotel, e os moços locais ficavam alvoroçados.

Mas nos bastidores dos nossos desfiles reinava um clima quase de encontro de bandeirantes. Não tínhamos nenhuma rivalidade e,

---

50. O convite foi de Nilza Vasconcellos, mulher elegantíssima e inteligente que arregimentou e treinou essa primeira turma.

por sermos sempre as mesmas, pois ainda havia poucas manequins, a intimidade era absoluta e nos permitia brincar – uma tomava banho com patinhos de borracha, a outra ainda usava combinação, tudo era motivo de riso.

Passei dois anos na profissão. Era considerada muito magra, quando magreza ainda não era exigência da moda. E mais magra fiquei. Além disso, meu empenho maior era com a pintura.

*

Paralelamente, havia trocado de namorado, havia ficado noiva, havia rompido o noivado, e agora me via em fuga, pronta a ficar na casa da minha avó por muitos meses.

Tudo parecera libreto de ópera: o namoro com o artista de talento Pedro Correia de Araújo, escultor, ceramista e joalheiro, eu própria estudando arte no cenário antigo da Escola de Belas Artes[51] e deixando o cavalete ou cobrindo de pano molhado o esboço de escultura para ir ao encontro do amado no ateliê que havia sido do pai dele, o pintor Pedro Luiz Correia de Araújo.

O ateliê merece descrição. Ambiente industrial do princípio do século XX debaixo dos arcos da Lapa, em área agora demolida, estremecia todo a cada passagem do bondinho, tilintando os vidros pequenos das enormes janelas. Havia sido decorado pelo pai, homem sofisticado que estudara arte em Paris, com um conjunto de divisórias baixas, forradas de papel de parede, formando dois ou três quartos miúdos em meio ao transbordante espaço livre. Suponho que fosse a busca de algum aconchego requintado. O filho, ao assumir o ateliê depois da morte do pai, havia ignorado os quartinhos e criado uma espécie de parede, encostando lado a lado três grandes armários antigos. As costas dos armários voltadas para o espaço geral, cobrira-os

---

51. Atualmente Museu Nacional de Belas Artes.

completamente com os belos quadros do pai, expostos como em uma coleção renascentista. Do outro lado, as portas dos mesmos armários se abriam naquilo que constituía o quarto: uma cama antiga de quatro postes, uma janela, uma cadeira. Havia também algo parecido com uma cozinha, onde mais de uma vez cozinhei com fogareiro a álcool, e um banheiro. Nenhuma divisória chegava até o teto.

Não creio que houvesse faxineira. A poeira imperava, uma poeira densa e respeitável acumulada desde a morte do primeiro ocupante.

*

O noivado também foi operístico. Um jantar quase formal para receber a mãe dele, que vinha pedir oficialmente minha mão a Manfredo. As luzes na galeria da Chácara acesas, embora mais fracas, os esguichos do implúvio ligados, tudo lembrava, em chave extremamente reduzida, os grandes jantares de antigamente. A futura sogra, Lili Correia de Araújo, dinamarquesa muito interessante que se tornaria personalidade de destaque em Ouro Preto, chegou com o filho, abraçando um enorme buquê de rosas. E eu pensei que começava ali um caminho de felicidade.

Mas toda ópera tem terceiro ato. E, no terceiro ato, percebendo que o projeto casamento conduziria ao desastre, pedi a Manfredo, que tinha viagem marcada para visitar a mãe e receber uma última parte da herança do pai, que me levasse com ele.

Não parecia tarefa fácil, sobretudo faltando poucas semanas para o embarque. A passagem que Manfredo havia comprado não era de avião, pois o dinheiro dele não daria, era para um cargueiro do Lloyd. E os cargueiros do Lloyd levavam pouquíssimos passageiros, que compravam suas passagens com grande antecedência, já que o preço modesto gerava fila.

Para mim, entretanto, essa viagem era a solução perfeita. Podia dizer ao noivo que ia visitar minha avó antes do casamento e deixar a parte áspera da separação para quando estivesse distante. Apelei para os amigos. E um amigo fiel, através do pai metido em política, obteve não só minha passagem, mas a transferência de Manfredo para uma cabine maior, e a simpatia do comandante, que durante toda a viagem nos fez sentar à sua mesa, garantindo passadiço superior.

Foi uma longa, ótima, viagem. Desde o início, Manfredo escolheu a passageira à qual dedicaria suas atenções. E escolheu bem, fomos ótimas companheiras. O navio atracava nos portos sem data precisa para sair, obedecendo ao ritmo de carga e descarga. A data era afixada algum dia no alto da escadinha de acesso a bordo. Em Cabedelo – ainda sem terminal da Petrobras – ficamos duas semanas, passando o dia na praia alimentados com água de coco, para voltar a bordo à tardinha. Na Espanha, atracados em Cádis, pegamos um trem e fomos conhecer Sevilha e Madri.

Em navegação éramos só nove passageiros, incluindo a esposa e as duas filhas do comandante. Os oficiais eram jovens, alegres, e, estando o tempo chuvoso e o mar escuro, nos deixavam ficar na ponte de comando. Acabamos com tudo o que havia de alcóolico a bordo, tomado com pedacinhos de carne seca, único *appetizer* possível no navio. Para meu grande orgulho, porque eu havia demonstrado interesse, o comandante me permitia acompanhá-lo de manhã bem cedo quando ia com os oficiais tirar o azimute, e mais de uma vez me estendeu o sextante.

Guardo na lembrança o martelar contínuo dos marinheiros batendo ferrugem, mesclado com o macio cantar das ondas.

*

Em Roma, minha avó já não morava no apartamento que eu havia conhecido, havia se mudado para outro maior, perto da Piazza Navona. E meu tio Veniero, que sempre viveu com ela, estava ausente.

Ele e seu companheiro passavam longas temporadas em Madri, metidos nos gigantescos estúdios de Las Matas, preparando a direção de arte e os figurinos do filme *El Cid*, com Sophia Loren e Charlton Heston. Era a primeira megaprodução de Samuel Bronston na Espanha e só seria apresentado dois anos mais tarde, mas o trabalho valeu ao casal uma indicação ao Oscar.

Com o mesmo produtor, fariam mais dois filmes até 1964: *55 dias em Pequim*, com Ava Gardner, para o qual reconstruíram quase toda a antiga cidade de Pequim e do qual guardo um par de abotoaduras feitas com a cópia de antigos botões chineses; e *A queda do Império Romano*, novamente com Sophia Loren. É possível que as fundas exigências do meu tio, como reconstruir em gesso o Fórum Romano e chamar da Itália duzentos cabelereiros para pentear a multidão de figurantes, tenham contribuído para esvaziar os cofres do produtor. O fato é que Bronston acabou falido.

Mas naquela temporada a ausência dele imprimiu à casa um outro ritmo, embora deixando Manfredo mais à vontade.

No apartamento enorme e silencioso, em que a penumbra das venezianas encostadas afugentava o calor do verão, eu passava o tempo desenhando ou lendo, apaziguada. Ou então costurava ao lado da minha avó, ouvindo o ruído da fonte lá embaixo no pátio e repetindo os mesmos gestos da infância, quando ela me ensinava a fazer roupas de boneca.

*

Uma tarde, fui sozinha visitar Gabriella. Queria vê-la e devolver o anel de brilhante que havia me mandado como presente de noivado. Queria também conhecer o apartamento onde agora morava. Ou talvez buscar a resposta à pergunta que em silêncio me fazia: como havia conseguido, depois de tantos anos, se desprender daquela casa construída para ela e que eu sentia tão enraizada em mim mesma?

O anel, não quis de volta. Disse para ficar com ele e olhar através da pedra o meu próximo amor: eu o veria mais bonito do que aquele que acabava de deixar.

E, estando com ela, achei que minha pergunta silenciosa não se aplicava. Desde jovem, Gabriella vivia a vida com o olhar posto à frente. Nunca a ouvi falar em saudade do passado. Para ela, o passado era a ponte que conduz ao amanhã. Pensei que havia despido a Chácara como quem despe uma roupa que já não serve e se metido em outra, mais de acordo com suas novas exigências. Verificaria, adiante, o meu engano.

Algumas semanas depois, me chamou para sair. Fomos à casa de um maestro, onde os alunos dela já nos esperavam reunidos. Era uma casa cheia de objetos aparentemente desemparelhados, unidos apenas pela vivência do dono. Havia um gato persa, um poodle, um esquilo. As partituras estavam sobre a mesa, nós ao redor. Lá fora, ciprestes.

A velha senhorita Bianca, a mesma que tocava para os alunos de Gabriella, sentou-se ao piano, os vocalises encheram o ambiente. Tudo era antigo, doce e distante. Lentamente anoitecia. Uma senhora entrou na sala, recolheu fora da janela a gaiola do canarinho.

Eu me senti completamente fora do meu cotidiano, abduzida.

*

Como havia sido na fazenda, aquela temporada em Roma foi de grande intimidade com meu pai. Saíamos nas manhãs luminosas para ir a museus ou a alguma igreja ou ruína importante, e, na volta, mortos de sede no calor do verão, parávamos em alguma *osteria* para tomar um copo de vinho com água frisante. Tomávamos mais de um. E Manfredo sempre finalizava advertindo-me para não contar nada a minha avó e comprando balas de hortelã para mascarar o hálito.

Ou então ele decidia que estava na hora de lavar o carro. Chegando a hora do almoço, subia a capota, íamos até a praça de São Pedro e estacionávamos junto a um dos dois grandes chafarizes, cuidando de nos posicionar a favor do vento. Na praça vazia, ainda não ocupada por bancos, limites ou altares da religião, controlávamos a operação-limpeza de dentro do carro, enquanto o alto esguicho tangido pelo sopro da natureza fazia seu serviço.

Nessa cumplicidade, fomos a Florença passar alguns dias com os condes Vinci, aqueles amigos dos meus pais desde o tempo da Segunda Guerra, em cuja *villa* no Adriático eu brincava com o filho Boni. Ela, pintora, ele, empresário e dono de terras agrícolas, tudo era displicentemente elegante e um tanto inglês naquele apartamento, como havia sido na *villa*. Mansa viagem foi aquela, no carro conversível de Manfredo, que parou no meio do nada porque estava com sono e me deixou ouvindo silêncio e pássaros durante meia hora enquanto dormia no banco de trás.

Fizemos mais uma parada, em Siena, que eu ainda não conhecia. Almoçamos ao ar livre em um restaurante da Piazza del Campo, onde Manfredo me apresentou a especialidade gastronômica local, "*pappardelle alla lepre*", largo talharim supostamente temperado com molho de lebre, mais provavelmente coelho. Depois seguimos, rodeados pelas paisagens da Toscana, para desembocar na estonteante beleza de Florença.

Boni estando ausente porque estudava na Suíça, onde acabaria se casando com uma brasileira, tive naqueles dias a guia mais perfeita que alguém poderia desejar. Minha anfitriã conhecia todas as minúcias, todos os detalhes da sua cidade, e, enquanto íamos de um ponto a outro, sua conversa fundia a história das grandes famílias patrícias com a história da arte, e trançava histórias de vida com literatura.

Uma amiga especialmente elegante havia me dado uma encomenda: comprar para ela um vestido Pucci, *must* do momento. A escolha não seria difícil, qualquer um deles, daquela malha de seda impalpável que trazia impressa pela primeira vez no mundo da moda a assinatura discreta do criador, serviria. Eram todos belíssimos. Fui desempenhar minha tarefa com a irmã de Boni no nobre Palazzo Pucci, havia séculos residência da família e agora sede da empresa do designer e político Emilio Pucci, marquês de Barsento. Que insignificantes nos sentimos diante dos serviçais galonados, da enorme escadaria, dos salões majestosos! O vestido custava uma fortuna, e parecia pouco provável, às madonas florentinas que nos atendiam, sermos nós duas as usuárias daquela preciosidade. A cena piorou quando nos pusemos a contar minuciosamente diante delas o dinheiro vivo que a amiga havia me dado.

*

Manfredo e eu fizemos mais uma viagem naquela estadia. Aconselhado por um amigo, meu pai surpreendentemente decidiu ir conhecer a Isola del Giglio. Fomos de carro até Porto Santo Stefano, na costa da Toscana, pura delícia. Ali tomamos o quase navio que faz o transporte regular e navegamos em mar aberto até atracar no Porto del Giglio. Lembrei-me muito disso em 2012, quando o *Costa Concordia* naufragou, ignorando justamente os recifes submersos ao redor do porto. Das circunstâncias da tragédia ninguém mais se lembra, mas a frase "*Vada a bordo, cazzo!!!*", dirigida ao comandante, que, contrariando a mais sagrada lei do mar, havia abandonado o navio, não se esquece.

Viajar com Manfredo era divertido, fosse pelo seu constante bom humor, fosse pela improvisação a que nos obrigava o pouco dinheiro disponível. Dessa vez não foi diferente. Alugamos um quarto com duas camas na casa modesta de um pescador e fomos bater pernas na cidade. Quantos jovens homens deslumbrantes havia nas ruas! Devido a suas águas sempre cristalinas, Giglio abriga uma escola internacional de mergulhadores. E, naquele pleno verão, pareciam ter marcado encontro ali os mais belos do mundo.

No dia seguinte subimos em lombo de burro a Giglio Castello. Que sensação estranha, passar do burburinho solar das ruas e praças abaixo para o silêncio e a penumbra medieval acima. No topo de uma quase montanha, a fortaleza que protegia a cidade guarda a vila ao redor. Andamos pelas ruelas estreitas aonde luz pouco chega, flanqueadas por antigas construções, a maioria fechada ou abandonada, só algumas portas abertas com objetos turísticos à venda. Não havia nenhum restaurante, nenhum bar, quase nenhuma vida. E um único poço diante da fortaleza nos dizia que a água, em tempos passados e quem sabe até aquele momento, tinha que ser carregada.

Além da boniteza dos moços e da clara água, nada me atraiu especialmente em Giglio Porto, cidadezinha portuária não mais interessante do que tantas no Mediterrâneo. Mas guardei como um presente a beleza melancólica e grave da fortaleza.

Regressamos sem ter tido tempo de visitar as ruínas da vila romana dos Domícios Enobarbos, que soubemos depois ser a atração turística mais aconselhada da ilha.

*

Era princípio de agosto quando Arduino apareceu em Roma. Estava de passagem a caminho de Malta, onde o resto da equipe brasileira de caça submarina,[52] que disputaria o II Campeonato Mundial, já o esperava.

Havia se atrasado porque, para disputar com a equipe, fora necessário fazer a naturalização, processo sempre demorado. Talvez por isso, no Brasil, a imprensa tenha chegado a noticiar que ele seguia como reserva. Foi preciso um desmentido no *Correio da Manhã*:[53]

---

52. Abel Gázio, Bruno Hermanny (que viria a ser por duas vezes campeão mundial), Arnaldo e João Borges.
53. Nota sobre a presença de Arduino no campeonato de Caça Submarina em Malta, presente na edição do Correio da Manhã de 16 de agosto de 1959.

Partiu no último domingo [...] o caçador Arduino Colasanti. Este excelente mergulhador representa a nova geração na nossa equipe. Conforme orientação do próprio presidente da CBN, João Havelange, a equipe não tem reserva e muito nos estranham as notícias de outros jornais quando falam nesta condição.

O excelente mergulhador chegou em casa da avó visivelmente tenso. Ao contrário dos outros, nunca havia mergulhado no Mediterrâneo, onde só era possível encontrar peixe em profundidade considerável. E competir num Mundial, ao lado das feras do mergulho, era grande responsabilidade. Semanas depois, quando passou a caminho da volta, havia emagrecido, mas, apesar de não termos ganhado o Mundial, estava visivelmente aliviado.

*

Em setembro, ao mesmo tempo que Manfredo marcava nosso regresso no *Lloyd Argentina*, fomos informados da venda da Chácara e soubemos que haveria pouco tempo disponível para a mudança.

Novamente a viagem foi longa, embora sem cabine espaçosa, sem mesa do comandante e com alimentação fatal. Em cada porto, e havia muitos pela frente, as paradas para carregar ou descarregar demoravam dias e dias. Quando, afinal, chegamos, nossa ausência completava exatos seis meses.

A pressa que temíamos não se concretizou. A venda não havia sido exatamente uma venda, mas a entrega de uma parte do Parque Lage ao Banco do Brasil como pagamento da dívida, e a finalização nas tratativas nos permitiu ainda alguma demora antes de deixarmos a Chácara.

*

Minha atenção e meu desejo foram ocupados na busca da nova casa, uma casa cujo aluguel pudéssemos pagar e onde coubessem nossas poucas coisas – alguns móveis do apartamento do Leblon, as famosas camas americanas, e a cômoda e o armário herdados da casa de Petrópolis. Achá-la foi tarefa que me coube, com Manfredo quase sempre na fazenda e Arduino constantemente ausente.

Certamente por isso, quando chegou a hora de deixar a Chácara, não vivi a melancolia da despedida. Eu me sentia voltada para o futuro imediato, para essa nova experiência de vida que começava exigindo muito de mim.

Já era 1960 quando nos mudamos para Ipanema, onde eu teria que aprender a ser dona de casa.

Uma disputa e seu resultado

Naquela mesma década, Roberto Marinho e o senador da UDN Arnon de Mello negociaram com o Banco do Brasil, com os advogados de Gabriella e com Lillo, que tinha procuração com plenos poderes, a aquisição do parque e da mansão. Por preço modesto, já que se tratava de uma propriedade tombada.

Tombada sim, mas só até pouco depois da compra. Rapidamente, valendo-se de sua força política, os dois novos proprietários solicitaram o destombamento, que foi concedido pelo presidente Juscelino Kubitschek. Com uma penada, valorizava-se enormemente a propriedade, permitindo outro tipo de utilização daquela imensa área.

Há quem diga que Roberto Marinho planejava erguer ali a futura sede da Globo, mas o que consta é um projeto inicial prevendo a construção de um condomínio. A licença para começar as obras já havia sido concedida quando Carlos Lacerda tomou posse como governador e a embargou.

Esse projeto tendo sido vetado, foi substituído por outro, em que a área abrigaria um cemitério/parque infantil. Consta, dito pelo próprio Lacerda, que Augusto Frederico Schmidt tenha tentado dissuadir Roberto Marinho de apresentá-lo, argumentando que "o dono de um jornal até então importante não poderia se tornar um papa-defuntos loteando terrenos para cadáveres de anjinhos porque ocupa menos espaço e se vende pelo mesmo preço".

Mas, pela carta enviada a Lacerda por Lota de Macedo Soares[54] no começo de 1964, percebe-se que Schmidt não teve êxito:

> Tenho ouvido com *horror* boatos sobre um cemitério no Parque Lage e um hotel no Pasmado. Destruir um belíssimo jardim já adulto e cuja reconstrução é fácil e econômica é uma *barbaridade*. O argumento de que seria um cemitério-jardim não é viável, porque não se planta defuntos debaixo de árvores (não é bom adubo!) e a fórmula americana de jardim--cemitério é de se plantar as árvores entre os defuntos e *não o inverso*! O Urbanismo, se funcionasse, já devia ter escolhido duas grandes áreas – norte e sul – para cemitério, e não se deixar pensar numa área (Parque Lage) que é pequena demais e que ficaria cheia de defuntos em dez anos. Deveria ser criado um Grupo de Trabalho para tomar conta do problema, que é simples – 1º reforma e limpeza do jardim – 2º sua utilização intensa, com áreas para crianças e adultos (tem local, sem se mexer nas árvores) – 3º utilização da casa da Bezanzoni [sic] como Centro Cultural, que seria o único numa zona altamente populosa que não tem nem cinema! Nesta Casa se poderia ter auditório para música, conferências etc. etc. Os moradores poderiam contribuir como se fosse um clube, biblioteca de aluguel, sala com jogos de pingue-pongue etc. Fora tem área livre até para basquete e coisas neste gênero. Este jardim seria vivo e frequentado sobretudo de noite, porque não existe nada disso na zona do Jardim Botânico...

Tudo indica que Lacerda tenha considerado seriamente a proposta de Lota. Mas a carta nem sequer é citada no relato do episódio feita por Maurício Dominguez Peres:[55]

---

54. OLIVEIRA, Carmen L. *Flores raras e banalíssimas*. Rio de Janeiro: Rocco, 2011.
55. PEREZ, Maurício Dominguez. *Lacerda na Guanabara*. Odisseia, 2007.

E segundo conta Raphael de Almeida Magalhães, Roberto Marinho e Arnon de Mello compraram o Parque Lage ainda nos anos 1950 por um preço muito módico, pois o imóvel era tombado. No final de 1960, JK assinou um decreto que destombava o parque, valorizando imediatamente seu valor de mercado. Marinho e Arnon elaboraram o projeto de um empreendimento imobiliário e obtiveram licença para começar as obras. Nesse entretempo, Lacerda tomou posse no governo e não permitiu o prosseguimento das obras, suspendendo a licença. No final do mandato, quando se aproximavam as eleições, Lacerda procurou Raphael decidido a desapropriar o parque, pagando a indenização correspondente ao valor pelo qual fora comprado. [...] Pediu a Raphael que escrevesse o decreto de desapropriação, enquanto ele redigiria a exposição dos motivos que acompanharia o decreto. O texto que Lacerda produziu assustava pela virulência com que atacava a pessoa de Roberto Marinho. Raphael tentou demovê-lo da ideia de anexar o texto ao ato de desapropriação, pois não só contrariaria os interesses de Marinho como o faria voltar contra ele a fúria das baterias de seu jornal e da sua rádio. Como não conseguiu convencê-lo, o decreto foi encaminhado com o anexo, o que provocou a ira de Marinho.

O tombamento do Parque Lage, que Lacerda havia buscado com tanto empenho, foi o primeiro do novo estado da Guanabara.

Esse mesmo temperamento belicoso alimentava os discursos inflamados de Lacerda, para deleite dos seus admiradores. E, em 1965, ao falar para dez mil pessoas na inauguração do Parque Lage, novamente voltou sua ira contra Roberto Marinho. No discurso gravado pela Rádio Roquete Pinto, o acusa frontalmente de negócios irregulares:

> Eis que numa semana de Carnaval, subitamente, sem aviso público e notório, como manda a lei, o Banco do Brasil, instruído por mãos poderosas, faz um edital de encomenda, violando a lei do Patrimônio Histórico Nacional. [...] Nesta fatídica semana de Carnaval [...] este parque mudou

de mãos pela módica importância de cerca de trezentos milhões de cruzeiros, pagos parte a Gabriella Besanzoni (ex-proprietária) e outra parte irrisória ao Banco do Brasil, com três anos de carência para pagar e muito mais para amortizar as prestações. Ao mesmo tempo, ou logo depois, o mesmo Banco do Brasil fazia ao mesmo Roberto Marinho, diretor de *O Globo*, um novo empréstimo para que ele pagasse essa propriedade ao banco, com dinheiro do próprio banco.

Só em 2011, no documentário *Roberto Marinho – o senhor do seu tempo*,[56] se tornaria pública a versão da briga como contada por Marinho a seus filhos. Tudo havia começado bem antes, com a ida de Armando Falcão à casa do Cosme Velho a fim de pedir a Roberto Marinho apoio para a candidatura de Lacerda à Presidência da República nas eleições que aconteceriam em 1965.[57]

Negado o apoio, os ataques de Lacerda foram tão virulentos quanto o texto que Raphael de Almeida Magalhães tentou inutilmente impedir. A tal ponto que Marinho botou um revólver na cintura e partiu para o apartamento do desafeto. Para sorte de ambos, este não estava em casa.

Em entrevista ao *Valor*, por ocasião dos cinquenta anos da rede Globo, Roberto Irineu Marinho lembrou o fato e disse que Carlos Lacerda havia feito duas maldades com o pai:

> A primeira foi desapropriar o Parque Lage. O projeto Parque Lage era mais ou menos o projeto do Parque Guinle: o parque no meio e prédios nas duas bordas. Mas o Lacerda disse que ia desapropriar porque o papai ia botar abaixo todas as árvores e fazer um cemitério de crianças ali. E desapropriou o parque pagando o correspondente a um Volkswagen, na época.

---

56. Direção de Rozane Braga e Dermeval Netto.
57. Canceladas pelo regime militar, nunca se realizaram.

Em seu discurso na inauguração,[58] Lacerda disse que o governo da Guanabara havia desapropriado o Parque Lage pagando catorze milhões de cruzeiros, equivalentes a vinte vezes o valor locativo declarado por Roberto Marinho.

Mas Roberto Marinho contra-atacou. Como escrito por Hélio Fernandes:

> Como aquele enorme terreno e as construções eram dele, entrou na Justiça. Em 1974, Marinho recebeu uma fortuna. Esperou catorze anos, mas o lucro, fantástico. Investiu na "compra miséria", que se transformou num investimento magnífico.

Justifica-se o sorriso matreiro com que, naquele almoço em que tentava atrair Affonso para *O Globo*, Roberto Marinho me disse: "Já fui dono da sua casa!".

---

58. Conforme registro no Arquivo Geral da Cidade do Rio de Janeiro.

A chegada do silêncio

Em Roma, Gabriella já não morava no apartamento onde eu fora visitá-la. Após enfurecer-se com a venda da Chácara e dizer que só havia sido notificada depois de tudo acertado, mudara-se para uma casa, Villa Rita, enquanto procurava outra definitiva, com mais espaço ao redor. Acabou encontrando-a no início de 1960, na localidade de Grottarossa, distante da cidade, e é provável que tenha efetuado a compra com o dinheiro recebido pela venda da Chácara.

Sempre cheia de entusiasmo e misturando vida pessoal com profissional, fez questão de mostrar em pessoa a seus alunos a nova aquisição numa espécie de piquenique simbolicamente inaugural, que acabou regado a vinho na casa do antigo proprietário.

Porque não cheguei a conhecer Grottarossa, uso para desenhá-la as impressões de Roberto di Nobile Terré, que participou com os colegas dessa primeira visita.

Era um antigo casarão da época fascista plantado num promontório, espécie de fazenda que servira como laboratório experimental de árvores frutíferas. E árvores frutíferas estavam por toda parte ao redor, num viveiro, nos canteiros, bordeando os caminhos. Havia até um vinhedo. Viam-se ao longe os subúrbios de Roma com seus edifícios.

Surpreendentemente, Gabriella, que nunca prestara atenção na riqueza de frutas do Parque Lage, parecia reeditar o propósito de Henrique e dizia-se encantada com sua nova condição de proprietária rural.

O térreo da construção principal revelava, logo ao entrar, um enorme salão dividido apenas por um meio anteparo de vidro. Atravessando esse salão chegava-se a um pátio interno coberto, em cujo centro tronejava uma piscina circular de aproximadamente cinco metros de diâmetro. Ao redor da piscina, os vestígios daquilo que fora no passado um rico roseiral.

Havia outro salão no primeiro andar, menor que o do térreo, dando para um terraço com vista para toda a propriedade.

A escolha da casa traía, de alguma forma, uma saudade que eu não pressentira no nosso último encontro. Roberto di Nobile, que ainda não havia vindo ao Rio, não podia saber o quanto os salões, o pátio, a piscina e até mesmo o terraço replicavam a estrutura da Chácara. Anotou, porém, o abandono de tudo. O mato crescia naquilo que fora jardim, as rãs saltavam na piscina. Restaurar o conjunto custaria tempo e trabalho.

Problema nenhum para Gabriella, já toda voltada para o futuro. Cheia de animação, disse a seus alunos que consertaria ao máximo a parte construída e faria as outras modificações à medida que se tornassem necessárias. Já havia até pensado em pedir a um dos últimos alunos "aterrissados" em Villa Rita, aspirante a cantor, mas engenheiro de profissão, para fazer um projeto inicial – Veniero se queixou pelo resto da vida de não ter sido contratado para a reforma e a decoração, mas certamente Gabriella o sabia muito exigente e pensou que o engenheiro seria mais fácil de manejar.

Naquela tarde, garantiu aos alunos que continuaria dando aulas em Grottarossa e, embora todos se perguntassem como fariam para chegar até lá, ninguém externou a preocupação.

Houve outros encontros depois, aproveitando o calor do verão, em que Gabriella punha todos a solfejar ou a capinar, alternadamente.

Mas o sonho da *villa* reerguida e em plena atividade não chegou a se concretizar.

Nem um ano havia passado quando, no inverno, Gabriella sofreu uma queda e fraturou o braço.

Para ela, sempre tão cheia de vitalidade e de saúde, o braço engessado há de ter pesado como uma ameaça ou um prenúncio. Nunca se recuperou. Pelo menos não em seu íntimo. Submetida a várias cirurgias que não conseguiam eliminar as dores constantes, foi deslizando progressivamente para o desânimo.

Até que, em junho de 1962, sofreu uma trombose. Manfredo estava em Roma e foi vê-la no hospital. Pela primeira vez em tantos anos de convivência, achou-a abatida, e ela mesma lhe disse em dialeto romanesco: "*Anvedi come sò ridotta?!*" (olha só, do jeito que estou).

A trombose evoluiu para uma congestão pulmonar. No domingo 8 de julho, a voz de batalha calou-se para sempre.

O último capítulo

Quando Manfredo telefonou para me comunicar que Gabriella acabara de falecer, eu já morava sozinha. Havia pedido e obtido alforria das tarefas de dona de casa. Havia trocado de profissão, passando do silêncio do ateliê de gravura para o ruído compacto da redação. Fazia cinco meses, trabalhava no *Jornal do Brasil* como repórter do Caderno B.

Um mês depois do falecimento, eu acabava de sair da redação quando, pelo teletipo, chegou a notícia. No seu testamento manuscrito, Gabriella deixava ao marido Lillo o usufruto de dois terços dos seus bens e excluía "por manifesta ingratidão" seus irmãos, Ernesto Besanzoni[59] e Adriana Besanzoni. Deixava um bilhão de cruzeiros para os pobres de uma obra social,[60] um apartamento e cem milhões em joias para a amiga Marcella Fantagoni – cuja mãe ajudara Angelina no passado –, um apartamento para sua empregada e cem milhões em joias para mim.

Da redação, telefonaram para minha casa.

---

59. Anteriormente barítono malsucedido, trabalhava num haras na região serrana.
60. Ente Figli del Divin Padre, Istituti Riuniti S. Rita da Cascia.

E eu fiquei sozinha com minha estupefação. Manfredo estava em Roma, e telefonemas interurbanos eram caros, mesmo para a herdeira que eu acabava de me tornar. Liguei para Arduino, não estava. Liguei para minhas amigas, não encontrei nenhuma. Não podia ligar para Millôr Fernandes, meu namorado, homem casado. Mas semelhante notícia não me cabia no peito. Acabei telefonando para Bianca Lovatelli Janer, amante do meu irmão e minha amiga, que do outro lado da linha me acolheu e apaziguou.

Jamais havia ambicionado ou pensado herdar coisa nenhuma de Gabriella. Bastava-me o que me havia dado. E naquele momento o que mais me emocionou foi o fato de ela ter me escolhido. Eu era a única parente contemplada, e isso significava muitíssimo para mim.

Não pensei no dinheiro nem no que poderia comprar com ele. Pensei nas joias maravilhosas que eram parte dela e que eu passaria a usar.

No dia seguinte, nas entrevistas, eu diria: "A fortuna não vai alterar em nada minha vida de repórter. Vou continuar trabalhando. O que as joias representam (em dinheiro) não me interessa. Só quero usá-las". E estava sendo absolutamente sincera.

Mas logo a ganância entrou em cena. E com ela os advogados.

*

Adriana, que apesar de tantas benesses recebidas sempre havia invejado vida e talento da irmã caçula, requereu à Justiça italiana a anulação do testamento, alegando que Gabriella sofria das faculdades mentais ao redigi-lo. Não bastasse a inveja, tentava agora difamá-la.

A seu lado, a filha Ana Paula reclamava a sua parte.

E imediatamente Ernesto, até então figura apagada que nunca conheci, entrou na disputa.

Por seu lado, Marcella Fantagoni, amiga distante que havia sido beneficiada no testamento mais em função do passado do que por méritos próprios, pretendia tirar do viúvo Michele Lillo os bens herdados.

Aconselhado por Carlos Alberto Dunshee de Abranches, que, por sorte, ou propositadamente, estava em Roma, Lillo requereu à Justiça o arrolamento das joias.

E, no dia marcado, presentes todas as partes – Manfredo como meu representante –, as joias de Gabriella foram examinadas e descritas ao longo de seis horas. Seu valor foi estabelecido em cerca de quatrocentos milhões de cruzeiros, e tudo ficou sob a guarda da Justiça italiana.

Tive que constituir advogado.

Enquanto isso, porque a notícia da morte e da herança havia sido publicada na imprensa mundial, eu recebia cartas de vários países, todas querendo botar a mão naquilo que eu ainda não tinha. Pediam financiamentos, empréstimos, dinheiro para abrir o próprio negócio, para curar parente, para comprar um piano de cauda, para instituições de caridade, pediam, pediam, pediam.

*

Já chegava o outono quando fui notificada da busca de um acordo entre as partes.

Disse a meu advogado que não faria acordo nenhum, que fazer acordo com os irmãos de Gabriella era desrespeitar a vontade dela, e que eu preferia não receber coisa alguma a rasgar seu testamento.

Os outros obtemperaram que era muito fácil para mim, jovem, sem maiores compromissos econômicos. Mas que eu devia pensar nos outros, na "pobrezinha" da Fantagoni, tão necessitada de dinheiro e já entrada em anos.

Foi muita pressão, e resisti o quanto pude. Todos, Manfredo e os amigos, me aconselhavam a negociar. Afinal, meu advogado negociou por mim. E intermináveis conversas legais e privadas se arrastaram durante meses.

Houve uma ida a Roma, a pedido da Justiça, em que fiquei em uma sala juntamente com as outras partes. Sobre a mesa uma grande mala aberta. Atrás da mesa, representantes legais. E dentro da mala um tesouro de fazer inveja a Ali Babá. Durante horas, as joias foram sendo retiradas da mala, cada uma despida do seu saquinho plástico, descrita em voz alta e conferida com os documentos anteriores.

Eu via de maneira nua e em sequência os mesmos objetos preciosos que tantas vezes havia visto compondo o cotidiano, complemento da roupa, da maquiagem, do sorriso de tia Gabriella. E, de alguma forma, pareceu-me que haviam perdido parte da vitalidade.

*

Finalmente, em julho de 1963 fechou-se o círculo.

Adriana, Paola e Ernesto ficaram com uma porcentagem de dez por cento sobre o lote de cada um dos herdeiros. Lillo trocava o usufruto por porcentagens variadas – vinte e seis por cento da minha parte. E algumas joias seriam vendidas para custear o processo.

*

Viajei para Roma novamente em outubro de 1963. Iria receber minha herança.

Levei pouquíssimo dinheiro, porque não o tinha e porque pensei que ficaria na casa do meu tio. Sem entender nada de joias, e muito menos de vendas, me iludi acreditando que ele me ajudaria a vender logo algumas peças e que eu ficaria folgada até para trazer presentes.

Nada disso aconteceu.

Chegando, fui para um hotel antigo, histórico, na praça do Panteão. Na placa de bronze cravada ao alto junto à entrada lia-se: "Aqui se hospedou Ludovico Ariosto". Havia sido indicado por meu pai e ainda era baratíssimo e modesto. Telefonei para Veniero, mas, talvez enciumado por não ter sido lembrado no testamento da tia, me disse que estava indo para sua *villa* em Capri e, porque eu dispunha de pouco tempo, não poderia ir nem poderia ficar na sua casa em sua ausência.

Ainda faltavam uns três ou quatro dias para o encontro marcado com meu advogado diante do banco onde as joias estavam guardadas, e meu pouco dinheiro, agora comprometido com o pagamento do hotel, não dava para comer em restaurante, nem mesmo em *trattoria*. Apelei para sanduíches, fatias de pizza. E bebi a deliciosa água fresca das fontes.

No dia seguinte, sentindo-me desamparada, telefonei para Renata Bianco, irmã do meu queridíssimo amigo, o pintor Enrico Bianco. Soube que ele chegaria dali a dois dias com a namorada. Estava salva!

Fui com Bianco ao encontro marcado com o advogado. Entramos no banco, abrimos a caixa de segurança, verificamos as joias junto aos documentos, e saí com elas na bolsa. Bianco me levou de táxi até o hotel. Marcamos jantar aquela noite na casa de Renata para mostrar as joias para ela e para a namorada de Bianco.

Foi a cena mais comovente daquele périplo.

Sobre a cama – lugar amplo e macio para conter tesouros tão delicados – fui depositando, um a um, pulseiras de brilhantes e esmeraldas, rivieras de diamantes, broches, brincos, solitários, e corais e jades e crisoprásios.

A cada peça, suspiros, exclamações, sorrisos. A beleza emociona e atrai. Uma enfiava o anel no dedo, outra pousava o colar sobre o colo ou prendia o brinco no lóbulo. Depois, quando tanto cintilar nos bastou, fomos os quatro para a cozinha fazer *pasta al tonno* e brindar com vinho.

Naquela noite eu já sabia o que faria com minha herança.

*

De volta ao Rio, a venda não foi fácil. Era um lote importante que só interessaria a joalheiros. Todos eles já sabiam da herança, visitei alguns que o solicitaram. Acabei vendendo o lote inteiro ao joalheiro que havia confeccionado para Gabriella uma pulseira agora minha, de brilhantes com quatro grandes esmeraldas. Mais provável é que não tenha feito um bom negócio. Nunca soube regatear. Mas um bom negócio não era minha prioridade. Minha prioridade era resolver a questão e dar início a uma nova etapa de vida.

Antes da venda, porém, me dei um prazer especial. Convidada para uma festa importante, a rigor, comprei um tecido branco, fosco e pesado, de decoração, mandei fazer um *chemise* longo e na noite da festa usei as minhas duas rivieras de solitários, uma delas costurada na gola, porque não tinha nem fecho nem a parte de trás.

A riviera se foi, o vestido continua guardado.

*

Em setembro de 1965, quando Carlos Lacerda fez o discurso entregando o Parque Lage à população, eu estava trabalhando na imprensa do I Festival Internacional do Filme, depois de ter sido agente de imprensa de Claudia Cardinale, que filmava no Rio *Uma rosa para todos*. Aproveitava cada minuto da licença-maternidade no *Jornal do Brasil*. Minha filha Fabiana nasceria dali a um mês e meio. Era ela o meu projeto naquela noite em Roma.

Este livro é o cumprimento de uma promessa nunca feita. É meu testemunho de gratidão. É a narrativa da intimidade entre mim e minha tia-avó, que sempre chamei de tia. São fatos que habitaram minha vida. Posso dizer que é um livro da família.

"A Marina cara con l'affetto della zia Gabriella. 1954"